Bajo las Cenizas

Bekka Scott

Published by Bekka Scott, 2024.

This is a work of fiction. Similarities to real people, places, or events are entirely coincidental.

BAJO LAS CENIZAS

First edition. December 18, 2024.

ISBN: 979-8227164506

Written by Bekka Scott.

Tabla de Contenido

Dedicatoria

Para mi salvaje. Te Amo.

"La diferencia entre un jardín y un cementerio es solo lo que eliges plantar en la tierra."

—Rudy Francisco

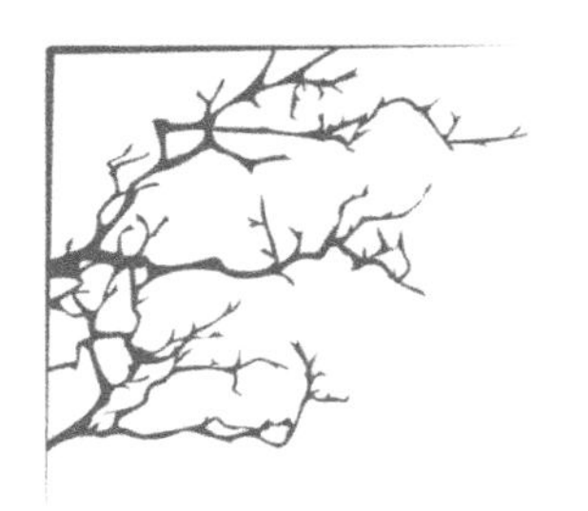

1

Las manos de Emma Dawson se movían con una gracia experimentada, sus dedos ajustando la gota intravenosa como si fuera una extensión de su propio cuerpo. La sala estéril zumbaba con los incesantes pitidos de los monitores, el pulso rítmico de las máquinas marcando el tiempo en un espacio donde el tiempo a menudo parecía suspendido. Para el oído inexperto, los sonidos podrían ser un consuelo—una señal de vida, de estabilidad—pero para Emma, eran un recordatorio constante de lo frágil que era esa vida. El latido constante de un corazón, la subida y bajada de los pulmones, todo dependía del fino equilibrio que ella mantenía con cada ajuste cuidadoso.

Ella había dominado esta danza delicada hacía mucho tiempo, su compostura ahora tan arraigada que incluso la agitación que hervía dentro de ella no podía romper la superficie. Para sus pacientes, ella era un faro de calma, una figura cuyas manos firmes y presencia reconfortante eran tan parte del proceso de sanación como cualquier medicina. Era su amabilidad, su toque suave, lo que más amaban—cómo lograba hacer que se sintieran vistos, cuidados, incluso cuando se estaban desvaneciendo.

Pero el aire en la habitación estaba cargado con algo más que antiséptico. La desesperación colgaba en el espacio entre ellos, invisible pero sofocante, envolviendo a Emma como una mortaja. Se aferraba a su piel, llenaba sus pulmones, la pesaba mientras se inclinaba sobre el hombre frágil tendido en la cama del hospital. Su cuerpo, una vez fuerte y vibrante, ahora se estaba marchitando bajo el ataque implacable de la edad y la enfermedad. Su piel, pálida y fina como el papel, apenas parecía contener al hombre que una vez fue. Sus ojos, antes brillantes con vida, ahora parpadeaban con una resignación apagada y sutil.

Él la miró, y en esa mirada, Emma no vio miedo sino aceptación. No esperanza, sino el entendimiento silencioso de que su batalla estaba llegando a su fin. Sus respiraciones eran lentas y superficiales, cada una un esfuerzo laborioso, como si incluso el simple acto de inhalar fuera demasiado para su cuerpo desgastado. La inevitabilidad pesaba sobre ambos, aunque ninguno pronunció las palabras en voz alta. No era necesario. Estaba escrito en las líneas de su rostro, en la forma en que su pecho apenas se movía bajo la fina manta del hospital.

Emma sintió el dolor familiar en su pecho, el que aparece cuando ve a alguien desvaneciéndose—alguien a quien solo puede consolar, no salvar. Había visto esto demasiadas veces para contar, pero nunca se hacía más fácil. ¿Cómo podría, cuando cada paciente era el padre, madre, hermana o hijo de alguien? Había aprendido a mantener sus emociones a raya, a mantenerse fuerte para quienes la necesitaban. Pero por dentro, el dolor de ver otra vida desvanecerse dejaba una herida en su alma que nunca sanaba del todo.

Ajustó la almohada del hombre con tierno cuidado, sus dedos rozando su piel fría. "¿Está mejor?" Su voz, suave y cálida, llenó la habitación, ofreciendo el poco consuelo que podía. Sus palabras eran una cuerda de salvamento, incluso si no podían cambiar lo inevitable.

Él dio un pequeño asentimiento, casi imperceptible, sus labios temblando en lo que pudo haber sido un intento de sonrisa. Se desvaneció, convirtiéndose en una mueca de dolor antes de volver a la fatiga. El corazón de Emma se apretó, pero mantuvo su expresión firme, negándose a dejar que la emoción se mostrara. No podía permitirse quebrarse. No aquí. No ahora.

Este era su llamado—aliviar el sufrimiento de los demás, ser la constante en un mundo lleno de incertidumbre. Pero sin importar cuántas veces realizara este ritual de cuidado, sin importar cuántas vidas tocara, siempre había esa sensación persistente de impotencia. El conocimiento de que solo podía hacer tanto, y a veces, eso no era suficiente.

Emma revisó las máquinas nuevamente, sus movimientos eficientes, automáticos. Su mente, sin embargo, estaba lejos de la tarea en cuestión. Se desplazó hacia su propia vida, hacia la agitación que la esperaba fuera de las paredes del hospital. Las dudas que la roían, las grietas que se formaban en su matrimonio, el peso de las responsabilidades que amenazaban con aplastarla. Aquí, ella estaba en control, cada acción intencionada, cada decisión clara. Afuera, su vida se desmoronaba, hilo por frágil hilo.

Se pasó un mechón de cabello detrás de la oreja, sus manos firmes como siempre, aunque su corazón estaba lejos de estarlo. La respiración del hombre se ralentizó, su cuerpo hundiéndose más en la cama, y Emma sintió una familiar sensación de pérdida, incluso antes de que llegara el final.

En el mundo estéril y artificial del hospital, podía mantener la desesperación a raya, pero siempre encontraba una manera de entrar. Se infiltraba en sus pensamientos, en sus huesos, hasta que era parte de ella tanto como el cuidado que brindaba. Y en momentos como este, mientras se mantenía al lado de una cama de un hombre que se desvanecía silenciosamente, se preguntaba cuánto tiempo más podría cargarlo sin quebrarse.

El zumbido constante de las máquinas y el caos de los pasos apresurados resonaban por los pasillos. Doctores y enfermeras pasaban apresurados, sus rostros marcados por la gravedad de las decisiones de vida o muerte. El sonido de una ambulancia acercándose enviaba escalofríos por la espalda de Emma, un recordatorio constante del flujo interminable de emergencias que la aguardaban. Los llantos de un recién nacido en el Departamento de Emergencias, un recordatorio del ciclo de la vida. Nacemos, hacemos lo mejor para vivir y morimos. Todos tienen la misma historia, algunos solo viven mejor que otros.

En medio de la escena caótica, Emma navegaba con un sentido de calma y control, como una capitana experimentada dirigiendo su barco a través de aguas tormentosas. Pero bajo su exterior compuesto, una tormenta rugía dentro de ella. Cada paso que daba sentía como otra grieta en su armadura cuidadosamente construida, y cada respiración le recordaba la tormenta que se gestaba en su vida personal—una tormenta de la que no podía escapar.

En la sala de descanso, Emma se hundió en una silla desgastada que se quejaba bajo su peso. Cerró los ojos, tratando de silenciar la creciente marea de pensamientos y emociones que amenazaban con abrumarla. Sus manos, antes firmes, temblaban mientras las presionaba contra sus sienes, tratando de silenciar la voz que la atormentaba más que los gritos de ayuda de cualquier paciente.

La pregunta implacable cortaba la mente de Emma como un cuchillo dentado, amargo e implacable. ¿Soy suficiente? No importaba cuántas vidas tocara, cuántas almas aliviara, la duda persistía, royendo su interior. No podía silenciarla, incluso mientras se enterraba en su trabajo en el hospital.

Pero los pensamientos de su esposo Carlos invadían su mente como un espectro aterrador. Sus noches tardías y creciente distancia se habían convertido en un dolor constante en su corazón. Anhelaba su amor, su honestidad, pero todo lo que recibía era indiferencia fría. Y ahora, parecía que estaba pidiendo lo imposible.

Sus llamadas telefónicas que terminaban demasiado rápido, las miradas secretas a su pantalla—todo gritaba traición. Pero en lugar de peleas ruidosas y puertas cerradas de golpe, su matrimonio se desmoronaba en silencio. Con secretos.

Lagrimas brillaban en sus ojos, Emma trató de mantener la compostura. Era enfermera—sanaba a otros. Eso era lo que hacía. Sin embargo, los pedazos de su vida parecían irreparables.

Sus dedos trazaron el metal frío de su anillo de bodas, una vez un símbolo sagrado de su amor, ahora sintiéndose como una cruel broma. ¿Cómo podía algo tan pequeño pesar tanto en su corazón? Conteniendo la impotencia, lo giró alrededor de su dedo.

Con una respiración profunda, Emma se levantó de la silla y alisó las arrugas de su uniforme, como si intentara suavizar las fracturas en su corazón. Más allá de la puerta estaba un mundo que la necesitaba—pacientes en dolor, vidas pendiendo de un hilo. Siempre había alguien en peor situación que ella. Y así seguiría adelante, empujándose hacia adelante.

Al volver a los pasillos iluminados por luces fluorescentes del hospital, la expresión de Emma se endureció en una de profesionalismo aprendido. El hospital la tragaba de nuevo en su ritmo, y ella lo seguía sin dudar. Pero por dentro, cada paso hacia adelante sentía como si la llevara más lejos de sí misma, de la vida que conocía, del amor que había dado libremente pero que ya no reconocía.

En el fondo, la pregunta persistía, burlona e implacable. ¿Soy suficiente?

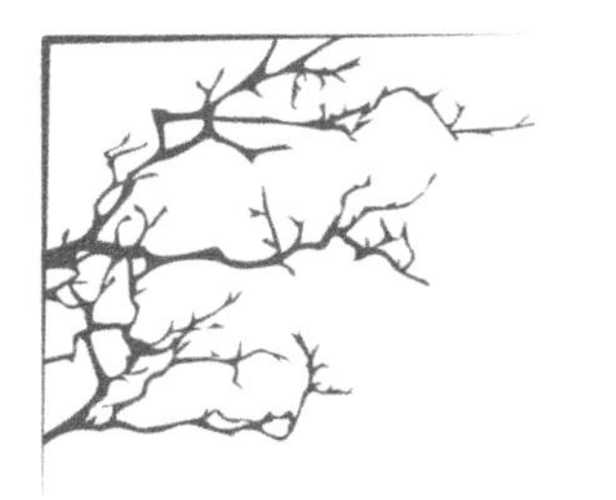

2

Las luces estériles del hospital zumbaban suavemente, parpadeando apenas mientras Emma Dawson caminaba por los estrechos pasillos. El suave chirrido de sus zapatos contra el suelo de linóleo era el único sonido que acompañaba sus pensamientos agitados. Estaba a punto de llegar a la salida cuando su teléfono vibró en su bolsillo, sacándola de su ensoñación. La pantalla se iluminó con un nombre familiar: Carlos.

"Em, ¿dónde estás?" La voz de Carlos era baja, pero había un borde inconfundible en ella que hizo que los hombros de Emma se tensaran.

"Acabo de terminar mi turno," respondió, manteniendo un tono neutral mientras apretaba el teléfono con más fuerza.

"Hazlo rápido," dijo él, sus palabras más como una orden que una solicitud. "La cena tiene que estar lista cuando llegue a casa."

"Por supuesto," logró decir Emma antes de que la línea se cortara. Guardó el teléfono de nuevo en su bolsillo, sintiendo el peso de las expectativas presionando sobre ella como una manta pesada.

Empujando las puertas dobles del hospital, Emma salió al aire fresco de la tarde y respiró hondo, tratando de calmarse. Su mente ya corría adelante hacia el papel que tendría que desempeñar el resto de la noche: la esposa perfecta, la madre perfecta, todo mientras mantenía ocultas las grietas en su vida. Fuera de las paredes del Hospital General de Oakdale, una energía palpable llenaba el aire.

En casa, la rutina se desarrollaba con una precisión aprendida. Emma se movía por la cocina, picando verduras con la misma eficiencia mecánica que usaba en el trabajo. El ritmo del cuchillo contra la tabla de cortar era agudo y rápido, un ritmo staccato que coincidía con la sonrisa forzada en su rostro. Revolvía la olla en la estufa, pero el aroma sabroso no podía cubrir el sabor agrio de la ansiedad que persistía en su boca.

"Huele bien, Em," comentó Carlos al entrar en la cocina, sus ojos encontrándose brevemente con los de ella antes de apartarse, como si la conexión fuera demasiado para sostener.

"Gracias," murmuró ella, su voz vacía, las palabras sintiéndose tan vacías como el espacio entre ellos.

"¿Está Jaxon dormido?" preguntó Carlos, su pregunta más un pensamiento después de haber servido una bebida, el sonido del líquido derramándose en el vaso resonando en la cocina tranquila.

"Hace una hora," respondió ella suavemente, su voz apenas un susurro contra el tintineo de los cubitos de hielo.

"Bien," dijo él, su tono ligero pero sin calidez. "También necesitamos nuestro tiempo."

Emma asintió, sirviendo la cena con mano experta, cada plato una pequeña ofrenda a la frágil paz que intentaba mantener desesperadamente. Mientras comían, su conversación tocaba la superficie de temas seguros, evitando las corrientes más profundas de tensión que amenazaban con hundirlos. Emma hablaba de cosas mundanas—la escuela de Jaxon, el clima—mientras su mente giraba en torno a las verdades no dichas, sofocando en el silencio.

Más tarde, mientras estaba en el fregadero lavando los platos, observó cómo el agua jabonosa giraba por el desagüe, reflejando el torbellino de emociones que amenazaba con arrastrarla. Su reflejo en la ventana sobre el fregadero mostraba a una mujer con los ojos cansados y una sonrisa forzada, sus rasgos desgastados por años de fingir que todo estaba bien. Emma extendió la mano, tocando el frío cristal, trazando el contorno de su rostro como si buscara a la persona que solía ser.

"¿Todo bien?" La voz de Carlos llamó desde la sala, distante y distraída.

"Sí," respondió ella automáticamente, la palabra un escudo contra las preguntas que temía hacer, la confrontación que sabía que no estaba lista para enfrentar.

"Bien," dijo él, la palabra única cargando el peso de las expectativas, la suposición de que ella continuaría desempeñando su papel.

Emma se secó las manos con el paño de cocina y lo colgó con cuidado deliberado, cada acción una forma de mantenerse firme, de mantener el frágil orden de su mundo. Pero la tensión en su pecho y el temblor en sus dedos traicionaban la tormenta que se gestaba dentro de ella.

Más tarde esa noche, mientras Emma estaba en el pasillo tenuemente iluminado, miraba a través de la rendija de la puerta del dormitorio. Carlos estaba inclinado sobre su teléfono, la pantalla proyectando un resplandor inquietante en su rostro. Sus dedos se movían rápidamente, escribiendo mensajes que nunca serían para ella. Observó cómo una pequeña sonrisa se formaba en sus labios—una sonrisa que no había visto dirigida a ella en meses.

El aliento de Emma se detuvo en su garganta, y retrocedió a las sombras, el crujido de la tabla bajo su pie sonando como un trueno en la casa silenciosa. El aire se sentía denso con secretos, cada respiración que tomaba era sofocante bajo el peso de las verdades no dichas.

Las risas amortiguadas de Carlos filtraban a través de la puerta, cortándole como un cuchillo. Sus ojos verdes, una vez brillantes y llenos de vida, ahora reflejaban la fría realidad de su situación. Él ya no reía así con ella—no desde que las noches largas se habían convertido en rutina, las excusas eran delgadas como papel, y la distancia entre ellos una brecha inabordable.

Se retiró al baño de invitados, cerrando la puerta detrás de ella con la mayor suavidad posible. Apoyada en el fresco lavabo de mármol, Emma miraba su reflejo en el espejo—una mujer al borde de desmoronarse, manteniéndose unida con pura fuerza de voluntad. Sus manos temblaban, traicionando el exterior calmado que luchaba por mantener.

"Enfréntalo," susurró a la mujer en el espejo. "Mereces saber la verdad."

Pero luego pensó en Jaxon, su hijo, y en la interrupción que causaría si dejara a su padrastro. ¿Podría realmente romper su mundo al desgarrar el de ellos? La imagen de la sonrisa brillante y la risa despreocupada de Jaxon atravesaba su resolución como un cuchillo.

"Negar es más fácil," contraatacó, aferrándose al borde del lavabo hasta que sus nudillos se pusieron blancos. "Mantén la paz, protege esta familia rota."

Pero el pensamiento de continuar viviendo una mentira, de compartir una cama con un hombre que ya estaba a medio camino de la puerta, la llenaba de una desesperación profunda y mordaz. La ira y la tristeza hervían dentro de ella, una mezcla tóxica que amenazaba con desbordarse.

"¿Vale la pena?" Emma le preguntó a su reflejo, pero la mujer en el espejo no respondió. Solo la miraba con esos mismos ojos verdes cansados, suplicando en silencio una salida.

"Mamá?" Una voz somnolienta interrumpió sus pensamientos. El cuerpo de Jaxon llenó el espacio de la puerta, frotándose los ojos con una mano, su cabello despeinado por el sueño.

"¿Todo bien?" preguntó, su voz más ronca de lo normal por el sueño y llena de preocupación.

Emma tragó con dificultad, empujando el sabor amargo de sus mentiras mientras extendía los brazos para abrazar a su hijo. Su cuerpo delgado en sus brazos era un peso reconfortante, anclándola en el presente, sacándola del borde.

"Todo está bien, cariño," susurró, de puntillas para besar el costado de su rostro. "Vamos a devolverte a la cama."

Lo llevó por el pasillo, el entorno familiar de su habitación un marcado contraste con el torbellino en su corazón. Las paredes estaban cubiertas con pósters de autos rápidos y motocicletas elegantes, un mundo de aventuras y emoción para un joven, tan alejado de la dolorosa realidad que enfrentaba Emma.

Mientras arropaba a Jaxon, alisando las cobijas sobre él, sentía el tirón de dos opciones—confrontación o complacencia. La dualidad de su existencia hervía dentro de ella, una tormenta al borde de estallar.

Se quedó en la puerta, observando a Jaxon mientras volvía a dormirse, su respiración estable y pacífica. En su mundo, todo seguía bien. Pero en el suyo, el tiempo para fingir se estaba acabando.

Esa noche, se permitió un último momento de indecisión, una última noche aferrándose a la ilusión antes de que el amanecer la obligara a enfrentar la verdad. ****

A la mañana siguiente, la cocina estaba tranquila, densa con una tensión no dicha mientras Emma colocaba dos tazas de café sobre la mesa. El vapor se elevaba de las tazas, un contraste calmado con la tormenta de emociones que giraban dentro de ella. Carlos se sentó frente a ella, su rostro escondido detrás del periódico matutino, una barrera tan sólida como la distancia que había crecido entre ellos.

"Carlos," comenzó Emma, su voz firme a pesar de la noche sin dormir llena de agitación. "Necesitamos hablar."

Él bajó lentamente el periódico, sus ojos encontrándose con los de ella, una ligera sonrisa en las comisuras de sus labios como si encontrara la situación divertida. "¿Sobre qué?"

"Sobre tus noches tardías... las llamadas telefónicas secretas," dijo Emma, su corazón latiendo en su pecho como un tambor. Observó cómo su expresión cambiaba de ignorancia fingida a algo más frío, más calculador.

"Emma, estás sobrepensando las cosas," dijo Carlos suavemente, su tono condescendientemente calmado. “Siempre te pones ansiosa por nada.”

Sus palabras eran como un cuchillo envuelto en terciopelo, diseñado para calmar incluso mientras cortaba profundo. Emma sintió el aguijón familiar de la autocompasión, el gaslighting insidioso que había erosionado lentamente su confianza.

“No lo estoy imaginando,” insistió, pero su voz vaciló, revelando las grietas en su resolución.

Carlos se inclinó hacia adelante, frunciendo el ceño en una falsa preocupación. “Emma, has estado tan distante últimamente. Quizás tú eres la que está escondiendo algo.”

Su acusación colgaba en el aire, una nube de duda que se filtraba en ella, envenenando sus pensamientos. Se acercó para tocar su mano, pero ella se apartó, el gesto sintiéndose como una traición.

“Basta, Carlos. Solo basta,” susurró Emma, una lágrima deslizándose por su mejilla. Vio el destello de victoria en sus ojos, confirmando la dolorosa verdad que había estado tratando de evitar.

"Llama a tu madre," dijo Carlos abruptamente, levantándose y desechando cualquier intento de simpatía. "Ella siempre sabe cómo calmarte."

La puerta se cerró detrás de él con un suave clic, el sonido resonando en la mente de Emma como un disparo. Solitaria en la tranquila cocina, se abrazó a sí misma, tratando de aferrarse a la fuerza que le quedaba.

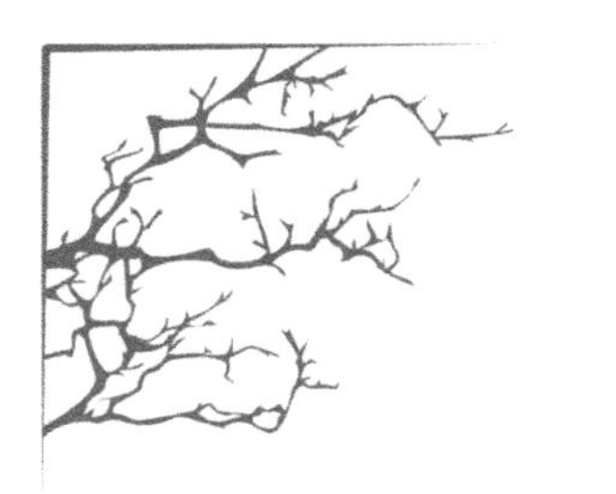

3

Las manos de Emma temblaban ligeramente mientras se metía un mechón de cabello detrás de la oreja, la sensación del cabello suave deslizándose entre sus dedos la anclaba momentáneamente en el torbellino de sus pensamientos. Se apoyó en la encimera de la cocina, el frío del mármol presionando en su espalda, un contraste marcado con el calor de la olla al fuego. El aroma de ajo y cebolla salteados llenaba el aire, pero Emma apenas lo notaba, su mente en otro lugar.

El teléfono vibró en la encimera de la cocina, sus vibraciones cortando el silencio, con la pantalla parpadeando con un nombre que Emma conocía demasiado bien: "Mamá". Lo miró por un momento, su mano suspendida sobre el teléfono como si fuera algo frágil que podría romperse si lo tocaba. Con un pesado suspiro, deslizó para contestar.

"Mamá..." La palabra salió, quebradiza y rota, atascándose en su garganta. Tragó con dificultad, tratando de mantenerse firme. "Simplemente... no sé qué hacer más."

Un breve silencio siguió, lleno del leve estático de la llamada, luego la voz de su madre rompió el silencio, firme y sin rodeos como siempre. "Emma, cariño, tienes que dejar de permitir que este hombre te pisotee. Ya basta."

Emma mordió su labio, sus ojos ardían mientras se hundía en el sofá, abrazando un cojín como si pudiera protegerla de alguna manera de la verdad. "Lo sé, pero..." Su voz vaciló, apenas un susurro. "¿Y si estoy equivocada? ¿Y si todo está en mi cabeza?"

El suspiro de su madre atravesó el teléfono, largo y cansado, teñido de una mezcla familiar de amor y frustración. "Emma, querida, no estás equivocada. Has estado dudando de ti misma tanto tiempo que has olvidado qué es real. Este hombre—te ha estado haciendo dudar de tu propio valor. No tienes que soportar eso."

"Tengo miedo, mamá." La voz de Emma se quebró de nuevo, la confesión sacando algo pesado de su pecho. "¿Y si—qué pasa si él realmente está intentando? ¿Y si solo estoy exagerando?"

"Siempre has sido la que da, Emma. Siempre haciendo excusas por él, tratando de ver lo mejor.

Pero mira dónde te ha llevado eso." El tono de Martha se suavizó, pero no se podía perder el borde de urgencia. "Tienes más en qué pensar que solo en él. Tienes un hijo. Tienes a ti misma."

Las palabras golpearon a Emma como una bofetada, su respiración deteniéndose en su garganta. Abrazó el cojín más fuerte, sus uñas hundiéndose en la tela. La verdad era que, en el fondo, sabía desde hacía tiempo que algo tenía que cambiar. Pero el miedo—el miedo a estar sola, a tomar la decisión equivocada—la mantenía atrapada, atada a una vida que ya no sentía como suya.

"No sé si soy lo suficientemente fuerte." La confesión salió antes de que pudiera detenerla, su voz pequeña, como la de un niño.

"Emma," dijo su madre, su voz suave pero firme. "Siempre has sido fuerte. Solo que olvidaste. Esto no se trata de si él está intentando o no. Se trata de cuánto tiempo has estado esperando, cuánto tiempo has estado perdiéndote a ti misma. No dejes que te quiebre más."

Emma presionó los labios, sus ojos apretándose mientras las palabras de su madre se asentaban profundamente en su corazón. Sintió un destello de algo—algo que no había sentido en mucho tiempo. No confianza, exactamente, sino resolución. Una resolución tranquila y hirviente que comenzaba a reemplazar la duda que la devoraba.

"Está bien, mamá," susurró, las palabras suaves pero llenas del peso de una decisión que no estaba segura de estar lista para tomar. "Hablaré con él."

"Bien," dijo Martha, su voz perdiendo su agudeza. "Pero recuerda, hablar no es suficiente si nada cambia. Te mereces más de lo que él te está dando, niña, y eres más fuerte de lo que piensas. Solo recuerda eso. Recuerda, no estás sola en esto, tampoco. Tienes a mí y a Jaxon. No lo olvides."

Emma asintió, aunque su madre no pudiera verla, su pecho apretándose con miedo y alivio. "No lo olvidaré."

Cuando terminó la llamada, Emma se quedó allí en la tenue luz de la sala, el teléfono todavía en su mano, el cojín apretado contra su pecho. El silencio que siguió era ensordecedor, pero en él podía escuchar los ecos de la voz de su madre—la voz que siempre había sido su tabla de salvación, su ancla en momentos como este. Y por primera vez en mucho tiempo, Emma se permitió imaginar una vida donde no estuviera aplastada por el miedo y la duda, una vida donde pudiera respirar finalmente. Aún no estaba allí, ni mucho menos. Pero tal vez, solo tal vez, estaba en el camino.

“Esa es mi niña,” dijo Martha, su voz suavizándose, como si pudiera sentir las lágrimas acumulándose en los ojos de Emma. “Si me necesitas, no importa la hora, día o noche, estaré allí. Estoy conduciendo ahora y estaré en casa en unas pocas horas.”

Emma asintió, aunque su madre no pudiera verla, y después de colgar, se quedó en silencio durante un largo momento, el peso de la conversación asentándose sobre sus hombros. Miró su reflejo en la ventana de la cocina, viendo el indicio de determinación que había vuelto a sus ojos verdes.

La puerta principal se abrió con el sonido familiar de la llegada de Jaxon, sacando a Emma de su ensueño. Rápidamente se limpió los ojos y forzó una sonrisa mientras su hijo entraba en la habitación, su uniforme escolar desordenado y su cabello erguido en todas direcciones.

“Hola mamá, ¿qué hay para cenar?” preguntó Jaxon, su voz brillante y llena de la energía que solo un adolescente de dieciséis años puede reunir al final de un largo día escolar.

Emma le revolvió el cabello, sintiendo un punzón de culpa al pensar en lo que su incertidumbre podría estar haciéndole. "Tu favorito, espaguetis. Está casi listo, chiquillo. ¿Por qué no te lavas las manos?"

Mientras Jaxon desaparecía por el pasillo, Emma volvió a la estufa, revolviendo la salsa con renovado enfoque. El movimiento rítmico era reconfortante, una distracción temporal del torbellino en su mente. Escuchó la voz de Jaxon a lo lejos, preguntando por Carlos, y su agarre en la cuchara de madera se apretó, sus nudillos palideciendo.

"¿Va a estar en casa para la cena?" preguntó Jaxon.

"Quizás," respondió ella, su voz atrapada en su garganta mientras forzaba las palabras. "Siempre está ocupado con el trabajo, cariño."

La respuesta de Jaxon se perdió en el estrépito de los platos mientras Emma ponía la mesa, organizando los cubiertos con la misma precisión que aplicaba a todo en su vida—un intento desesperado de mantener el control en una situación en la que se sentía cualquier cosa menos que controlada.

Más tarde, mientras se sentaban a comer, el silencio entre ellos era pesado, la charla usual sobre la escuela y los amigos reducida a respuestas monosilábicas. Emma intentó involucrarse, pero su mente estaba a millas de distancia, enredada en la red de sospechas y temores que la habían mantenido despierta por la noche.

Después de la cena, Jaxon se retiró a hacer su tarea, y Emma se encontró sola en el cuarto de lavandería, doblando ropa con precisión mecánica. El suave zumbido de la lavadora era el único sonido, su ritmo constante un contrapunto al caos en su mente. Se detuvo, un par de calcetines de Jaxon en las manos, y miró fijamente a la pared, sus pensamientos girando.

El timbre de la puerta sonó, sacándola de su trance. Dudó por un momento, su corazón saltando un latido, antes de secarse las manos en un paño de cocina y ir a abrir.

Rachel estaba en la puerta, su rostro una mezcla de preocupación e incertidumbre. "Hola, Em. Estaba en el vecindario y pensé en pasar a verte."

Emma forzó una sonrisa, apartándose para dejar entrar a su amiga. "Gracias, Rach. Pasa."

Se acomodaron en el sofá, el mismo donde Emma había estado sentada antes, aferrada a su teléfono como si fuera un salvavidas. La presencia de Rachel era reconfortante, pero también traía de vuelta la realidad de la situación.

"Parecías rara en el trabajo hoy," dijo Rachel suavemente, sus ojos buscando el rostro de Emma. "¿Está todo bien?"

Las palabras salieron de Emma antes de que pudiera detenerlas, un torrente de emociones y temores que había mantenido reprimidos por demasiado tiempo. Habló de las noches largas, las llamadas telefónicas, la creciente distancia entre ella y Carlos. Para cuando terminó, su voz estaba ronca, y las lágrimas habían comenzado a deslizarse por sus mejillas.

Rachel extendió la mano y tomó la de Emma, su agarre firme y reconfortante. "Emma, tienes que confiar en tu instinto. Si sientes que algo está mal, tienes que averiguar la verdad. Se lo debes a ti misma y a Jaxon."

Emma asintió, secándose los ojos con el dorso de la mano. "Solo... tengo miedo, Rach. ¿Y si estoy equivocada? ¿Y si enfrentarlo hace que todo empeore?"

La mirada de Rachel era firme, su voz tranquila. "¿Y si tienes razón? No puedes seguir viviendo en el limbo, Em. Pase lo que pase, lo superarás. Y no estarás sola. ¿Puedo ayudarte con algo?"

“No, no, estaré bien. Gracias, de verdad, Rach. Significa mucho para mí que estés aquí para escucharme.”

Emma miró a su amiga, viendo la verdad en sus palabras, y sintió una ola de resolución inundarla. No era mucho, solo una chispa, pero era suficiente para comenzar a reavivar el fuego que pensaba haber perdido.

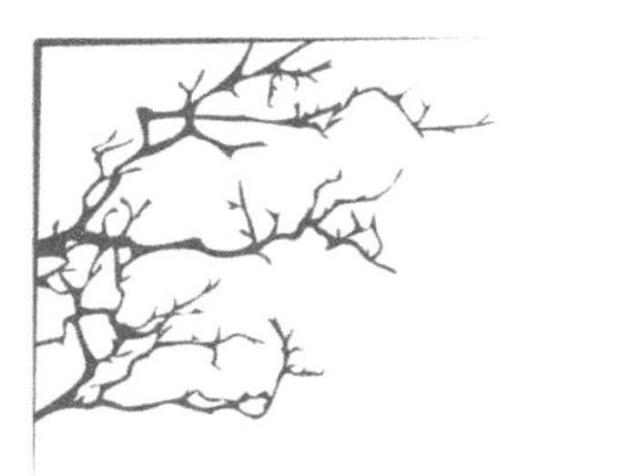

4

Emma estaba de pie en el pasillo tenue, la frialdad del suelo de madera presionando contra sus pies descalzos mientras miraba los recibos arrugados que sostenía en su mano temblorosa. Los papeles delgados, manchados con tinta de incontables relecturas, eran prueba suficiente—estancias en hoteles, cenas para dos. Sus dedos se apretaron, arrugando aún más los recibos mientras la realidad de la traición de Carlos la envolvía como un tornillo. La casa, que normalmente era un santuario, ahora se sentía como una jaula sofocante.

Abajo, el sonido amortiguado de la televisión apenas se registraba a través de la espesa niebla de sus pensamientos. La risa de Carlos subía hacia ella, un eco hueco y burlón que rompía el silencio. Era un sonido que una vez la llenó de calidez, pero ahora estaba impregnado de una amargura que le revolvía el estómago. ¿Cuánto tiempo había estado ciega a la verdad? ¿Cuánto tiempo había estado él fabricando estas mentiras, pensando que nunca lo notaría?

El crujido de las tablas del suelo detrás de ella hizo que Emma se girara, su corazón saltando. Jaxon estaba en la puerta, su figura alta y delgada aún tambaleándose por el sueño. Su cabello oscuro, desordenado por la cama, caía sobre sus ojos mientras se los frotaba, tratando de enfocar su mirada en su madre.

"Mamá, ¿qué estás haciendo?" Su voz era suave, preocupada, cortando sus pensamientos en espiral. "¿Estás bien?"

El aliento de Emma se detuvo. Forzó una sonrisa, una que no llegaba a sus ojos, y asintió, escondiendo los recibos detrás de su espalda. "Estoy bien, Jax," mintió, su voz apenas un susurro. "Vuelve a la cama, cariño."

Pero Jaxon no se movió. Sus ojos, tan parecidos a los suyos, escudriñaron su rostro, captando la tensión que intentaba ocultar. "¿Mamá... estás segura? Te ves... molesta. ¿Qué pasa?"

Ella vaciló, luchando contra el impulso de romperse frente a él. En lugar de eso, extendió la mano, apartando su cabello de su frente, su toque linger un momento más de lo habitual. "Te prometo que no es nada de lo que debas preocuparte. Solo... vuelve a dormir, ¿de acuerdo?"

Jaxon la estudió un momento más antes de asentir lentamente. "Está bien," murmuró, volviendo hacia su habitación. Pero la preocupación en sus ojos le dijo a Emma que no estaba convencido.

Emma lo observó dudar y mirar hacia atrás antes de desaparecer por el pasillo. Su corazón dolía con el conocimiento de que ya no podía protegerlo de la tormenta que se avecinaba en sus vidas. Tan pronto como la puerta de su habitación se cerró, su fachada se desmoronó. Apretó los recibos con más fuerza, sintiendo los bordes afilados de sus uñas clavarse en los papeles y en su palma.

No podía dejar que esto continuara—no por Jaxon, no por ella misma. Su cuerpo, aún temblando, la llevó escaleras abajo. Cada paso se sentía más pesado, el peso de lo que estaba a punto de hacer presionando sobre ella con una fuerza implacable. Cuando llegó a la sala de estar, Carlos apenas levantó la vista de la televisión, su atención absorbida por la pantalla.

"Carlos," dijo ella, su voz más firme de lo que se sentía, mientras entraba en la habitación. Él levantó la vista, una sonrisa casual en su rostro que vaciló al ver su expresión.

"¿Qué pasa?" preguntó, poniendo el volumen del TV en silencio. Sus ojos se fijaron en los papeles en su mano, el color drenando de su rostro al darse cuenta de lo que ella sostenía.

Emma no dijo nada al principio, solo caminó hasta la mesa de café y dejó los recibos allí. Uno por uno, los extendió—reservas de hotel, cenas caras, compras que no podían explicarse. Cada uno era un clavo en el ataúd de su matrimonio.

Carlos los miró, su mandíbula tensa. "¿Has estado revisando mis cosas?" Su voz era baja, con un borde peligroso que hizo que el corazón de Emma se acelerara, pero ella no retrocedió.

"Sí, estaban en los bolsillos de tus jeans. Los estaba vaciando para lavarlos." respondió ella, su voz fría. "Creo que me debes una explicación."

La tensión en la habitación crujía como estática. Las manos de Carlos se convirtieron en puños, sus ojos entrecerrándose mientras la miraba. Por un momento, ninguno de los dos se movió. Luego, sin decir una palabra, tomó los papeles y su chaqueta y salió de la casa, la puerta cerrándose detrás de él con una fuerza que sacudió las paredes.

Emma se quedó allí, los ecos de la puerta reverberando en su pecho. Sentía una extraña mezcla de alivio y temor—alivio porque la confrontación finalmente había ocurrido, y temor por lo que vendría después. El silencio en la casa era ensordecedor, presionando sobre ella desde todos lados.

A la mañana siguiente, mientras Emma se sentaba en la mesa de la cocina en una videollamada con Martha, los restos de la evidencia de la traición de Carlos estaban extendidos ante ella. Las manos, normalmente firmes de Emma, temblaban mientras tomaba uno de los muchos sobres de extractos de tarjetas de crédito sin abrir. Deslizó su uña debajo de la solapa, sus movimientos deliberados, casi rituales, como si estuviera revelando el alcance completo del daño por primera vez.

Emma se sentó frente a su madre en la pantalla, su rostro pálido y demacrado, sus ojos hinchados por las lágrimas que había estado conteniendo toda la noche. Observó la reacción de su madre, cada pequeño movimiento de su boca, cada parpadeo en sus ojos. "Mamá, no volvió anoche. No sé qué hacer. Revisé su escritorio y encontré cartas escritas en español, fotos de una chica, todos los extractos de tarjetas de crédito. ¿Estoy equivocada por buscar cosas? ¿Debería abrir las facturas?" preguntó Emma a su madre.

"Sí, ábrelas y ve qué tipo de cargos hay. ¿Están todas a tu nombre, no?" preguntó Martha.

Emma asintió. "Sí, él no tiene crédito en absoluto. Voy a enviarte copias, así las tendré en un lugar seguro... por si acaso." dijo Emma con los ojos brillando.

"Oh, niña..." La voz de Martha tembló mientras revisaba las fotos de la chica, las cartas y las imágenes de los extractos de tarjetas de crédito enviadas por mensaje de texto. Los números, las fechas, los nombres—dibujaban un panorama más condenatorio que cualquier palabra podría. "Esto... esto es peor de lo que pensaba. ¿Qué demonios..."

Emma no dijo nada, solo miró la mesa, sus manos apretadas en su regazo. Se sentía insensible, como si la magnitud de lo que había descubierto fuera demasiado para procesar de una vez. La traición no solo era emocional—era financiera, personal, profunda. Carlos había desgarrado la vida que habían construido, ladrillo por ladrillo, mentira por mentira.

Martha levantó la vista, sus ojos encontrándose con los de Emma. "Te ha estado mintiendo sobre todo," dijo, su voz endureciéndose con ira. "Y necesitas protegerte a ti misma y a Jaxon. Lo primero que debemos hacer es conseguir a alguien que traduzca estas cartas, averiguar quién es esta mujer y decidir cómo manejar esto."

"Oh mamá, ¿qué voy a hacer?" lloró Emma.

"Lo resolveremos, pero primero pongamos todo en orden para saber qué hacer primero," dijo Martha.

Después de colgar el teléfono, Emma se sentó por un largo momento, dejando que el peso de lo que estaba por venir se asentara sobre ella. La insensibilidad que había sido su compañera constante durante meses comenzaba a desvanecerse, reemplazada por una ira lenta y ardiente y una determinación. No estaba del todo segura de dónde venía la fuerza, pero estaba allí, empujándola hacia adelante.

Su mente corría a través de los detalles que necesitaría manejar—el abogado de divorcio, la reunión con Carlos y, eventualmente, la confrontación con "B," la mujer que había descubierto recientemente. No había sentido en seguir pretendiendo. Las noches largas, las llamadas secretas, la creciente distancia entre ellos—todo apuntaba a la misma verdad devastadora. Él no solo se estaba alejando de su matrimonio; ya se había ido en todos los sentidos que importaban.

Emma sintió una oleada de ira, no la cruda y explosiva, sino algo más frío, más calculado. Carlos la había subestimado. Probablemente pensó que ella aceptaría sus mentiras en silencio, que se quedaría por el bien de su hijo, Jaxon, o por miedo a lo que el divorcio podría significar para su ya precaria situación financiera. Pero estaba a punto de aprender cuán equivocado había estado.

Jaxon. El pensamiento de su hijo hizo que un nudo se formara en su garganta. Tenía que ser fuerte para él, sin importar cuán feo se pusieran las cosas. Solo tenía siete años, lo suficientemente viejo para percibir la tensión pero demasiado joven para entender la complejidad de lo que estaba pasando. Emma necesitaba protegerlo de la mayor parte de las repercusiones que pudiera, pero no podía protegerlo quedándose en un matrimonio que se estaba desmoronando desde adentro. Lo mejor que podía hacer por él ahora era mostrarle cómo se veía la fuerza, incluso si significaba alejarse.

Se levantó del sofá, el cojín cayendo al suelo, y caminó por la sala, su mente girando con posibilidades. Necesitaría reunir evidencia—mensajes, correos electrónicos, lo que pudiera encontrar que probara la infidelidad de Carlos. Si él quería jugar sucio, ella tendría que estar lista. No era lo suficientemente ingenua como para creer que esto sería una ruptura limpia. Carlos no lo haría fácil.

Su corazón se apretó al pensar en la confrontación con él. Carlos tenía un temperamento, y la idea de enfrentarlo cara a cara, acusándolo de traición, le revolvía el estómago. Pero esta vez, no retrocedería. No podía. Lo confrontaría y se iría. Llevaría a Jaxon y comenzaría de nuevo, sin importar cuán aterrador pareciera el prospecto en este momento.

Emma caminó hasta la ventana, mirando la calle bañada por el sol. En el reflejo, apenas se reconocía—las líneas de preocupación en su rostro, la fatiga en sus ojos, el peso de los años intentando mantener una vida que se le había escapado entre los dedos. Pero algo nuevo también brillaba en su reflejo—resolución.

Con una respiración profunda, se alejó de la ventana y tomó su teléfono. El primer paso era llamar a un abogado. Emma buscó un número que había guardado semanas atrás pero que aún no se había atrevido a usar.

Su dedo flotaba sobre el botón de llamada. "Por Jaxon," se susurró a sí misma, fortaleciendo su resolución. Luego presionó el botón, y mientras el teléfono sonaba, sintió el cambio dentro de ella—la realización tranquila y poderosa de que ya no iba a ser una víctima.

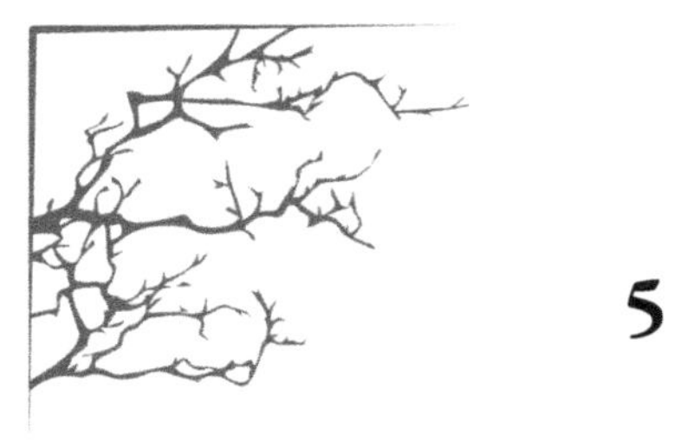

5

Esa tarde, el suave burbujeo de una olla en la estufa llenaba la cocina con el rico y reconfortante aroma de un guiso de carne. Flotaba en el aire, aferrándose a las paredes como un recuerdo, pero para, Emma, el olor, que antes le resultaba familiar, no le traía consuelo alguno. Estaba de pie junto a la olla, con una cuchara de madera en la mano, removiendo distraídamente como si el movimiento en sí pudiera llenar el vacío dentro de ella. Cocinar, que antes había sido su refugio, ahora era solo una rutina sin sentido, una forma de mantener las manos ocupadas y evitar enfrentar la tormenta que se gestaba en su interior.

Afuera, el sol se deslizaba por debajo del horizonte, largas sombras se arrastraban por el suelo de la cocina mientras el crepúsculo se asentaba. El tic-tac del reloj sonaba más fuerte de lo habitual, cada segundo se alargaba, puntuando el silencio que se había instalado en la casa como una espesa y sofocante niebla. La luz en la habitación se atenuaba, envolviendo todo en tonos de gris, reflejando la frialdad que se había filtrado en su corazón.

El abogado le había dado un buen consejo: reunir toda la evidencia que pudiera encontrar. Números de teléfono, capturas de pantalla de los mensajes en su móvil, recibos de tarjetas de crédito, cada cosa que pudiera recopilar. Eso fortalecería su caso, obligándolo a asumir la responsabilidad financiera por las deudas que había generado.

Sus manos se movían mecánicamente—picando verduras, ajustando el fuego—pero su mente estaba muy lejos. Mientras el cuchillo cortaba las zanahorias, Emma imaginaba que cortaba más que simples productos. Cada corte se sentía como un acto simbólico, una forma de desgarrar las capas de mentiras que se habían enredado en su vida. El ritmo constante de la hoja golpeando la tabla de cortar se convirtió en una liberación silenciosa para la ira que mantenía contenida, una ira que hervía justo debajo de la superficie, esperando el momento adecuado para desbordarse.

Miró la olla, observando cómo el guiso burbujeaba, pero en lugar de la satisfacción que solía sentir al preparar una comida para su familia, solo había un vacío punzante. El calor de la cocina no podía deshacer el nudo helado de resentimiento en su pecho. Cada giro del dial del quemador se sentía como si apretara más los tornillos de su imaginada venganza contra Carlos. Lo imaginaba sufriendo, como ella lo había hecho, aunque mantenía sus manos firmes y su rostro sereno. No podía dejar que la ira se mostrara. No todavía.

En la creciente oscuridad, Emma casi podía escuchar los ecos de la vida que una vez había tenido en esa misma habitación—la risa tranquila, las conversaciones fluidas, el sentido de unidad que ahora parecía tan distante. El tic-tac del reloj llenaba el silencio donde antes estaban esos momentos, y se dio cuenta de cuán lejos habían llegado ella y Carlos. Ahora, solo quedaba esto: rituales vacíos y el peso sofocante de las cosas no dichas.

Se detuvo, la cuchara suspendida sobre la olla mientras el vapor se elevaba, enroscándose en la tenue luz. Un suspiro escapó de sus labios, suave pero pesado. La decisión que había tomado ese mismo día permanecía en el fondo de su mente, una decisión que se sentía a la vez aterradora y liberadora. La confrontación era inevitable. El pensamiento le envió un escalofrío de ansiedad, pero al menos terminaría con la incertidumbre, la constante duda que carcomía su cordura.

Ya no tenía miedo—ni de Carlos, ni de las consecuencias que seguirían. Mientras el guiso seguía hirviendo a fuego lento, llenando la habitación de calor y fragancia, se dio cuenta de que esa noche no cocinaba para él. Esta comida, al igual que el resto de su vida, ahora le pertenecía a ella. Ya no viviría a su sombra, ya no fingiría que todo estaba bien.

El agudo sonido del cuchillo al caer sobre el mostrador la sacó de sus pensamientos. Por primera vez en meses, tomó una respiración profunda y calmada. Sabía que pronto el silencio sería destrozado por la confrontación que se avecinaba. Pero por ahora, se permitió este momento de quietud, esta breve pausa antes de la tormenta.

El crujido de la puerta principal rompió su ensueño, y Emma se tensó. Carlos entró, su presencia pesada e imponente, rompiendo el frágil silencio. Tiró su maletín al suelo con un golpe descuidado, el sonido marcando la tensión que flotaba entre ellos.

"Hola, amor," dijo casualmente, plantándole un beso rápido y sin emoción en la mejilla antes de dirigirse al refrigerador. Estaba completamente ajeno al tumulto que giraba justo bajo la superficie, actuando con total normalidad.

El familiar olor de su barato perfume y el leve, inconfundible rastro de whisky flotaban hacia ella, mezclándose con el guiso en una nauseabunda combinación. Emma lo observó mientras se servía una bebida, su estómago revolviéndose. ¿Cómo podía no verlo? ¿Cómo podía ser tan ciego ante la fractura en su matrimonio, el abismo que se había abierto entre ellos?

"La cena está casi lista," dijo Emma, su voz plana, carente de cualquier calidez. Colocó la olla de guiso en la mesa con una precisión deliberada, el tintineo de los platos cortando el denso silencio. "Jaxon, la cena está lista," llamó Carlos al niño.

Jaxon dio unos largos pasos y llegó a la mesa, notando la tensión en el aire. Observó mientras su madre y Carlos hacían una danza silenciosa de voluntades a través de la mesa.

Se sentaron a comer, el espacio entre ellos en la mesa se sentía como un abismo, una representación física de cuán distanciados se habían vuelto. La cuchara de Emma temblaba ligeramente en su mano, su agarre inestable mientras su mente corría. Pensaba en la confrontación, en lo que sucedería cuando finalmente le dijera que lo sabía. El alivio que imaginaba sentía lejano, ahogado por el miedo de lo que vendría después—cómo se desmoronaría su vida, cómo afectaría a Jaxon.

La imagen de la mujer en la fotografía destellaba en su mente, burlándose de ella. La ignorancia no es felicidad—es un veneno lento, pensó, sintiendo cómo su pecho se oprimía bajo el peso de su secreto. Pero el miedo a lo que vendría después de esa revelación, de cómo su familia podría desmoronarse, la mantenía paralizada.

Cenaron en silencio, la tensión se hacía más espesa con cada bocado. La determinación de Emma vacilaba. Sentía la verdad presionando contra sus labios, rogando ser liberada, pero esta noche no sería la noche. Esta noche, mantendría la paz, sostendría la frágil fachada de normalidad. Por Jaxon. Por ella misma.

Más tarde, mientras limpiaban la mesa y se retiraban a sus rincones separados de la casa, Emma sintió el peso de esa fotografía más agudamente que nunca. Parecía colgar sobre ella, una acusación que no podía ignorar. Mañana, se dijo, endureciendo sus nervios. Mañana enfrentaré la verdad.

Pero por esta noche, se permitiría el fugaz consuelo de la negación, un último momento de tranquilidad antes de que todo se derrumbara.

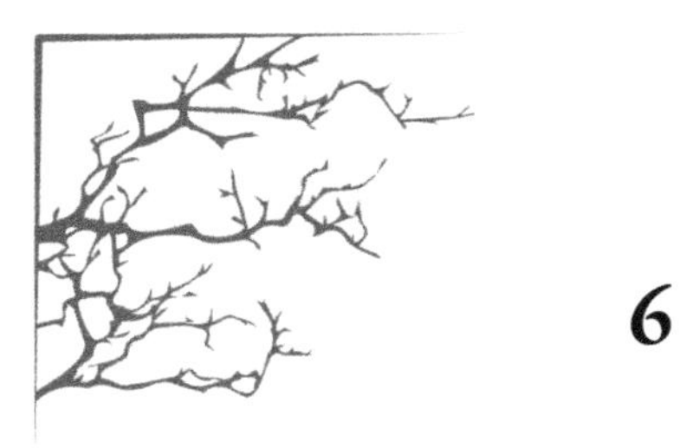

6

Tres días pasaron en un torbellino de noches sin dormir y conversaciones llenas de lágrimas con su madre, Martha. Emma había intentado con todas sus fuerzas apartar sus sospechas, pero cuanto más lo pensaba, más segura estaba de que Carlos la estaba engañando. Se veía en la forma en que la miraba, o mejor dicho, en cómo no la miraba. En cómo siempre parecía estar en otro lugar, incluso cuando estaban en la misma habitación.

"Te mereces algo mejor, niña," le había dicho Martha en su última llamada, con la voz quebrada por la angustia. "Eres lo suficientemente fuerte para dejarlo. Lo sé."

Pero, ¿lo era? ¿De verdad era lo suficientemente fuerte como para alejarse de la única vida que había conocido? ¿De la vida que había construido con sus propias manos?

Mientras se sienta frente a Carlos en la mesa de la cena, el silencio entre ellos tan sofocante como siempre, Emma sabe que ya no puede seguir callando. Tiene que saber la verdad, cueste lo que cueste.

"Carlos, no voy a seguir viviendo así," dice, su voz temblando ligeramente.

Él levanta la vista de su plato, frunciendo el ceño con preocupación. "¿Todo está bien, mi amor?"

"No," dice ella, su voz ganando fuerza con cada palabra. "He estado pensando mucho últimamente y... creo que tenemos algunos problemas que necesitamos abordar."

La expresión de Carlos se oscurece, y deja el tenedor en la mesa con un estruendo. "¿Qué pasa, Emma? ¿Estás teniendo otro episodio?"

La ira y el dolor suben dentro de ella, pero los reprime. "No hagas eso, Carlos. No te atrevas a tratar de manipularme y hacer que esto sea sobre mí."

"Entonces, ¿qué es, Emma? ¿Qué he hecho ahora para molestarte?" pregunta, fingiendo inocencia.

"No se trata de lo que has hecho," escupe ella. "Se trata de lo que no has hecho. Siempre estás ocupado con el trabajo o con 'cenas de clientes', pero cuando te necesito, no estás. Ni siquiera llegas a casa todas las noches."

Carlos suspira, frotándose las sienes en una frustración fingida. "¿Esto otra vez, Emma? Te lo he dicho mil veces, mi trabajo es exigente. Trabajo hasta tarde y asisto a cenas porque necesito proveer para esta familia."

"¿Proveer para esta familia? ¿Eso es todo lo que soy para ti? ¿Una persona para la que tienes que 'proveer'?" Las palabras salen de su boca antes de que pueda detenerlas, y de inmediato las lamenta.

Los ojos de Carlos se entrecierran, y Emma se prepara para la explosión que sabe que vendrá. Pero en lugar de eso, él ríe, una risa fría y sin humor que la congela hasta los huesos.

"Eres increíble, ¿lo sabías? Estoy afuera partiéndome el lomo para darte a ti y a esta familia todo lo que podrían desear, ¿y esto es lo que obtengo? ¿Acusaciones e histeria?"

Empuja su silla hacia atrás, haciendo que rechine contra el suelo de madera.

"Ya tuve suficiente de esto." Se gira y sale de la habitación, cerrando la puerta de un portazo, dejándola sola con sus pensamientos confusos y emociones revueltas.

Con lágrimas en los ojos, Emma mira la cena intacta, su apetito desaparecido. Sabe que esta discusión fue diferente. No hay vuelta atrás. Finalmente ha tenido suficiente. Esta noche empacará sus cosas y se irá. Ya no va a vivir así.

Mientras se levanta de la mesa, vislumbra su reflejo en la ventana. En el vidrio oscurecido, no solo ve su propio reflejo, sino una imagen distorsionada de Carlos parado en el pasillo, observando cada uno de sus movimientos.

La luz del sol de media mañana se colaba por las persianas medio abiertas, proyectando largas sombras delgadas sobre el suelo de baldosas de la cocina. Emma estaba en el fregadero, con las manos sumergidas en agua tibia y jabonosa mientras restregaba una mancha persistente en un plato del desayuno. Un ritmo constante de quehaceres siempre había sido su ancla contra las corrientes impredecibles de la vida. Su teléfono vibró con la urgencia benigna de un recordatorio diario, pero fue la pantalla de Carlos la que captó su atención desde donde yacía abandonada en la encimera.

Un adelanto de mensaje parpadeó brevemente antes de que la pantalla se oscureciera, con las palabras "No puedo esperar a verte de nuevo" grabándose en su retina. Una sensación de hormigueo subió por su espalda, sus ojos verdes y protectores se entrecerraron con sospecha. Emma miró por encima del hombro, asegurándose de que el silencio de la casa confirmaba su soledad. Agarró el dispositivo con una mano mojada, dudando solo un momento antes de secarse los dedos en el delantal atado a su cintura y desbloquear el teléfono con un desliz.

La curiosidad se enroscó dentro de ella, mezclada con una ansiedad que sabía agria en el fondo de su garganta. El mensaje era de un número no guardado en sus contactos, y la informalidad de las palabras le mordía como una advertencia. ¿Debería confrontar a Carlos? ¿Exigir respuestas de esos ojos oscuros y duros que podían pasar de tiernos a gélidos en un abrir y cerrar de ojos? El pensamiento de su encanto desmoronándose en agresión hizo que su estómago se revolviera.

Pero Emma no podía desver el mensaje, no podía desarraigar la semilla de duda que ahora había sido plantada. Con un suspiro que se sentía más como una rendición que como una resolución, profundizó más. Deslizarse por los mensajes de Carlos se sentía como quitar capas de engaño, cada una siendo un nuevo corte en el tejido de su vida juntos.

Entonces los encontró: mensajes cargados de deseo, entretejidos con intimidad destinada a otra persona. También había fotos, imágenes que se grabaron en su memoria: la curva de una sonrisa desconocida, la familiaridad del toque de Carlos sobre la piel de alguien más. Cada traición pixelada retorcía el cuchillo un poco más, confirmando lo que el primer mensaje solo había insinuado.

El corazón de Emma se hundió, una piedra pesada que cayó en el pozo de su ser. Permaneció inmóvil, el brillo del teléfono arrojando una luz pálida en su rostro. En el reflejo de la pantalla oscurecida, vislumbró su imagen: una mujer deshilachándose por los bordes, su calidez dando paso al cansancio que ahora definía sus rasgos. Desvió la mirada, comprendiendo el peso total de la verdad que ahora sostenía en sus manos temblorosas.

El aire inmóvil del salón de repente se volvió pesado, cargado de tensión mientras Emma se paraba frente a Carlos. Sus manos temblaban, aferrando el teléfono como una prueba condenatoria. Podía sentir su corazón latir con fuerza en el pecho, los golpes rítmicos resonando con su agitación interna.

"Carlos," comenzó, su voz apenas más que un susurro, traicionando la tormenta dentro de ella. "¿Quién es ella?"

Él levantó la vista de su periódico, frunciendo el ceño en una confusión fingida.

"¿Quién es quién, Em?" Su tono casual era un agudo contraste con la ansiedad palpable que irradiaba de Emma.

"¡No te hagas el tonto!" Las palabras estallaron en ella, más fuertes y fieras de lo que pretendía. "Vi tus mensajes, las fotos... las fotos desnudas tuyas, de ella. ¿Cómo pudiste?"

Los ojos de Carlos se entrecerraron, un destello de algo oscuro cruzó su rostro antes de que su expresión se suavizara en una inocencia calculada.

"No tengo idea de lo que estás hablando," dijo, dejando el periódico a un lado con una despreocupación calculada.

"¡Deja de mentirme!" gritó Emma, su resolución desmoronándose bajo el peso de sus emociones. Le arrojó el teléfono, los textos y las imágenes incriminatorias brillando ante ambos. "Esto. ¡De esto estoy hablando!"

Hubo una pausa extenuante donde solo el tic-tac del reloj de la pared llenaba el vacío entre ellos. Entonces, finalmente acorralado, Carlos soltó un suspiro y sus hombros se hundieron, un gesto de derrota.

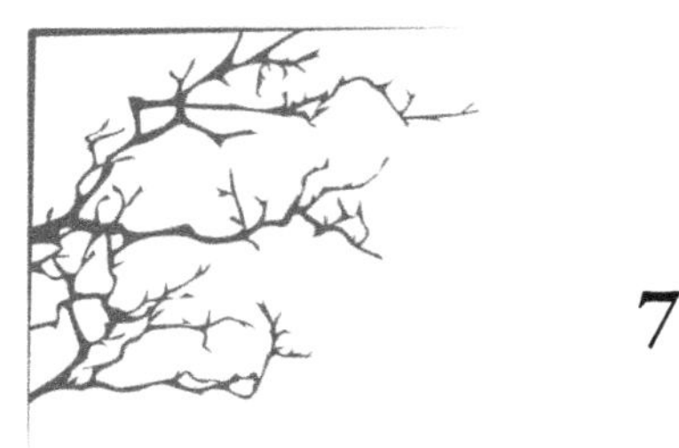

7

El silencio que siguió a su declaración se sintió tan frío e implacable como el filo de un cuchillo. La respiración de Emma llegaba en cortas y agudas inhalaciones, cortando el aire espeso entre ellos. Carlos se quedó inmóvil, sus ojos se estrecharon, calculadores, como si estuviera planeando su próximo movimiento en un juego retorcido que solo él entendía.

La mirada de Emma se desvió de él, viajando hasta la fotografía enmarcada sobre la repisa de la chimenea: su pequeña familia sonriendo, una mentira capturada en píxeles y cristal. Una nauseabunda sensación le retorció el estómago, su mente invadida por las secuelas de la confrontación. ¿Había cometido un error al enfrentarlo? ¿Qué significaría esta ruptura para su hijo Jaxon, quien dependía de ambos para su estabilidad?

Sus dedos rozaron su sien, un intento de calmar el dolor de cabeza que latía al compás de su acelerado corazón. Las dudas se filtraron como sombras insidiosas, susurrando que tal vez la ignorancia hubiera sido una bendición. Pero la oscuridad no podía borrar la verdad de la traición de Carlos, escrita en tinta digital.

"Em, no. No hagas esto," la voz de Carlos rompió sus pensamientos en espiral, pero ya no tenía el mismo poder. "Podemos solucionarlo, por Jax."

"¿Solucionarlo?" murmuró, las palabras tenían un sabor amargo. Sus inseguridades la acosaban, el espectro familiar de no ser suficiente que la había atormentado desde la infancia. ¿Era tan indigna de fidelidad, de respeto? No. Esto no se trataba de sus defectos; se trataba de la incapacidad de Carlos para valorar sus votos.

Emma se tomó un momento para cerrar los ojos y encontrar la fuerza interior que siempre había estado presente, incluso cuando era difícil escucharla sobre las dudas en su mente. Pensó en Jaxon, su hijo con su impactante cabello oscuro y su intensa mirada color avellana, que merecía una vida libre de los efectos tóxicos del engaño.

"Jaxon necesita más que promesas vacías," dijo, su voz ganando fuerza mientras abría los ojos y enfrentaba a Carlos una vez más. "Él necesita honestidad, integridad... cosas que tú has demostrado que no puedes ofrecer y no has hecho durante mucho tiempo."

Los labios de Carlos se entreabrieron, pero no emitió sonido alguno. No estaba acostumbrado a esta versión de Emma, la que blandía sus palabras con precisión en lugar de consuelo.

"Lo que ocurra a partir de ahora," continuó, el peso de su decisión anclando su determinación, "lo hago por mí, por Jaxon. Nos merecemos algo mejor, y no permitiré que tus errores definan nuestro futuro."

En ese momento, la mujer que había pasado su vida curando a los demás decidió aplicar ese cuidado a las heridas dentro de su propia familia, comenzando con extirpar la infección del engaño. Emma Dawson, con su corazón compasivo y su fortaleza recién descubierta, salió de las sombras de sus inseguridades y entró en la luz de su propio valor.

Los dedos de Emma temblaban mientras marcaba el número familiar, su corazón golpeando contra sus costillas en un ritmo que denotaba aprensión. El teléfono emitió un timbre antes de que la línea se conectara, y la voz de Martha, fuerte e inmediata, llenó el silencio.

"Ma," comenzó Emma, la sola palabra era una presa a punto de romperse.

"Emma, querida, ¿qué ha pasado?" El tono de Martha cambió de calidez a alerta, un testimonio de sus instintos protectores.

Sentada en la mesa de la cocina, Emma sostenía el teléfono como un salvavidas, el mundo exterior reducido a un borrón mientras contaba las revelaciones del día. Habló de los mensajes de texto, de la confrontación con Carlos, de la incertidumbre paralizante que ahora la envolvía.

Martha escuchaba sin interrumpir, el suave exhalo de su respiración a través de la línea era una presencia constante. Cuando las palabras de Emma finalmente se desvanecieron en un sollozo ahogado, la respuesta de Martha fue inmediata.

"Cariño, eres más fuerte de lo que te imaginas," dijo Martha con firmeza. "Has superado tormentas antes, y esta—esta traición no es diferente."

Los dedos temblorosos de Emma rozaron los bordes de la foto de su hijo, sus ojos llenándose de lágrimas mientras imaginaba su rostro sonriente. Pero las palabras de Martha la devolvieron a la realidad, su agarre se fortaleció en el teléfono mientras una oleada de miedo y determinación la invadía.

"Jaxon te necesita, Emma. Eres su brújula, su única esperanza en esta oscuridad," la voz de Martha crepitaba en la línea, cada palabra puntuando una feroz determinación que encendió un fuego en el alma de Emma. "Debes alejar a ambos del peligro. Necesitas ser el ejemplo para su futuro, eres el único padre que tiene."

Una ola de emoción se apoderó de Emma, su corazón latía con una mezcla de miedo y coraje al darse cuenta de lo que debía hacer para proteger a su hijo. Con una nueva fuerza, apretó la mandíbula y juró ser la fortaleza inquebrantable que Jaxon necesitaba en este tormentoso mar de la vida.

"Dejar a Carlos... no se trata solo de mí, es..." la voz de Emma se desvaneció.

"También de lo que es saludable para Jaxon. Necesita un ambiente estable, no uno lleno de engaños. Ambos lo necesitan." Las palabras de Martha eran un bálsamo, calmantes pero encendiendo una llama dentro de Emma.

"Lo sé. Gracias por recordármelo, mamá," dijo Emma, un destello de determinación encendiéndose en sus ojos verdes.

"Recuerda quién eres, querida, y el resto seguirá," respondió Martha antes de que la llamada terminara, dejando a Emma envuelta en el silencio de la casa.

En la quietud, Emma contempló la gravedad de quedarse o irse. Quedarse significaba preservar la fachada de una familia para Jaxon, pero ¿a qué costo? Su mente evocaba imágenes de cenas tensas, sonrisas forzadas y un niño atrapado entre el fuego cruzado de resentimientos silenciosos.

Irse, por otro lado, pintaba un cuadro incierto, un lienzo en blanco que era tanto aterrador como liberador. ¿Podría reconstruir sus vidas a partir de las cenizas de la confianza rota? ¿Entendería Jaxon las razones para desarraigar su sentido de normalidad?

Cada pensamiento se enredaba, entrelazado con miedos y esperanzas, hasta que Emma cerró los ojos, tomando una respiración profunda y estabilizadora. Imaginó un futuro donde la honestidad fuera la base, donde pudiera mirarse a sí misma—y a Jaxon—con orgullo por haber tenido el valor de elegir un camino que conducía hacia la sanación en lugar de heridas que supurarían.

Extendió la mano, sus dedos rozando la superficie fría de la fotografía de Jaxon. Dentro de ese marco estaban los ojos de la inocencia, los ojos de la perspectiva de su hijo, no marcados por las complicaciones adultas. Por él, por esa inocencia, Emma sabía lo que tenía que hacer.

Su decisión, cristalizada en medio del caos, la anclaba. Crearía un espacio libre de mentiras, un santuario para ella y Jaxon donde pudieran crecer, sanar y redescubrir la fuerza que siempre había latido dentro de ella.

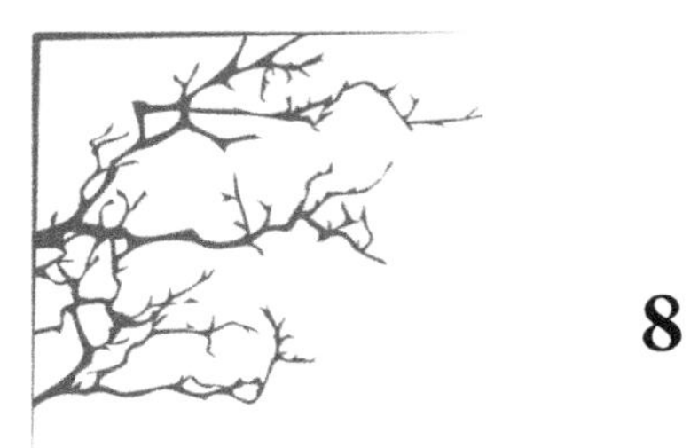

8

El aire se volvió denso con una nueva resolución mientras Emma Dawson, atrapada en el dolor de la traición, se acercaba al latido de su instinto maternal, lista para proteger a su cachorro de la tormenta que rugía más allá de su puerta.

Emma caminaba de un lado a otro en la cocina, cada paso resonando como un metrónomo que contaba los segundos hasta la inevitable confrontación. Las baldosas bajo sus pies se difuminaban mientras las lágrimas amenazaban con derramarse, pero Emma las contenía con una ferocidad obstinada. No podía permitir que su determinación se desmoronara, no ahora, cuando tanto estaba en juego. La casa se sentía inquietantemente silenciosa, un telón de fondo sombrío frente al tumulto de emociones que chocaban dentro de ella.

"Mantente firme, Emma", se susurró, aferrándose al borde del fregadero en busca de apoyo. Su reflejo en la ventana era una figura fantasmal, la luz del atardecer proyectando sombras sobre sus rasgos decididos.

El sentido del deber que siempre había sido su brújula ahora se enfrentaba con el dolor crudo de la traición. La infidelidad de Carlos no era solo una herida; era una erosión sistemática de la confianza, una marea implacable que había arrasado con los cimientos de su matrimonio.

Y sin embargo, la idea de destrozar el mundo de Jaxon le desgarraba por dentro. La imagen de su sonrisa alegre, tan despreocupada y sin mancha, alimentaba su conflicto. ¿Cómo podía mantener la fachada de una familia feliz cuando cada fibra de su ser gritaba en protesta?

Pero Emma Dawson ya no era la mujer que se retiraría a las sombras, evitando el conflicto. La evidencia de la traición de Carlos, que una vez fue un peso abrumador, ahora galvanizaba su espíritu. Sabía lo que debía hacer.

Decidida, agarró su teléfono, sus pulgares flotando sobre la pantalla. Esta vez, no habría lugar para excusas ni manipulaciones. Escribió un mensaje a Carlos, conciso e inflexible.

"Carlos, necesitamos terminar esta conversación. Esta noche, cuando llegues a casa. Es importante."

Enviado. La palabra apareció brevemente, un veredicto electrónico que sellaba su intención. Emma dejó el teléfono, su mirada se desvió hacia la foto de ellos en la pared, sonriendo, ajenos a las fracturas que pronto dividirían su pretensión de armonía. El marco parecía burlarse de ella, un recordatorio tangible de tiempos más felices ahora manchados por mentiras.

Lo confrontaría, sí, pero no como la pareja herida en busca de respuestas. Esta vez, sería la arquitecta de su destino, trazando los planos de un futuro donde el respeto y la honestidad eran innegociables. Uno en el que ella pudiera reclamar su autoestima de las cenizas de la decepción.

En su mente, se vio a sí misma de pie, resuelta contra la tormenta de las defensas de Carlos. Él intentaría encantarla, convencerla, desviar la culpa, pero Emma no cedería.

Imaginaba sus palabras cortando a través de sus excusas, claras y afiladas como pedazos de vidrio.

"Suficiente", murmuró, agarrando con fuerza el respaldo de una silla. "No más mierda."

El sol poniente proyectaba largas sombras por la habitación, pintando las paredes con tonos de luz desvanecida. En esa tenue luz, Emma encontró su claridad. Trazaría la línea, forjaría un límite que Carlos no podría cruzar.

Era hora de salvar lo que quedaba, de construir algo nuevo, no solo por su bien, sino por el de Jaxon también. Una vida libre del asfixiante agarre de las mentiras y la manipulación.

A medida que la oscuridad invadía los rincones de la habitación, un sentido de propósito llenó a Emma hasta lo más profundo. Esa noche enfrentaría a Carlos, y lo que viniera después, con la fuerza plena de su nueva convicción.

Las manos de Emma estaban firmes mientras entraba en la sala de estar donde Carlos estaba sentado, su mirada fija en la pantalla del televisor. El ruido de fondo de alguna comedia olvidable contrastaba con la tormenta tumultuosa que rugía dentro de ella. Se colocó frente al televisor, bloqueando su vista, su sombra fusionándose con las imágenes parpadeantes en la pantalla.

"Carlos," dijo, su voz resuelta, "tenemos que hablar sobre lo que estás haciendo a esta familia."

Él la miró, la irritación cruzando su rostro antes de asentarse en una máscara de falsa inocencia.

"¿Ahora qué, Em?", preguntó, rodando los ojos e intentando evitar la palpable tensión.

"Estoy harta de todo esto, harta de tus mentiras," respondió ella, sin caer en la trampa. "Harta de tus infidelidades y harta de la falta de respeto. Lo sé todo, y tú lo sabes."

Los ojos de Carlos se entrecerraron, un cambio sutil de encanto a amenaza al darse cuenta de la gravedad de sus palabras. Se levantó, tratando de imponerse sobre ella, pero Emma no se inmutó. Mantuvo su posición, sintiendo una oleada inesperada de poder.

"Mira, Emma—" empezó, pero ella lo interrumpió.

"No, mira tú," interrumpió, su voz ganando fuerza. "He sido comprensiva, tolerante y perdonadora. Pero hay un límite, y lo has cruzado. Repetidamente."

"Em, yo—"

"¡Ya basta de tus putas excusas!" La interrupción de Emma cortó sus excusas. "Esto no se trata de que yo necesite respuestas o tranquilización, ni siquiera de celos. No. Se trata de que tú respetes a tu esposa, respetes a mi hijo y la vida que construimos juntos."

La expresión de Carlos vaciló, sus tácticas habituales desmoronándose ante la postura firme de Emma. "Pero Emma, te amo, lo sabes," suplicó, su voz cargada de desesperación.

"El amor no es engañoso. El amor no se oculta tras mentiras ni busca consuelo en los brazos de otra persona," replicó ella, mientras la realización de su propio valor comenzaba a brillar dentro de ella. "De ahora en adelante, si quieres que esto funcione, si quieres tener algún papel en mi futuro o en el de Jaxon, respetarás los límites que establezca."

El aire vibraba con tensión mientras se enfrentaban, un abismo invisible ensanchándose entre ellos. Emma podía ver el conflicto en los ojos de Carlos, la lucha entre ceder a sus demandas y pelear por mantener el control.

"Emma, no intentes controlarme. No va a pasar. Yo soy el hombre de esta casa y no voy a ser socavado," la voz de Carlos era firme.

"Puedes dejar atrás este comportamiento de hombre soltero o puedes irte. No hay término medio. ¿Está claro?" Emma exigió, su corazón latiendo en sus oídos como el golpeteo de un tambor.

"Cristalino," respondió Carlos, su voz apenas un susurro, el peso de su convicción oprimiéndolo.

Se quedaron atrapados en un silencio tenso, ninguno dispuesto a romper el contacto visual primero. Era un duelo cargado con la energía de ultimátums no expresados y la cruda realidad de su relación fracturada.

Cuando el silencio se alargó, Emma sintió que algo cambiaba dentro de ella. La mujer que una vez caminaba con cuidado alrededor de los cambios de humor de Carlos ahora comandaba el espacio con una presencia inquebrantable. El capítulo de dudas y autocrítica se estaba cerrando, dando paso a la historia de una mujer que recuperaba su agencia, su autoestima cristalizándose con cada segundo que pasaba.

"Bien," dijo finalmente, rompiendo el silencio. "Entonces nos entendemos."

Se dio la vuelta, dejando a Carlos de pie entre los fragmentos de su fachada rota. Mientras avanzaba hacia la puerta, Emma supo que ese era el momento decisivo en su turbulenta historia. Por fin había encontrado su voz, una de coraje, respeto propio y una fuerza inquebrantable.

El sol se derramaba a través de las ventanas, iluminando la cocina con una determinación renovada. La tormenta todavía podía rugir afuera, pero Emma Dawson emergió de las sombras con una feroz resolución para enfrentarla.

Sus dedos se apretaron con fuerza alrededor del pomo de la puerta, su agarre inquebrantable como un tornillo de acero. En ese momento, la verdad se expondría. Ya no era simplemente un personaje en la narrativa torcida de Carlos.

Se acercó a ella casi como si acechara a su presa. La sonrisa de Carlos se evaporó, reemplazada por una máscara fría y dura. "No te vas a ir de mí, Emma. Nadie me deja."

"Mírame," respondió ella, su voz temblorosa pero desafiante. "He estado escribiéndome en tu historia torcida por demasiado tiempo, pero ya no más. Estoy recuperando mi vida, mis decisiones, mi—"

Carlos la miró con desprecio, una sonrisa burlona cruzando su rostro. "Eso es, Emma," se burló con una sonrisa maliciosa. "Sigue hablando, diciéndote eso a ti misma. Pero recuerda, sin mí, no eres nada."

Una ola de miedo recorrió el corazón de Emma, pero se negó a dejar que él lo viera, ya no. Con cada gramo de fuerza dentro de ella, levantó la barbilla y le sostuvo la mirada.

"Tal vez tengas razón, Carlos. Tal vez he sido nada más que una peón en tu juego enfermo. Pero he terminado de ser un personaje en tu historia. Desde este momento, renuncio. A partir de ahora, ya no soy una marioneta en tu cuento."

Carlos durmió en su cama esa noche. Emma durmió en el cuarto de invitados, frente a la habitación de Jaxon. No lo oyó levantarse ni salir, no supo cuándo se fue. Quizá fue con ella. No estaba segura de qué hacer ahora.

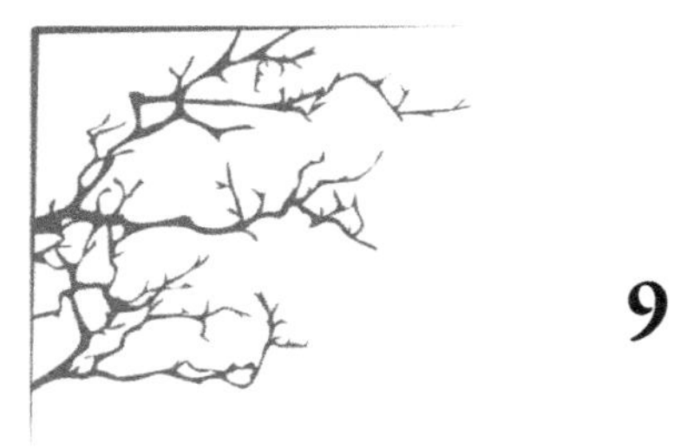

9

El sábado por la mañana, una rabia como la que Emma nunca había conocido la sacudió de su inquieto sueño. Recorría sus venas como fuego salvaje, destruyendo los últimos vestigios de duda. Sentía el pecho apretado por la ira, y sus dedos temblorosos apenas podían sostener el teléfono mientras marcaba el número familiar. Su respiración salía en cortos y entrecortados jadeos, su corazón latiendo con fuerza, como si su cuerpo se estuviera preparando para una batalla largamente esperada.

"Mamá," dijo, su voz temblando, aunque no por miedo esta vez, no, era la furia apenas contenida que corría por su cuerpo. "Necesito tu ayuda."

La voz de Martha llegó casi al instante, cálida pero impregnada de preocupación. "¿Qué necesitas, cariño?" Hubo una breve pausa, como si Martha pudiera sentir algo pesado entre ellas. "¿Qué pasa?"

Emma apretó la mandíbula, parpadeando para evitar que las lágrimas ardientes cayeran. Había sido fuerte durante demasiado tiempo, demasiado tiempo apartando su dolor para mantener las cosas unidas. Pero ahora, todo se estaba desmoronando.

"Carlos... él... él me engañó de nuevo." soltó, las palabras brotando de sus labios como veneno. La confesión, aunque catártica, le atravesaba el corazón, cada palabra profundizando la traición en su pecho.

La aguda inhalación de Martha cortó el aire, y su tono cambió de preocupación gentil a ira justa.

"Ese hijo de puta. Emma, lo sabía. Nunca confié en ese hombre desde el principio. Cariño, siento tanto que tengas que pasar por esto." La feroz protección de su madre irradiaba a través del teléfono, envolviendo a Emma en un consuelo que no se había dado cuenta de cuánto necesitaba.

Emma exhaló temblorosamente, limpiándose las lágrimas que caían por sus mejillas. Sentía que la presa dentro de ella se rompía, años de emociones reprimidas —traición, dolor, miedo— derramándose de una vez.

"No sé qué hacer, mama." susurró, su voz cargada de agotamiento. "No puedo simplemente derrumbarme. Tengo que pensar en Jaxon. Y... no tengo adónde ir."

La voz de Martha se suavizó, y Emma podía imaginarse el rostro de su madre: fuerte, pero compasivo, como siempre lo había sido.

"Escúchame, Emma. No tienes que quedarte allí ni un minuto más si no quieres. Tú y Jaxon pueden venir aquí. Sabes que tengo espacio, y ya veremos qué hacemos después. No te preocupes por nada."

Las compuertas finalmente se abrieron, y Emma sollozó en silencio, abrumada por el apoyo inquebrantable de su madre.

"Gracias, mamá. Simplemente... no sabía cómo enfrentar esto sola."

"No tienes que hacerlo, cariño." le aseguró Martha. "Me tienes a mí. Siempre. Estaré allí en unas horas. Empaca lo que necesites para ti y Jaxon, y resolveremos lo demás cuando llegues. Pero no necesitas quedarte en esa casa ni un segundo más."

El corazón de Emma se llenó de una mezcla de gratitud y determinación. Las palabras de su madre eran un salvavidas, anclándola en la realidad de que no tenía que enfrentar esta pesadilla sola.

"Te quiero, mama." susurró Emma, su voz cargada de emoción.

"Yo también te quiero, Emma Carolyn Dawson. Nunca lo olvides."

Cuando terminó la llamada, Emma se quedó mirando el teléfono en su mano, sintiendo una extraña calma apoderarse de ella. El mundo aún parecía derrumbarse a su alrededor, pero tenía algo que no había sentido en mucho tiempo: esperanza. Ella y Jaxon estarían bien. Saldrían adelante.

Se limpió las últimas lágrimas justo cuando escuchó pequeños pasos resonar por el pasillo. Rápidamente se recompuso, forzando una sonrisa valiente en su rostro mientras se giraba para saludar a su hijo.

"¡Buenos días, mamá!" La voz alegre de Jaxon llenó el aire mientras saltaba a la cocina, su rostro iluminado por la emoción. "¿Podemos comer pizza para el almuerzo hoy?"

Emma sonrió, su corazón dolorido de amor mientras lo abrazaba.

"Por supuesto que sí, cariño. La pizza suena perfecta." Por el bien de Jaxon, mantendría las cosas lo más normal posible, al menos por ahora.

Pasaron la tarde acurrucados en el sofá viendo películas y comiendo pizza, Jaxon riendo en sus escenas favoritas mientras Emma sonreía a su lado. Pero incluso mientras intentaba mantenerse en el momento, su mente no dejaba de correr. Cada vez que Jaxon se reía o le hacía una pregunta, la realidad de su matrimonio destrozado se cernía en el fondo. ¿Cómo podría explicarle todo esto? ¿Cómo podría romper su familia sin romperle el corazón a su hijo en el proceso?

El miedo a ese momento, a tener que decirle la verdad a Jaxon, la devoraba. Sabía que tenía que irse, por el bien de ambos. Pero destruir su mundo, destruir el sentido de estabilidad de su hijo, era lo más aterrador de todo.

A medida que avanzaba la tarde y Jaxon finalmente se quedó dormido, Emma se sentó en el sofá, mirando la pantalla en blanco de la televisión. El enfrentamiento con Carlos vendría pronto, y sería brutal. Pero había tomado su decisión. Por primera vez en mucho tiempo, se sentía segura de algo.

Emma se dirigió en silencio al dormitorio, su determinación fortaleciéndose con cada paso. Mañana se iría. Se llevaría a Jaxon, y se irían. No permitiría que Carlos la destruyera más.

Y cuando él llegó a casa esa noche, la conversación comenzaría. Era hora de que la verdad finalmente saliera a la luz, sin importar el costo.

Esa noche, mientras arropaba a Jaxon, el corazón de Emma dolía por el peso de la decisión que tenía por delante. ¿Cómo podría elegir entre su propia felicidad y la vida que había construido con Carlos?

Una vez que Jaxon estuvo dormido, bajó las escaleras y se sirvió una taza de té, su mente dando vueltas. Su mirada se desvió hacia la foto de ella y Carlos en su día de bodas, sus rostros radiantes con promesas de amor y devoción. Las lágrimas nublaron su visión mientras la levantaba, recordando al hombre que solía ser, el hombre que creía conocer.

"¿Cómo pudiste hacernos esto, maldito idiota?" susurró, su voz cruda por la angustia.

Con manos temblorosas, tomó su teléfono y revisó sus mensajes de texto, su corazón retorciéndose con cada mentira que él le había dicho. Al final, se encontró mirando una pantalla en blanco, sus pensamientos consumidos por la misma pregunta que la había estado atormentando todo el día.

Justo después de que Jaxon se fuera a la cama, Martha llegó como una ráfaga de aire fresco barriendo la casa.

"Me quedaré aquí un rato, pero quiero llevarnos a todos de vuelta a la casa y preparar los cuartos de invitados para ti y Jaxon. ¿Ya le has hablado a él de todo esto?" le preguntó a su hija.

"Oh, mamá, gracias. Me alegro de que estés aquí." dijo Emma, logrando una sonrisa forzada que Martha sabía que no era real.

Después de media hora, Carlos entró en la habitación con aire despreocupado.

"Oh, oh... Martha, ¿cuándo llegaste...?"

"Esta misma tarde, Carlos." Martha clavó sus ojos en su yerno, incomodándolo visiblemente.

Jaxon permanecía medio escondido en las sombras del pasillo, sus penetrantes ojos avellana fijos en el espectáculo que se desarrollaba en la sala. Su largo y rizado cabello castaño caía sobre su frente mientras se inclinaba hacia adelante, un centinela silencioso ante la tormenta familiar que se avecinaba.

"Emma, estás exagerando." la voz de Carlos cortó el espeso aire, cargada con una calma insidiosa que no llegaba a sus ojos. Esos ojos se desviaban del rostro empapado en lágrimas de Emma, un signo revelador de evasión que Jaxon ya había aprendido a reconocer.

"¿Exagerando?" La respuesta de Emma era una mezcla de incredulidad y dolor, su voz quebrándose al borde de la desesperación. "¿Cómo puedes decir eso cuando..."

"¡Basta!" la voz de Martha retumbó en la conversación, su presencia llenando la habitación a pesar de su delgada figura. Su largo cabello rojo parecía arder con su creciente temperamento, un eco visual del fuego que ardía dentro de ella. Se paró entre Emma y Carlos, una barrera tan implacable como el hierro.

"Martha..." Carlos comenzó, pero ella lo interrumpió con un gesto brusco.

"No me 'Martha' a mí, Carlos. Tengo ojos, veo lo que le estás haciendo a ella —el tono de Martha era tan letal como una cuchilla, y Jaxon sintió un escalofrío de miedo y admiración a la vez. "¿Crees que puedes entrar aquí y jugar estos juegos mentales?"

Las manos de Jaxon se cerraron en puños a sus costados, mientras su cuerpo menudito se tensaba. Esto era demasiado.

Las manos de Jaxon se apretaron en puños a sus costados, con los nudillos pálidos. Cada palabra de Martha era un eco de sus propios pensamientos, su resentimiento hacia Carlos creciendo con cada latido. Carlos, quien alguna vez había sido una figura de fascinación, ahora encarnaba el caos que perturbaba el sagrado espacio de la familia.

"Mi mamá no se merece esto," murmuró Jaxon en voz baja, las palabras perdidas en la cacofonía de acusaciones y defensas.

Martha dirigió su mirada acerada hacia Carlos, clavándolo como una mariposa en un tablero. "Si te importa esta familia, dejarás esta tontería ahora mismo. De lo contrario, tendrás que enfrentarte conmigo."

Siguió un silencio tenso, tan pesado que casi tenía su propio sonido—un zumbido bajo y amenazante que prometía una tormenta inminente. Jaxon exhaló lentamente, sabiendo muy bien que Martha decía cada palabra en serio. Si había un espíritu guardián velando por su hogar fracturado, tomaba la forma de la feroz determinación de su abuela.

La mandíbula de Carlos se tensó, el único signo de su frustración. "Esto es entre Emma y yo, así que mantente al margen," dijo finalmente, un intento claro de descartar la influencia de Martha.

"La familia nunca es solo entre dos personas," replicó Martha, con una voz tan firme como la roca. "No cuando lastimas a uno de nosotros. No cuando hay un niño mirando."

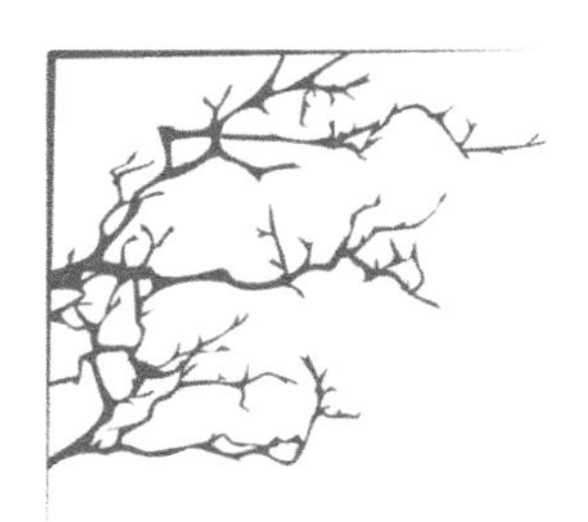

10

El pecho de Jaxon se apretó con un cóctel de emociones, la más potente entre ellas un ardiente deseo de proteger a su madre de cualquier otro dolor. Dio un paso fuera de las sombras, ya no contento con ser solo un espectador. Su figura delgada podría parecer menos imponente al lado de la postura desafiante de Martha, pero su intensidad silenciosa no era menos formidable.

"La abuela tiene razón," dijo Jaxon, su tono mesurado cortando el aire. "Yo también soy parte de esta familia. Y no voy a dejar que sigas hiriendo a mi mamá."

La habitación pareció contener la respiración mientras tres generaciones de los Dawson se enfrentaban al hombre que se atrevía a sacudir los cimientos de su familia. En el silencio, Jaxon pudo sentir el peso de las decisiones aún por tomar, la sensación de una línea cruzada y otra dibujada en el suelo. Estaba listo, al lado de Martha, para defender lo que más querían, sin importar lo que viniera.

Emma permaneció inmóvil, con la espalda contra la fría pared de la cocina, como si pudiera absorber el calor de la confrontación. Sus ojos verdes, normalmente tan cariñosos y cálidos, estaban ahora nublados por una tormenta interna que amenazaba con desbordarse. La habitación se sentía como una olla a presión, esperando que alguien girara la válvula para liberar el vapor.

"Carlos, ¿cuánto tiempo pensaste que podrías mentirme?" Hubo un temblor en la voz de Emma, traicionando la tormenta de vulnerabilidad e inseguridades que la azotaba por dentro. Le costó cada onza de fuerza enfrentarlo, pero se mantuvo firme, con un agarre blanco en sus brazos que revelaba a una mujer tanto asustada como decidida.

"Emma, esto no es lo que piensas," replicó Carlos, su voz rezumando el encanto que una vez había ganado su corazón pero que ahora sonaba vacío. Sus ojos se desviaron, evitando su mirada, un sutil baile de culpabilidad que había perfeccionado demasiado bien.

"Entonces, ¿qué es? Por favor, ilumíname. Porque he intentado entender por qué tirarías todo lo que tenemos." Su voz subió, bordeada por una nueva determinación que parecía sorprender incluso a ella misma.

"Tu madre siempre se ha metido en nuestros asuntos. Ella solo conoce tu versión de las cosas. Tal vez si tuviéramos algo de privacidad..."

"¡No te atrevas a culparla a ella!" Emma lo cortó, sintiendo la presencia de Martha detrás de ella, como un pilar de apoyo silencioso. "Esto es entre nosotros, Carlos. Sobre mí, mi hijo, y las decisiones que tomaste." Sus palabras eran un bisturí, precisas y afiladas, diseccionando las capas de engaño.

"¿Decisiones? ¿Quieres hablar de decisiones?" El temperamento de Carlos chispeó, su tono cambiando de un encanto defensivo a algo más oscuro, más amenazante.

"Elegiste ignorar las señales. Elegiste esta fantasía de una familia perfecta. Si no hubieras revisado mi teléfono..."

"¡Porque creía en ti!" El retort de Emma fue una mezcla de dolor y rabia, un reflejo de su lucha interna expuesta al desnudo. Su habitual deseo de mantener la paz fue anulado por una necesidad de proteger no solo sus ilusiones destrozadas, sino también los jóvenes oídos que escuchaban cada palabra.

"¿Creías en mí o querías controlarme, Em?" La pregunta de Carlos fue una puñalada profunda, retorciendo aún más el cuchillo de la traición.

"¿Controlarte? ¿Es eso lo que piensas que es esto? ¿Que soy como tú?" La respuesta de Emma llegó con un destello de perspicacia. Estaba empezando a ver a través de la niebla de manipulación, su empatía ya no era una venda, sino una lente que comenzaba a enfocar.

"¡Basta!" La única palabra resonó en el tenso aire, pronunciada no por Carlos o Emma, sino por Martha. Su mandato fue suficiente para detener momentáneamente la discusión en escalada, recordándoles las generaciones atrapadas en esta lucha.

La respiración de Emma se sacudió, un lapso momentáneo en el que sus inseguridades se reflejaron en su rostro. Pero entonces, como una vela encendida en una habitación oscura, su resolución regresó, iluminando el camino hacia adelante. Navegaría este conflicto, por su hijo, por ella misma. Porque al final de este oscuro túnel psicológico, vislumbraba la posibilidad de luz, de libertad de las cadenas de un amor que se había convertido en una trampa.

"Jaxon necesita que seamos fuertes, que le mostremos lo que significa defenderte a ti mismo," dijo Emma, su voz ahora firme, un testamento a su resiliencia emergente.

"¿Defenderte a ti mismo? ¿O darle la espalda a quienes te aman?" La respuesta de Carlos fue un intento desesperado de recuperar el control, de tirar de los hilos de lealtad que pensaba que aún manipulaba.

"El amor no duele, Carlos," susurró Emma, un mantra para su corazón marcado por la batalla. "Y ciertamente no traiciona."

Cuando cayó el silencio, la tensión permaneció, una entidad viva en la habitación, densa y sofocante. Sin embargo, en medio del tumulto, Emma se erguía un poco más alta, su vulnerabilidad entretejida con hilos de fortaleza, preparándose para lo que pudiera venir.

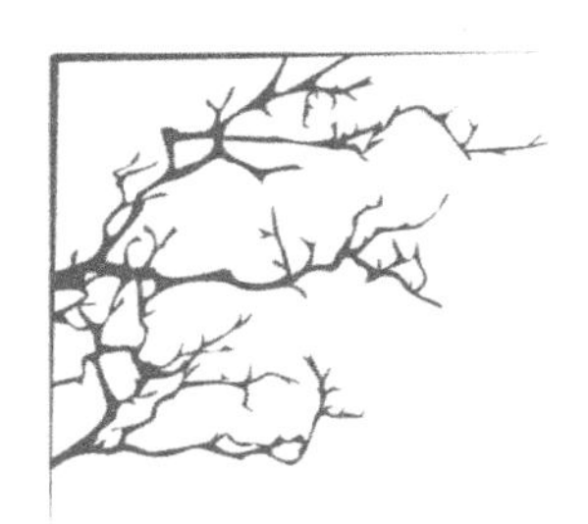

11

"¡Ya basta!" Martha no pudo contenerse más, su desdén brotando en una ráfaga de palabras. "Esto no se trata de tus errores, Carlos. Se trata de lo que sigues haciendo y de quién eliges ser, y nos has mostrado exactamente quién y qué eres."

Con un paso rápido hacia adelante, Carlos se inclinó sobre Emma, haciéndola retroceder instintivamente, a pesar de sí misma. Jaxon también se movió, no alejándose, sino colocándose protectoramente entre su madre y el hombre que una vez prometió amarla para siempre. La tensión en la habitación era palpable mientras los tres permanecían atrapados en una batalla de voluntades y traiciones.

"No olvidemos dónde estamos," dijo Carlos, su voz baja y peligrosa. "En esta casa, mi casa, no seré irrespetado."

"¿Tu casa?" Martha se burló. "¿Tu casa construida sobre mentiras? ¿Te refieres a la casa que yo poseo? Estás muy equivocado, Carlos, esta es la casa de Emma, no tienes derechos aquí."

"Mamá..." La súplica de Emma fue suave, apenas audible, pero detuvo la guerra de palabras que escalaba. Miró a Carlos, realmente lo miró, y lo que vio fue a un extraño envuelto en la familiaridad de un esposo al que una vez amó.

"¿Qué nos pasó, Carlos? ¿A nuestros votos?"

"¡La vida pasa, Emma!" El estallido de Carlos llenó la habitación, sus manos apretadas en puños. "Lucho todos los días en un mundo que no me quiere, y vuelvo a casa a más batallas. ¿Dónde está mi paz?"

"¿Paz?" La risa de Emma fue sin humor, el sonido ajeno incluso para ella. "La paz se construye sobre la confianza, sobre el amor. No sobre lo que esto"—gesticuló impotente entre ellos—"se ha convertido."

La habitación quedó en silencio, salvo por la lluvia implacable y las respiraciones agitadas de cuatro personas atrapadas en una red de traición y dolor. Cada uno estaba al borde de una decisión, las siguientes palabras listas para remendar o romper los frágiles hilos que los mantenían juntos.

"¿Hacia dónde vamos desde aquí?" preguntó Emma, la pregunta colgando en el aire como un salvavidas—o una soga.

El tictac del reloj de pared en el pasillo era como un metrónomo para el creciente pulso de Jaxon. Estaba ligeramente detrás de su madre, su delgado cuerpo rígido de rabia contenida. El silencio que siguió a la pregunta de Emma era un abismo que parecía estirarse y deformar el aire a su alrededor.

"Desde aquí," Jaxon habló de repente, cada palabra cortando la tensión, "empezamos hablando de todas las heridas que no se pueden ocultar bajo una curita." Sus ojos avellana, tan parecidos a los de su madre, se clavaron en Carlos con una intensidad que sorprendió al hombre mayor. Estaba claro que la paciencia de Jaxon se había agotado, los hilos de la obligación familiar deshilachándose con cada segundo que pasaba.

"Jaxon," la voz de Emma fue un susurro, una súplica de moderación que no estaba segura de querer que él escuchara.

"No, mamá. Has estado callada demasiado tiempo, hemos estado callados demasiado tiempo," dijo, su voz baja pero firme. Su mirada nunca se apartó de Carlos, cuyos propios ojos parpadearon con algo parecido al respeto, o tal vez al miedo. "Te he visto romperte pedazo a pedazo por su culpa," Jaxon continuó, señalando a Carlos con un brusco movimiento de cabeza. "No me quedaré mirando más."

"Jaxon," intervino Martha, su voz firme pero impregnada de calidez mientras se acercaba a su nieto. Colocó una mano en su hombro, su toque reconfortante. "Tu madre es más fuerte de lo que sabes, y nos tiene a nosotros. Navegaremos esta tormenta juntos."

"Mi mamá tiene razón," dijo finalmente Emma, encontrando un hilo de resolución en medio de su confusión. Extendió la mano, sus dedos rozando los de Jaxon, y luego se volvió para enfrentar a Carlos directamente. "Tus elecciones tienen consecuencias, y todos las soportamos. Pero no estoy sola en esto. Tengo a mi familia, mi verdadera familia."

"¿Familia?" Carlos repitió la palabra como si probara una fruta amarga. Su postura cambió, un signo sutil pero inconfundible de retirada. Observó el frente unido frente a él—Emma resiliente, Jaxon resuelto, Martha inquebrantable—y por un momento, la fachada de control se resquebrajó.

"La orientación no es solo sobre dirección, Emma," dijo Martha, dirigiéndose a su hija pero manteniendo la mirada fija en Carlos. "Se trata de apoyo, de tener a alguien que esté contigo cuando el suelo bajo tus pies se siente como arenas movedizas." Su voz llevaba el peso de una sabiduría duramente ganada, un salvavidas en la tempestad que rugía a su alrededor.

"Necesitamos sentarnos y tener una conversación real," exigió Emma, su voz fuerte y decidida, impulsada por el apoyo de su hijo y su madre. "Pero no como enemigos. Hablemos como dos personas que alguna vez se amaron lo suficiente como para construir una vida juntos."

La respuesta de Carlos fue tensa, sus emociones al borde. "¿Queda algo por decir?"

Jaxon intervino ferozmente, sus ojos clavados en su padrastro. "Sí, queda mucho por decir, empezando con la verdad sobre lo que le hiciste a nuestra familia, lo que sigues haciendo."

La habitación se sentía más fría, como si la tormenta de afuera hubiera encontrado su camino adentro, entretejiéndose entre ellos y enfriando sus huesos. Pero dentro de ese frío, había un fuego—un fuego avivado por el coraje de Jaxon, alimentado por la convicción de Martha, y atizado por la fortaleza emergente de Emma. Formaban un círculo, tres puntos de luz en la sombra de la traición, cada uno listo para enfrentar cualquier oscuridad que se avecinara.

La lluvia golpeaba contra las ventanas de la sala, acentuando el silencio cargado. Emma se movió al centro de la habitación, sus manos entrelazadas fuertemente frente a ella como si pudiera físicamente mantener unidos los fragmentos de sus vidas. Sus ojos, un turbulento mar verde, se posaron en Carlos, cuya presencia parecía tanto anclar como hundir su mundo.

"Carlos, por favor," la voz de Emma fue una suave súplica, apenas audible por el rugido de la tormenta. "Todavía podemos hablar de esto, por el bien de Jaxon. Podemos ser adultos en esto, ¿no?"

"¿Hablar?" La palabra escapó de Carlos como vapor de una válvula bajo presión. "¿Quieres hablar más después de todo lo que ha pasado?"

"Emma tiene razón. Necesitamos mantener la calma," la voz de Martha cortó el aire, afilada pero firme.

"¿Mantener la calma?" Carlos se burló, su mirada revoloteando entre Emma y Martha, el desprecio en su tono era inconfundible. "¿Mientras mi propia familia me juzga?"

Las palabras de Emma estaban cargadas de desesperación mientras intentaba calmar la creciente tensión entre ellos. "Esto no se trata de juzgar, se trata de entender y encontrar un camino a seguir. Eso es lo que nos debemos el uno al otro."

"¿Nos debemos?" Carlos se burló, su voz goteando amargura. "No te debo nada después de lo que tú y tu hijo me han hecho."

Jaxon intervino, su tono firme y resuelto. "No me he vuelto en contra de nadie. Solo veo la verdad."

"¡Solo lo que ella quiere que veas!" replicó Carlos, señalando a Emma con un dedo acusador.

"¡Basta!" La voz de Emma finalmente se liberó, aguda por el miedo y la ira. "Detén esto, Carlos. Detente. ¿No lo ves? ¡Nos estamos destrozando!"

"Oh, ¿eso crees?" Carlos dio un paso amenazante más cerca, sus ojos entrecerrados. "¿Que yo soy el que está destrozando esta familia?"

"¿No es obvio ya?" La resiliencia de Emma titiló como una llama agonizante. Respiró hondo, tratando de calmarse. "Nos has lastimado, Carlos. Me has lastimado. Y yo... todavía quiero arreglar esto, pero no si significa destruirnos en el proceso."

"¿Destruirnos?" repitió Carlos, su voz goteando incredulidad y sarcasmo. "¿O solo destruirme a mí?" Sus palabras resonaron con una sensación de traición y amargura que cortaron a Emma como un cuchillo.

Las palabras de Martha atravesaron la tormenta como un cuchillo, su mirada nunca vaciló del rostro de Carlos. "Tienes que enfrentarlo, no puedes seguir huyendo de lo que has hecho y del dolor que ha causado," dijo, su voz cargada de acero. "Si terminas destruido en el proceso, será por tus propias decisiones."

"¿Enfrentarlo?" Carlos rió amargamente, su control sobre las emociones deslizándose como arena mojada. "He enfrentado más de lo que podrías entender. Y si eso me ha destruido, entonces que así sea."

"Entonces ayúdanos a entender," suplicó Emma, su cuerpo temblando de miedo y desesperación. "Ayúdanos a arreglar esto antes de que nos destruya a todos."

Los ojos de Carlos brillaron con rabia, reflejando la tempestad que rugía afuera. "¿Arreglar esto? ¿Cómo arreglamos algo que ha estado roto por tanto tiempo?"

"Empezando por la verdad," dijo Emma, su voz cobrando fuerza desde lo más profundo de ella. "Siendo honestos el uno con el otro y con nosotros mismos. Recomprometiéndonos, siendo fieles."

"Verdad y honestidad," Carlos se burló, sus labios torciéndose en una sonrisa cruel. "Conceptos tan simples para un lío tan complicado."

"Tal vez," concedió Emma, su determinación endureciéndose como metal irrompible. "Pero es todo lo que nos queda ahora para salvarnos."

La habitación quedó en silencio, salvo por la lluvia implacable contra el cristal—un ritmo entrecortado a su armonía fracturada. Emma se quedó allí, la encarnación de la vulnerabilidad y la fortaleza, con el corazón abiertamente sangrando, pero negándose de alguna manera a ceder. Era una danza de sombras y luz, y mientras la tormenta rugía, también lo hacía la batalla dentro de los confines de su hogar—cada persona aferrándose a su propia versión de amor y lealtad, cada una buscando una paz que parecía estar siempre fuera de su alcance.

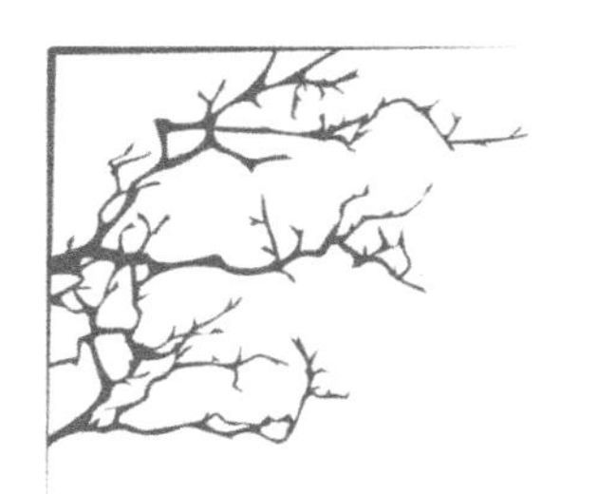

12

Las manos de Jaxon se apretaron en puños a sus costados, los nudillos blanqueándose mientras permanecía con la espalda pegada a la fría pared del pasillo. Se había convertido en una sombra en su propio hogar, el observador silencioso de una mecha que ardía lentamente y amenazaba con encenderse en cualquier momento. Sus ojos color avellana, afilados e inflexibles, siguieron cada temblor que sacudía el cuerpo de su madre. Era como ver a un pájaro frágil atrapado en un lazo que se estrechaba cada vez más, y algo primitivo dentro de él se agitó, una protección feroz que había estado dormida hasta ahora.

"Ya basta." La voz de Martha cortó la tensión como una hoja, sus palabras firmes pero impregnadas de una ira latente. Se interpuso entre Emma y Carlos, su figura delgada, engañosamente fuerte, mientras se enfrentaba al hombre que había traído el caos a su hogar. El brillo acerado en su mirada contenía una advertencia que no podía ser ignorada.

"Carlos, no te quedarás aquí viendo cómo destruyes a esta familia," declaró, su cabello rojo parecía arder en la luz tenue de la habitación.

El resentimiento de Jaxon hacia Carlos aumentó, creciendo como una ola mientras escuchaba la defensa de Martha hacia Emma. Podía ver la lucha en la postura de su abuela, la determinación en la línea de sus hombros mientras se convertía en el baluarte contra la tormenta que era Carlos.

"Martha, tu hija necesita..." Carlos comenzó, pero fue interrumpido rápidamente.

"¿Necesita qué, Carlos? ¿Más de tus mentiras? ¿Más noches preguntándose dónde estás o qué secretos guardas?" La voz de Martha era un chasquido de látigo, sin dejar espacio para excusas o verdades a medias. "He visto a mi hija desvanecerse por tu culpa."

En ese momento, Jaxon sintió el peso de su propio silencio oprimiéndolo. Quería dar un paso adelante, prestar su voz al coro de acusaciones y proteger a su madre del dolor que parecía irradiar de Carlos como una fuerza maligna. Sin embargo, sus pies permanecieron inmóviles, como si las mismas tablas del suelo conspiraran para retenerlo.

"Mamá, por favor," la suave súplica de Emma alcanzó el espacio, un salvavidas en la oscuridad creciente. Sus ojos verdes encontraron los de Jaxon, y fue como si él pudiera escuchar sus palabras no dichas: 'Sé fuerte por mí.'

"¿Jaxon?" Carlos se giró bruscamente, la desesperación tiñendo su voz y rezumando por sus poros. Sus ojos buscaban un destello de comprensión o apoyo, pero solo encontraron un frío espejo que reflejaba todas sus fallas, magnificadas e implacables. "Tú ves lo que está pasando aquí, ¿verdad?"

"¿Ver?" La voz de Jaxon era tranquila, pero reverberaba con la intensidad de una bomba de tiempo. "Lo veo todo, Carlos. Veo el dolor que has causado, las mentiras que has contado que están asfixiando a esta familia como veneno, pudriendo todo lo que alguna vez fue bueno."

"¡Jaxon!" La voz de Emma resonó como una campana de advertencia, sus instintos maternales urgían a proteger a su hijo de la tormenta que se cernía en su hogar.

"Emma, deja que el chico hable," ordenó Martha, su mirada nunca vacilando mientras se clavaba en Carlos con fuerza inquebrantable. "Ha estado en silencio durante demasiado tiempo."

"¿Hablar?" Carlos se burló, apenas capaz de contener su furia hirviente. "¿Qué podría saber él sobre...?"

"Más de lo que tú sabes," interrumpió Jaxon bruscamente, alejándose de la pared con pasos decididos. "Entiendo que la familia se supone que debe ser un lugar seguro. Que la confianza no se da gratuitamente, sino que se gana. Tú has destruido ambas cosas, y me niego a quedarme aquí y ver cómo destruyes algo más."

La habitación pulsaba con una energía palpable, una corriente que subía y bajaba con las emociones crudas que se habían dejado al descubierto. Jaxon se mantenía firme, un joven llevado al límite, su lealtad hacia su madre arrojando una luz intensa sobre las sombras que Carlos había echado sobre todos ellos. Y Martha, la matriarca, permanecía implacable, lista para enfrentar lo que viniera después. Estaban unidos, cada uno a su manera, luchando por una paz que parecía estar siempre fuera de su alcance.

Los ojos oscuros de Carlos parpadearon con una chispa peligrosa, su postura se ensanchó como si se preparara contra una fuerza invisible. Sus labios se curvaron en una sonrisa fría, una que no logró llegar a las profundidades cada vez más turbulentas de su mirada. "¿Entonces esto es todo? ¿Una pequeña rebelión en mi propia casa?"

Emma inhaló bruscamente, sus manos temblorosas ahora apretadas en puños a sus costados. Su voz, cuando habló, llevaba una fuerza que parecía sorprenderla incluso a ella. "No, Carlos. Esto no es rebelión. Es una realización. Te vemos por quien realmente eres."

"Cuidado, Emma," advirtió Carlos, la amenaza en su voz cortó el aire espeso. Su postura cambió, un depredador listo para atacar, y Jaxon sintió que sus propios músculos se tensaban en respuesta.

La voz de Martha retumbó por la habitación, sus ojos ardiendo con determinación. Se mantuvo erguida e implacable, sus manos firmemente plantadas en sus caderas mientras miraba fijamente a Carlos.

"¡Carlos, ya basta!" ordenó, sus palabras cortando la tensión. Carlos retrocedió, intimidado por su inquebrantable fuerza. "Ya no puedes intimidarnos más," continuó, su mirada oscilando entre él y su hija. "Ni a mí, ni a mi hija, y ciertamente no a Jaxon." Sus manos se apretaron en puños a sus costados, listas para defenderse de cualquier ataque de este hombre que les había causado tanto dolor. "Creo que es hora de que te vayas de esta casa. Empaca tus cosas y lárgate, ahora."

El silencio que siguió estuvo lleno de ultimátums no dichos, cada latido del corazón se extendía en la eternidad. Los ojos color avellana de Jaxon se clavaron en los de Carlos, una promesa silenciosa pasó entre ellos, una garantía de que no habría marcha atrás.

"¿Es eso? ¿Crees que puedes simplemente empujarme fuera? ¿Qué crees que vas a hacer al respecto, eh?" La voz de Carlos apenas era un susurro, pero retumbaba en la tensa quietud. Dio un paso adelante, y sin dudarlo, Jaxon lo imitó, colocándose delante de Emma como un escudo.

"Jaxon, por favor," Emma extendió la mano, su toque liviano como una pluma en su hombro, pero Jaxon permaneció firme, un joven centinela en defensa de todo lo que apreciaba.

"Déjalo venir, Emma," dijo Martha suavemente, su mirada nunca apartándose del rostro de Carlos. "Necesita saber que no tenemos miedo."

"¿No debería ser yo a quien teman?" Carlos desafió, sus ojos brillando con una crueldad de diversión. Pero bajo la fanfarronería, un atisbo de incertidumbre lo traicionó.

"Adelante," desafió Jaxon, su voz tan firme como la roca. "Muéstranos si queda algo que temer."

El enfrentamiento era palpable, cada participante agudamente consciente de las escalas delicadamente equilibradas ante ellos. En ese momento, la casa Dawson se convirtió en una arena donde el más mínimo paso en falso podría inclinar la balanza de manera irreversible.

Emma tragó saliva, su resolución luchando contra el miedo instintivo que la desgarraba por dentro. Sabía que estaban al borde de un precipicio, el resultado de su coraje colectivo era incierto. Sin embargo, al enfrentarse al abismo, algo dentro de ella comenzó a cristalizarse, una determinación de recuperar la vida que había sido erosionada lentamente por el miedo y la manipulación.

La risa de Carlos rompió el hechizo, un sonido desprovisto de humor. "¿Creen que han ganado algo hoy?" preguntó, su voz baja y peligrosa. "Esto no ha terminado. Ni por asomo."

"Entonces estaremos esperando," respondió Martha, su tono inquebrantable. Las palabras de la matriarca quedaron en la habitación como un guante lanzado.

Mientras Carlos se retiraba, su espalda se alejaba de la sala de estar, la tensión no se disipó, sino que se transformó en una promesa silenciosa de tormentas en el horizonte. La pequeña familia se quedó unida, pero separada, unida en su resolución pero dividida por el caos que quedó en la estela de la salida de Carlos.

Emma lo observó mientras Carlos empacaba una bolsa y la empujó mientras pasaba por la puerta de su habitación. Tiró su bolsa en el asiento trasero de su coche y salió a toda velocidad cuando se alejó de la casa.

Jaxon miró a su madre, sus ojos verdes reflejando la valentía histórica de los guerreros del pasado, y a su abuela, la feroz guardiana de su linaje. Estaban listos para lo que viniera a continuación. Y cuando la puerta principal se cerró después de la partida de Carlos, el eco pareció susurrar que la batalla apenas había comenzado.

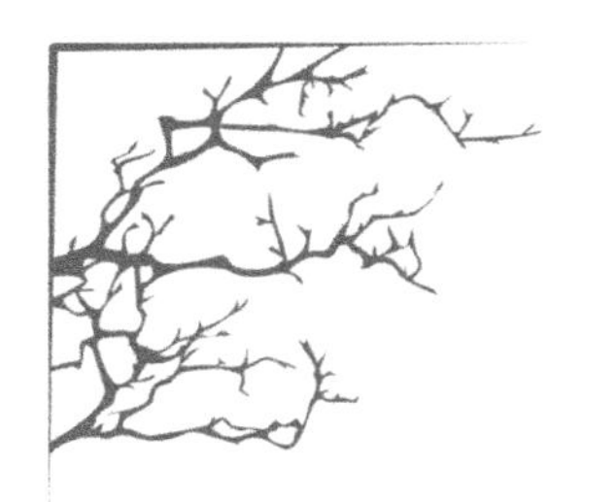

13

La luz de la mañana se filtraba a través de las persianas de la cocina, bañando la modesta habitación con un suave resplandor. Emma se movía con facilidad, el ritmo de su rutina era una melodía reconfortante contra la caótica sinfonía que era su vida. El chisporroteo de los huevos en la sartén armonizaba con el suave raspado de la mantequilla sobre las tostadas, creando un ambiente de tranquilidad doméstica que ocultaba la disonancia subyacente de su matrimonio.

"¡Jax, el desayuno está listo!" llamó, su voz cargada de la calidez que le era tan natural. Emplató la comida con la precisión de una enfermera, asegurándose de que cada porción fuera equilibrada y nutritiva.

Jaxon apareció con el sueño aún aferrado a sus ojos color avellana, su figura esbelta deslizándose en una silla en la mesa. Intercambiaron una mirada silenciosa, una conexión momentánea que hablaba de experiencias compartidas y preocupaciones no expresadas. Él sonrió débilmente, un gesto que le tocó el corazón mientras ella colocaba su plato frente a él.

"Gracias, mamá," murmuró, sus palabras amortiguadas por un bostezo. "¿Dónde está la abuela?"

"Claro, Jax. La abuela fue a su casa a buscar ropa limpia, volverá en un rato," respondió, revolviendo con cariño su cabello rizado y castaño antes de sentarse a acompañarlo. El familiar tintineo de los cubiertos sobre la porcelana llenó el aire, puntuada por el ocasional repique de una cuchara contra una taza de café.

Al concluir el desayuno, Emma recogió los platos, sus movimientos automáticos mientras los amontonaba en el fregadero. Fue entonces cuando lo notó: una franja de plástico negro que asomaba bajo una servilleta arrugada. El teléfono de Carlos. Otra vez abandonado. Una rareza que despertó su curiosidad y le produjo una sensación de inquietud. ¿Había vuelto durante la noche? ¿Dónde había dormido? Ella no lo había oído regresar, entonces, ¿por qué estaba su teléfono allí?

Mirando por encima de su hombro para asegurarse de que Jaxon estaba absorto en sus pensamientos, extendió la mano y deslizó el dispositivo hacia ella. Se sentía más pesado de lo que esperaba, como si estuviera cargado con los secretos que pudiera contener. Su pulgar flotó sobre la pantalla, dudando, antes de presionar y activar la pantalla.

Un nuevo mensaje parpadeó en la pantalla, un número desconocido sin nombre adjunto. El pulso de Emma se aceleró, sus ojos verdes escaneando la vista previa del texto que al principio parecía inofensivo, hasta que las implicaciones de las palabras se retorcieron dentro de ella como un cuchillo.

"No puedo esperar a nuestro próximo viaje juntos," decía el mensaje, cuya brevedad no hacía nada por ocultar la promesa ilícita que contenía.

Un sabor amargo de traición inundó la boca de Emma, el desayuno que había preparado con amor ahora era un nudo en su estómago. La habitación pareció inclinarse, su agarre sobre el teléfono se tensó mientras luchaba contra la oleada de emociones que amenazaban con derrumbar su compostura.

El corazón de Emma palpitaba en su pecho mientras miraba el texto en el teléfono, las palabras burlándose de ella con su traición flagrante. Podía sentir un fuego encendiéndose dentro de ella, alimentado por la ira y el dolor.

Sabía que debía mirar hacia otro lado, ocultar la evidencia y fingir que no había visto nada. Pero el texto era como un imán, atrayéndola con promesas de respuestas y revelaciones que solo traerían más dolor.

En ese momento, Emma se vio a sí misma a través de los ojos de Carlos: una presencia predecible y conveniente, fácilmente aprovechable. Su propia empatía había sido su perdición. Pero ya no.

Con una determinación férrea, Emma apretó el teléfono con más fuerza, sus entrañas agitadas con inseguridades, pero también con una nueva resolución. Este no era el momento de desmoronarse. Se preparó para la inevitable confrontación que le esperaba, lista para enfrentar cualquier caos y agitación que viniera.

El pulgar de Emma flotaba sobre la pantalla, un centinela vacilante que protegía contra la avalancha de la verdad. Con un toque tembloroso, abrió el mensaje, y a medida que las palabras se desplegaban ante sus ojos, su pulso se aceleraba en un ritmo frenético. Las frases estaban cargadas de intimidad, un marcado contraste con la fría indiferencia que se había convertido en la firma de Carlos en casa.

"Ya te extraño," comenzaba, un susurro a través del vacío digital. "Anoche fue..." Siguió una cadena de emojis sugerentes, cuya colorida ligereza se burlaba de la gravedad de su implicación.

Su corazón latía con fuerza en su pecho, un tambor discordante en la silenciosa sinfonía de la traición. Siguió leyendo, cada palabra una hoja dentada que cortaba los delicados hilos de la confianza que habían tejido juntos durante años. Había menciones de encuentros secretos, momentos robados y promesas de discreción que destapaban una herida cruda y dolorosa en el pecho de Emma.

La incredulidad se transformó en fría claridad en su interior. Esto no era un error, ni un mensaje inocuo de un número equivocado. Era una evidencia de la infidelidad de Carlos tan tangible como el teléfono que ardía en su mano.

El aire a su alrededor se espesó, pesado con el olor de la traición, mientras aferraba el dispositivo, ahora una granada con el seguro soltándose a cada respiración que tomaba.

"Mamá, ¿estás bien?" La voz de Jaxon, teñida de preocupación, cortó la niebla de su conmoción. Pero no podía permitirse el lujo de derrumbarse, no ahora, no con los ojos de su hijo sobre ella.

"Todo está bien, cariño," logró decir, su voz era un frágil velo sobre los temblores de su corazón. La mentira sabía amarga, pero era necesaria.

Con Jaxon tranquilo por el momento, Emma redirigió su atención. Necesitaba respuestas, las merecía. De pie entre los restos de lo que alguna vez creyó que era un desayuno familiar saludable, Emma enderezó su columna, canalizando cada onza de fortaleza que poseía como enfermera que había enfrentado innumerables crisis.

"Carlos tendrá que responder por esto," murmuró para sí misma, las palabras fortaleciendo su determinación.

Reenvió los mensajes a su propio teléfono y los borró de la pantalla de Carlos, luego echó un último vistazo al teléfono antes de colocarlo de nuevo bajo la servilleta, un velo temporal para la verdad que se revelaría.

Tomando una respiración profunda que hizo poco por calmar la tormenta interna, Emma se detuvo, recogió el teléfono y se dirigió hacia el dormitorio. Cada paso era medido, una cuenta regresiva hacia la inevitable confrontación. Podía escuchar los sonidos amortiguados de Carlos moviéndose, el zumbido de la normalidad que ahora parecía una grotesca representación.

Fuera de la puerta de la habitación de invitados, su mano descansó sobre el pomo, el metal frío la anclaba a sus emociones agitadas. Sus ojos verdes se cerraron momentáneamente, y evocó una imagen de sí misma, no como la esposa pasada por alto, sino como una mujer de valor que podía resistir cualquier tormenta.

"Allá voy, Carlos," susurró para sí misma, fortaleciendo sus nervios. Era hora de arrojar luz sobre las sombras que habían invadido su matrimonio. Emma giró el pomo, empujó la puerta y entró, lista para enfrentar lo que fuera que le aguardaba.

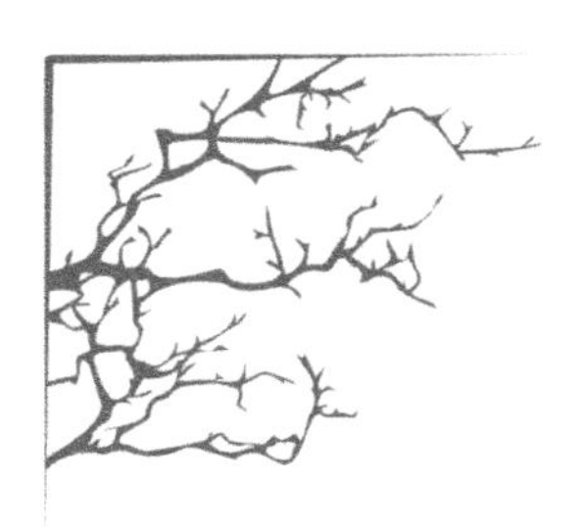

14

No estaba en la habitación de invitados. Los sonidos provenían de su dormitorio, y ella se apresuró hacia la puerta. La luz de la mañana se derramaba por la habitación, arrojando sombras que danzaban con los movimientos de Carlos mientras se anudaba la corbata frente al espejo del tocador. La silueta de Emma llenaba el umbral, su presencia era una acusación silenciosa. Su corazón latía con un ritmo caótico, pero su voz, cuando salió, fue como un fragmento de vidrio frágil incrustado en su garganta.

El teléfono voló por la cabeza de Carlos mientras Emma se preparaba para la pelea inminente que estaba por llegar como una tormenta violenta.

Con una sonrisa torcida, Carlos se volvió para enfrentar a su esposa, sus ojos encontrando los de ella en el espejo antes de girar completamente para confrontarla. Su fachada encantadora ahora estaba agrietada, revelando el verdadero engaño que se escondía debajo.

"¿Quién es ella, Carlos?" Su tono estaba cargado de fuego y traición.

La voz de Emma era un furioso infierno, sus palabras atravesando las mentiras de Carlos como una hoja afilada. Sus ojos brillaban con una determinación inquebrantable mientras repetía el número grabado en su mente, el que había destrozado la fachada de su vida perfecta juntos.

Pero él solo se rió burlonamente, intentando desestimar sus acusaciones con un gesto desdeñoso de la mano. Su expresión fingía confusión, pero Emma vio a través de sus tácticas manipuladoras. Como enfermera, era experta en distinguir la verdad de la mentira. Ahora, aplicaba esas habilidades hacia adentro, estudiando al hombre que pensó que conocía tan bien. Vio las grietas en su fachada y la oscuridad que acechaba tras sus ojos, y supo que nunca podría confiar en él de nuevo.

"Vi tu teléfono, los mensajes nuevos," insistió, negándose a dejar que él menospreciara sus sospechas. "No me mientas. ¿Sigues follándotela? Cabrón, vi sus mensajes."

Pero como un depredador acorralando a su presa, Carlos se acercó a ella con el brazo extendido, con la intención de sofocar sus dudas con un falso abrazo. Emma retrocedió, sus manos cerrándose en puños a los costados mientras se negaba a ser influenciada por sus manipulaciones.

"¿No lo ves, Emma? Estás estresada, sobrecargada. Tu mente te está jugando malas pasadas," La voz de Carlos goteaba con condescendencia y lástima, como si estuviera tratando con una paciente delirante en lugar de con su propia esposa.

Pero Emma había encontrado su equilibrio, su voz firme e inquebrantable mientras luchaba contra su gaslighting.

"No estoy loca. No estoy imaginando esto." Sus palabras atravesaron sus intentos como un bisturí afilado, revelando la fea verdad que yacía bajo su fachada cuidadosamente construida.

"Emma, escúchate a ti misma," Carlos replicó, su aire de preocupación deslizándose mientras su táctica no daba los resultados esperados. Dio un paso más hacia ella, su mirada intentando dominar, recuperar el control.

"¡Eso es suficiente!" La exclamación de Emma resonó en las paredes, un claro llamado de su poder recuperado. "No más mentiras, no más manipulación. Merezco la verdad."

El rostro de Carlos se endureció, el encanto disolviéndose en la dureza que ella había vislumbrado solo en momentos fugaces antes. Quedaron atrapados en un cuadro de tensión, el equilibrio de poder cambiando palpablemente mientras Emma sostenía su mirada, sin inmutarse.

"Háblame de ella," exigió, su voz ahora firme, el temblor desaparecido. Ella era el ojo de la tormenta, y no se dejaría mover. "¿Es más guapa que yo? ¿Folla mejor que yo? ¿Te chupa la polla porque yo no? Dime, Carlos. Dímelo."

Los ojos de Carlos, una vez un pozo profundo de fingida inocencia, ahora chispeaban con el fuego de su temperamento. Sus puños se cerraron a los lados, y el aire pareció crujir con la furia que emanaba de él. Emma, aunque su corazón latía como un pájaro enjaulado contra sus costillas, enfrentó su ira con una postura inquebrantable.

"¿Y bien? ¿Quién coño es ella, Carlos?" Las palabras salieron de sus labios, un hilo de acero entrelazándose en ellas.

Él dio un paso amenazante hacia adelante, su voz un gruñido bajo. "¿Quieres saberlo tanto? ¿Estás celosa?"

"¿Celosa?" La risa de Emma, aguda y amarga, cortó la tensión. "No, no celosa. Traicionada. Herida."

Sus manos temblaban, pero no dejaría que la traicionaran. No podía. No cuando cada fibra de su ser estaba estirada al límite, lista para cualquier golpe que pudiera venir del hombre que una vez creyó conocer.

"Mírate," Carlos se burló, "jugando a ser la víctima como siempre."

Emma podía sentir las paredes de la habitación cerrándose, el aire mismo denso con la toxicidad de su desprecio. Esto no se trataba solo de infidelidad; era la revelación de una farsa que había sido su vida.

"¿Jugando?" contraatacó, su voz un susurro, pero su resolución alta y clara. "¿Crees que este dolor es un juego?"

La fachada se desmoronó, y una tormenta de emociones brotó: años de dudas no expresadas y orgullo tragado. "Te lo he dado todo. Mi amor, mi confianza. Y tú... has estado viviendo una mentira."

Sus ojos verdes ardían con un fuego que él nunca había visto, una tempestad de dolor que se negaba a ser sofocada por sus manipulaciones. Ella estaba allí, una mujer que sanaba a los demás para ganarse la vida, pero incapaz de reparar las fisuras dentro de sí misma.

"¿Viviendo una mentira?" Carlos repitió, el tono burlesco. "No tienes idea de lo que es vivir una mentira, Emma. No tienes idea."

"¡Entonces ilumíname!" Su súplica era a la vez un desafío y un grito de un alma llevada al límite.

"¡Bien!" Él levantó las manos, la máscara afable desaparecida, revelando el desprecio debajo. "¿Quieres la verdad? Necesitaba a alguien que no me hiciera sentir menos hombre. Alguien que no me tuviera lástima. Alguien que pensara en mí como un dios, como el centro de su mundo. Alguien que me adorara."

Las palabras fueron un golpe físico, dejando un rastro hiriente en el corazón de Emma. Cada sílaba confirmó sus temores más profundos: que nunca fue suficiente, que su naturaleza de cuidado fue, a los ojos de él, nada más que condescendencia.

"¿Eso es lo que crees que es esto? ¿Tu orgullo?" La voz de Emma se elevó, cruda y cargada de años de emociones reprimidas. "¿Qué hay de mí, Carlos? ¿Qué hay de mi orgullo? ¿Cómo crees que me siento, sabiendo que mi esposo..." La frase quedó inconclusa, demasiado dolorosa para terminarla.

"¿Sabiendo que tu esposo qué?" El desafío de Carlos era un aguijón, empujándola hacia un precipicio que había evitado por mucho tiempo.

"Eligió a una zorra en lugar de a su propia familia," Emma concluyó, su voz rompiéndose en la última palabra. La confesión rompió el último vestigio de pretensión entre ellos. Su vulnerabilidad quedó al descubierto, expuesta a la luz dura de su traición.

"No es una zorra, créeme. ¿Y familia?" se burló. "Por favor. No te hagas la santa conmigo."

"¿Santa?" Una risa amarga escapó de ella, el sonido extraño incluso para sus propios oídos. "No, no una santa. Solo una tonta que pensó que se había casado con un buen hombre."

El silencio que siguió fue ensordecedor: un abismo en el que su matrimonio fracturado se hundió. Emma cerró los ojos brevemente, reuniendo los pedazos rotos de su compostura. Cuando los abrió de nuevo, estaban claros, resueltos.

"Vete a la mierda," gruñó, su voz impregnada de una intensidad silenciosa pero inconfundible que hizo que un escalofrío recorriera la columna de Carlos.

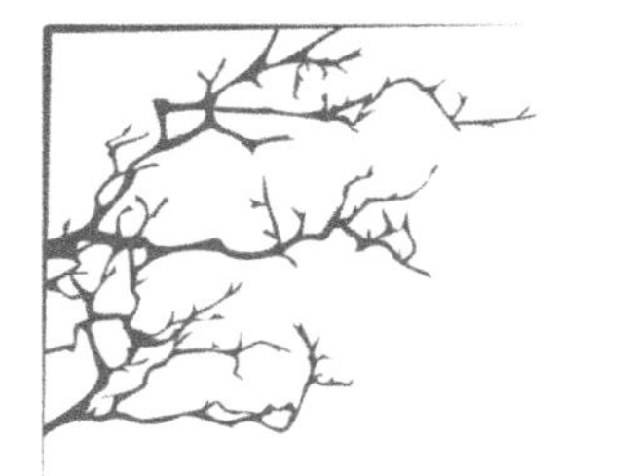

15

"Em—"

"No te atrevas a decirme 'Em,'" escupió ella, sus palabras goteando veneno. "Empaca el resto de tus cosas y lárgate de mi casa, ahora mismo, Carlos. Y ni se te ocurra regresar. No voy a repetírmelo."

El fuego en sus ojos ardía más fuerte que nunca. Sus palabras eran como dagas, cortando a través de los años de límites difusos y promesas rotas.

Carlos la miró con furia, su enojo se desvaneció, revelando una mezcla de miedo y respeto a regañadientes. Mantuvo su posición, decidido a quedarse en la casa a pesar de la presencia dominante de ella.

Sonó el timbre de la puerta. Emma pudo oír a Jaxon saludando a su madre.

La puerta se abrió con un crujido; la silueta de Jaxon llenó el marco, su figura esbelta proyectando una larga sombra que atravesaba la tensión. Emma sintió un calor repentino al ver a su hijo, su protector disfrazado de adolescente. Jaxon no dijo nada, pero su presencia era un bastión silencioso contra el caos. Sus ojos avellana, tan parecidos a los de ella, se encontraron con los de Emma con una intensidad que hablaba de su promesa silenciosa: él no la dejaría sola.

"Mamá?" Su voz, apenas un susurro, cortó el aire pesado, un salvavidas en medio de la tormenta.

Emma asintió, incapaz de formar palabras, su corazón latiendo con una mezcla de miedo y gratitud. Jaxon dio un paso más, su postura resuelta, una promesa tácita entre ellos en el ambiente cargado.

Pasos atronadores resonaron por el pasillo, cada uno como un martillo pesado golpeando las paredes. Con una melena de cabello rojo ardiente ondeando tras ella como una bandera de guerra, Martha irrumpió en la habitación con una urgencia implacable. Sus ojos se clavaron en Carlos como dagas, sus labios retorcidos en un gruñido que podría infundir miedo al más valiente de los hombres.

"Carlos," siseó, su voz reverberando con furia cruda. "¿Qué le has hecho a mi hija?" Sus palabras goteaban veneno potente, cada sílaba acentuada por una oleada de rabia que amenazaba con consumirla.

Pillado por sorpresa por su ferocidad, Carlos retrocedió hasta que su espalda chocó contra la pared con un golpe resonante. El corazón de Emma latía con fuerza al ver a su madre mantenerse alta e inquebrantable a su lado, formando una barrera inquebrantable entre ella y el hombre que tanto dolor le había causado.

"Martha, esto no es asunto tuyo," gruñó Carlos, intentando recuperar algo de control.

"¿No es asunto mío? Que te jodan, Carlos. No me quedaré de brazos cruzados mientras destrozas a mi familia con tu egoísmo." La voz de Martha era afilada como una cuchilla, su acento sureño espesándose con la emoción cruda. Dio otro paso adelante, su pequeña figura de repente alzándose sobre él con una presencia intimidante.

"Pensaste que podías romper el corazón de mi hija y que simplemente nos quedaríamos mirando? Pues piénsalo otra vez."

Jaxon se acercó más a Emma, su lenguaje corporal emanando una ferocidad protectora que desafiaba su corta edad. Con su hijo y su madre a su lado, Emma sintió que algo cambiaba dentro de ella: la fachada frágil de su antiguo yo se rompía, dando paso a una nueva fuerza.

"Jaxon, lleva a tu madre fuera de aquí," intentó ordenar Carlos, pero su voz vaciló, traicionándolo.

"Nadie va a ir a ninguna parte," declaró Martha, su postura tan inamovible como la misma tierra. "No hasta que entiendas el daño que has causado y respondas por tus pecados."

En la repentina quietud, el único sonido era la respiración entrecortada de cuatro personas atrapadas en un momento de ajuste de cuentas. Emma, sostenida por el amor que la flanqueaba, encontró la mirada de Carlos con una nueva determinación. Ya no era solo una mujer despreciada; era una fuerza, un torbellino de dolor y resolución, lista para reclamar su vida.

La mirada de Emma atravesó a Carlos, sus ojos verdes un mar tormentoso reflejando el caos interior. Podía sentir las paredes de su dormitorio cerrándose, cada fotografía en la pared narrando una mentira que se había incrustado profundamente en su alma. El aire estaba cargado de tensión, y le oprimía el pecho como un peso físico. Su matrimonio, esta vida que había construido con meticuloso cuidado, yacía en pedazos a sus pies.

"Carlos," la voz de Emma tembló, pero tenía un filo de claridad que la sorprendió incluso a ella. "¿Cuánto tiempo?" Había una desesperación en su pregunta, una súplica por algo rescatable entre los escombros.

"Em, estás malinterpretando—" empezó, pero Emma lo interrumpió con un grito que desgarró la habitación, alto y feroz.

"¡Deja de mentirme!" La exclamación vino desde lo más profundo, una liberación gutural de años de duda reprimida y autodegradación. Estaba cansada de cuestionarse a sí misma, de examinar su valía a través del lente distorsionado de su engaño. En este momento de exposición cruda, el velo se levantó, y vio la verdad que Carlos había ocultado por tanto tiempo.

"¿¡Cuánto tiempo!?" Insistió mientras él permanecía inmóvil en el centro de la habitación.

Su mente corría, retrocediendo a través de innumerables pequeños momentos: una llamada terminada apresuradamente, un rastro de perfume, una noche tardía sin explicación, que ahora parecían señales tan evidentes como neones. Sin embargo, también había una marea creciente de furia. ¿Cómo se atrevía a hacerla sentir menos que nada? ¿Cómo se atrevía a manchar su familia con su egoísmo?

La mujer que cuidaba a otros, la enfermera empática que sanaba heridas a diario, ahora necesitaba sanar su propio espíritu fracturado. Emma sintió el suelo moverse bajo ella, un terremoto interno derribando las inseguridades arraigadas. Los pedazos de su antiguo yo yacían dispersos, despejando el espacio para una reconstrucción, donde ella sería la arquitecta de su propia valía.

La voz de Jaxon atravesó la atmósfera caótica como una sirena, llena de preocupación y miedo. El corazón de Emma se encogió al sonido, sus instintos protectores despertando. Se giró hacia él, viendo su propio terror reflejado en sus ojos.

En ese momento, una fuerza primigenia se encendió dentro de ella, alimentada por una necesidad feroz de proteger a su hijo de la tormenta que rugía a su alrededor. Con determinación inquebrantable, se convirtió en el santuario que él siempre había buscado, un pilar de fuerza en medio del caos.

"Jaxon, cariño, ve a tu habitación por ahora," ordenó, su voz suave pero firme, la autoridad inquebrantable de una madre.

Él dudó, dividido entre su lealtad a su madre y su deseo de quedarse y protegerla. Pero la presencia de Martha a su lado le dio valor y se mantuvo firme, un voto de lealtad silencioso.

Con Martha a su lado, Emma recurrió a la línea de mujeres fuertes antes que ella, encontrando fuerza en su resiliencia. Era el momento de liberarse de las cadenas del abuso y forjar un nuevo camino de respeto propio e independencia.

"Eres un bastardo," siseó Emma, su voz baja pero rebosante de furia. "¿Cuánto tiempo llevas con ella? ¿Cuánto tiempo me has mentido en la cara?" Sus ojos, ardientes con determinación, se clavaron en Carlos, que permanecía allí, silencioso y con la cara de piedra. "No dejaré que me rompas de nuevo," dijo, su tono feroz, pero firme.

El dolor todavía persistía, una profunda y cruda herida en su pecho, pero ya no la paralizaba. En cambio, alimentaba algo nuevo dentro de ella, una determinación inquebrantable de resurgir de las cenizas y forjar un futuro libre de engaños. Sabía que el camino por delante sería duro, las fracturas en su corazón todavía frescas. Pero al mirar alrededor de la habitación, los restos de un amor en el que había creído, Emma entendió que el primer paso hacia adelante era suyo.

Por Jaxon. Por ella misma. Por el futuro que ambos merecían, uno no contaminado por la traición.

"Mamá," llamó, dándole la espalda a Carlos como si él ya no existiera. "¿Puedes llevarte a Jaxon de la casa por un rato hoy?" Sus palabras eran firmes, intencionadas.

"Por supuesto, nena," respondió Martha, su voz llena de una mezcla de amor y feroz protección. Sintió el cambio en Emma, la guerrera emergiendo de las cenizas de su matrimonio roto.

"Gracias," susurró Emma, aunque su voz no mostraba debilidad, solo resolución. Inhaló profundamente, arraigándose en el momento. Era hora de planificar, de actuar, de reconstruir, no solo su vida, sino a sí misma. La mujer que estaba destinada a ser, la que había sido sofocada por años de mentiras, estaba despertando.

Cuadró los hombros, un voto silencioso pasó por ella: no solo sobreviviría a esto, saldría más fuerte.

Volviéndose hacia Carlos, su voz resonó con una claridad final. "Se acabó. Estoy recuperando mi vida."

Sin esperar su respuesta, Emma se dirigió a su dormitorio y comenzó a sacar su ropa de los cajones, vaciando el armario, tirando todo en el césped delantero. Carlos se quedó en la puerta por un momento, mirándola con una indiferencia distante, como si esto estuviera por debajo de él. Luego, sin decir palabra, se fue, conduciendo sin mirar el montón de pertenencias esparcidas por el patio.

El silencio que siguió era diferente ahora. No estaba cargado de dolor o arrepentimiento. Estaba lleno del zumbido silencioso de la posibilidad.

En la quietud de ese momento, Emma Dawson comenzó a tejer los hilos de un nuevo comienzo. Su corazón, una vez pesado por la duda y la desesperación, ahora latía con un ritmo constante, una promesa para sí misma, un futuro recuperado, en sus propios términos.

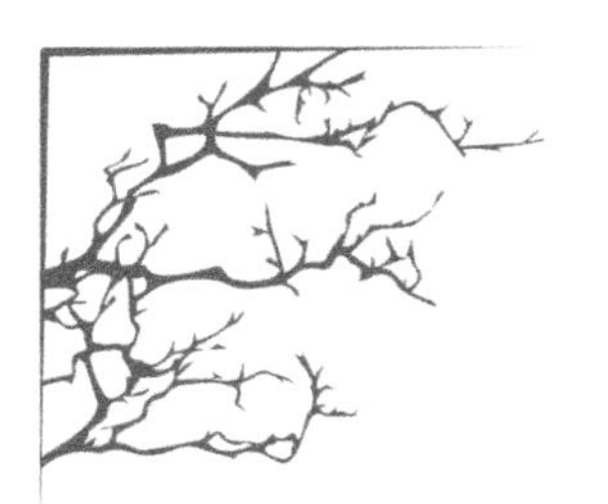

16

El dormitorio de Jaxon en la casa de Martha estaba envuelto en sombras, excepto por el resplandor ominoso de una única lámpara que proyectaba patrones angulares sobre la mesa donde Jaxon y Martha estaban sentados. Sus rostros estaban marcados por líneas de determinación, ambos reflejando la gravedad de su pacto silencioso.

"Nana," la voz de Jaxon era un susurro, pero llevaba el peso del acero. "No podemos dejar que él controle nuestras vidas por más tiempo."

Martha asintió, su cabello rojo como una llama en la penumbra, su mirada nunca se apartó de la de su nieto. "Lo sé, Jax. Lo sé."

Con deliberada lentitud, Jaxon sacó de su mochila un montón de papeles de investigación que crujieron como hojas secas al colocarlos sobre la mesa. Se desplegaron, un mosaico de datos y posibles estrategias, cada uno un paso calculado hacia su liberación de la tiranía de Carlos.

Jaxon señaló la pila de papeles en el escritorio. Martha los tomó, sus dedos dejando manchas en las páginas blancas mientras las examinaba con enfoque láser.

"Jaxon, ¿qué es todo esto?" preguntó Martha, hojeando las páginas.

"Estos son algunos de los métodos que he reunido," explicó Jaxon, su voz baja y urgente. "Cada uno tiene el potencial de exponerlo, de arrastrarlo a la luz y hacerlo responsable de sus acciones. Tal vez incluso de deshacer parte del daño que ha causado a nuestra familia."

Martha se inclinó más cerca, sus ojos afilados recorriendo cada palabra como si buscara un arma oculta. "¿Estás absolutamente seguro de que son precisos?" Su tono era frío y calculador, revelando años de experiencia en el arte de la manipulación.

"Seguro," respondió Jaxon con firmeza, sus ojos color avellana endureciéndose con determinación. "He verificado cada detalle."

El dedo de Martha trazó un párrafo en particular, sus labios se entreabrieron ligeramente al absorber la información. "Esto... esto podría funcionar," murmuró, un destello de emoción brillando en sus ojos. "Si lo jugamos bien, Carlos no sabrá lo que le golpeó hasta que sea demasiado tarde."

"Exactamente," coincidió Jaxon con una sonrisa feroz. "Él puede pensar que es intocable, pero todo el mundo tiene una debilidad. Solo tenemos que explotarla."

"Pero tenemos que ser cuidadosos," le recordó Martha, su expresión volviendo a ser seria. "No podemos arriesgarnos a quedar atrapados en las repercusiones."

"Por supuesto," Jaxon asintió solemnemente. "Siempre tenemos que considerar la seguridad de Emma primero." La mención de su ser querido fue como un voto sagrado entre ellos, solidificando su alianza y motivándolos a seguir adelante.

"Entonces procedemos con cautela," declaró Martha, su mirada de acero encontrando la de él. "Recopilamos lo que necesitamos y hacemos nuestro movimiento. Sin titubeos, sin dudar."

"De acuerdo," respondió Jaxon. Sus dedos rozaron los papeles de investigación, la evidencia tangible de su compromiso con la acción. Sintió una oleada de adrenalina ante la idea de finalmente enfrentarse al hombre que solo había traído caos a sus vidas.

"Comencemos aquí," dijo, señalando una sección del papel. "Si podemos probar esto, será el comienzo del fin para Carlos Martínez."

Los dos se acercaron más, conspiradores en la penumbra, trazando un plan a partir de susurros y voluntad. Ya no habría marcha atrás. Con cada palabra que pronunciaban, cada detalle que revisaban, Jaxon y Martha Dawson estaban poniendo en marcha la caída de un tirano.

Martha se inclinó hacia adelante, sus codos descansando sobre la mesa de madera marcada que soportaba el peso de su estrategia formidable. En la penumbra, su vibrante cabello rojo parecía arder como las brasas de un fuego atenuado, un contraste vivo contra las sombras que envolvían la habitación.

"Cada plan tiene su propio conjunto de dientes," dijo Jaxon, su voz un murmullo constante mientras su dedo trazaba la columna de texto. "Y muerden de diferentes maneras."

"Dime más." Martha lo instó, su mirada afilada y atravesando la semioscuridad. Su mente era una fortaleza, preparada para el embate de las sombrías posibilidades que las palabras de Jaxon desatarían.

"Las escuchas telefónicas podrían exponerlo, pero si nos atrapan, es la ley contra nosotros," explicó Jaxon, sus ojos avellana fijándose en los de ella, asegurándose de que comprendiera todas las implicaciones. "Las denuncias anónimas podrían salirnos por la culata, llevando a investigaciones... a todos los involucrados."

"Emma..." Martha susurró, el nombre cayendo de sus labios como un hechizo protector.

"Exactamente." Jaxon asintió, reconociendo el voto no dicho de proteger a su hermana a toda costa. "No podemos permitir que ella se convierta en daño colateral."

Su mano dejó de moverse por el papel, los dedos tamborileando un ritmo silencioso.

"Pero hay algo que no hemos tenido en cuenta: su infidelidad. La idea de que ande por ahí, la forma de mierda en que trata a mamá, me llena de tanta ira. Me enciende un fuego que me hace querer matarlo. ¿Cómo pude dejar que le hiciera esto a mi madre durante tanto tiempo?" Un filo frío se deslizó en el tono de Jaxon, insinuando la amargura que había echado raíces en su corazón.

"¿Infidelidad?" Martha preguntó, su voz teñida de escepticismo, pero intrigada por el hilo que él estaba tirando.

"Imagínalo: fotos, mensajes, pruebas de las mujeres de Carlos. Es munición que golpea donde duele, en el ego y en el bolsillo," elaboró Jaxon, su mente ya calculando ángulos y resultados. "Es personal, devastador, y lo más importante, legal. Puedo publicarlas en línea desde una cuenta anónima que puedo crear con un programa que bloquea mi dirección

IP. Sacarlo a la luz, y a sus mujeres, mostrar que todavía está con mamá, mostrar que siempre vuelve a casa con ella, sin importar lo que les diga."

"Chantaje." La palabra quedó suspendida entre ellos, cargada de implicación. Los labios de Martha se apretaron en una línea delgada y una ceja se arqueó mientras sopesaba el costo moral contra la posible ganancia.

"No, es palanca," replicó Jaxon, su expresión indescifrable en la penumbra. "Una forma de empujarlo fuera sin ensuciarnos las manos más de lo necesario."

Martha se recostó, el crujido de la silla se perdió en el silencio que siguió. Meditó sobre los caminos que se desplegaban ante ellos, cada uno lleno de peligros, pero que, sin duda, conducían hacia la liberación. La seguridad de Emma, su paz, dependía de la astucia con la que jugaran este traicionero juego.

La voz de Martha resonó en la habitación como un grito de guerra, su resolución de acero llenando cada rincón. "Tenemos que hacerlo," declaró con una determinación inquebrantable. "Es hora de reunir la evidencia de su traición y librarnos de Carlos de una vez por todas."

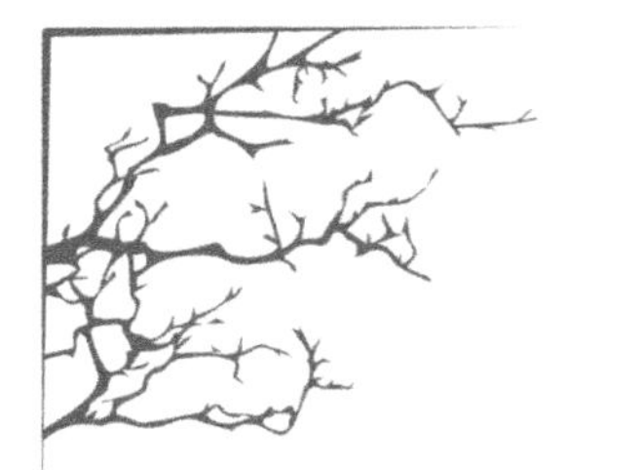

17

La respuesta de Jaxon fue rápida y cortante, reflejando su feroz determinación. Estaban unidos, impulsados por el ardiente deseo de purgar sus vidas de la tóxica presencia de Carlos. En la quietud intensa de la habitación débilmente iluminada, madre e hijo compartieron un momento de solemne comprensión. Sabían los riesgos, pero las apuestas eran demasiado altas para ignorarlas. Por Emma, por el frágil semblante de familia que quedaba, arriesgarían todo.

"Entonces no perdamos ni un segundo más," concluyó Martha con un matiz de acero en su voz, resonando la ferocidad oculta de Jaxon. Juntos, desentrañarían el control del tirano sobre ellos, pieza por pieza, con meticulosa paciencia.

La mano de Martha flotaba sobre la pila de papeles de investigación, proyectando una sombra en la luz tenue. Sus dedos temblaban con incertidumbre mientras contemplaba el peligroso camino que tenían por delante.

"Jaxon," comenzó, su voz firme pero cargada de emoción, "tenemos que pensar en tu madre en esto. No solo en su seguridad, sino en las secuelas emocionales. Esto podría destruir lo poco de estabilidad mental que le queda."

Los ojos usualmente agudos de Jaxon parpadearon con un atisbo de duda. Se inclinó hacia adelante, con los codos sobre la mesa, su rostro una máscara de concentración. "Lo sé," concedió con un suspiro pesado, "pero ¿realmente podemos dejar que Carlos siga lastimando a mamá?"

"¿Y destruir nuestra familia?" Martha terminó su pensamiento con un peso grave en sus palabras. Cerró los ojos brevemente, imaginando el rostro cansado y desgastado de Emma tratando de encontrar normalidad en su mundo destrozado.

"Quizás..." Jaxon dudó antes de continuar lentamente y con reflexión. "Quizás deberíamos hablar con un abogado. Averiguar nuestras opciones si llevamos esta evidencia a la corte."

Martha consideró la sugerencia, sopesando la gravedad de involucrar a las autoridades. "No está exento de riesgos. Carlos, tiene conexiones, ¿no es así? El tipo que se desliza por los huecos del sistema." Sus palabras colgaban pesadas, un sombrío recordatorio del alcance del hombre.

"Cierto," asintió Jaxon, "pero quedarse en silencio podría ser más arriesgado. Necesitamos conocer nuestras opciones—qué es legal, qué no lo es. Y mamá... ella querría que hiciéramos las cosas de la manera correcta, ¿no?"

"Emma," repitió Martha, permitiéndose un breve momento para imaginar los ojos verdes de su hija, brillantes pero tan fácilmente nublados por la duda. "Sí, lo haría."

"Entonces está decidido," dijo Jaxon, una nueva capa de determinación marcando sus palabras. "Encontramos un abogado—uno en quien podamos confiar. Alguien fuera del pozo envenenado de Carlos."

"Discretamente," añadió Martha, asintiendo en acuerdo. "No podemos permitirnos errores. No cuando se trata del bienestar de Emma o nuestra propia seguridad."

"Discretamente," repitió Jaxon, un voto silencioso grabado entre ellos. La decisión estaba tomada; el destino sellado. Ahora solo necesitaban proceder con cuidado, un paso calculado tras otro, en el laberinto que prometía ser su salvación o su perdición.

Jaxon trazó el borde de un papel, su contenido un testamento de la duplicidad de Carlos. La habitación parecía más fría que antes, cada sombra cargada de temores no dichos y los fantasmas de decisiones aún por tomar. Levantó la vista hacia los ojos de Martha, encontrando en ellos un reflejo de su propia agitación.

"Nana," comenzó, la palabra colgando pesada entre ellos, "no solo estamos cruzando una línea aquí—la estamos volando por los aires. ¿Qué pasa si nos convertimos en lo mismo que estamos tratando de proteger a mamá de?"

Martha exhaló, su aliento una liberación lenta de ansiedad reprimida. Se inclinó hacia adelante, el suave resplandor de la única lámpara proyectando profundas líneas en su rostro que hablaban de noches sin sueño y una determinación endurecida.

"La justicia nunca es en blanco y negro, Jaxon," respondió, su voz un susurro contra el espeso silencio. "No estamos tratando con absolutos. Se trata de supervivencia—la de Emma... y la nuestra."

Asintió, pero sus manos traicionaron un temblor mientras apilaba los papeles en una pila ordenada. "Pero también hay daño en este camino. Las consecuencias—no es solo Carlos quien sufrirá. Hay otros, quizás inocentes, atrapados en el fuego cruzado de nuestras acciones."

"Cada guerra tiene sus víctimas," dijo Martha, sus palabras bordadas con una tristeza que reflejaba las sombras a su alrededor. "Nuestro enfoque debe ser minimizar el daño colateral mientras logramos nuestro objetivo. Es un equilibrio delicado, uno que debemos manejar con cuidado."

"Como enhebrar una aguja con manos temblorosas," murmuró Jaxon, la metáfora pintando un cuadro descarnado de su situación precaria.

"Exactamente." Martha extendió la mano sobre la mesa, sus dedos rozando los de él por un breve momento, un pacto silencioso formado en la penumbra. "Enhebramos esa aguja juntos."

Se detuvieron, permitiendo que el peso de su conversación se asentara como polvo en el aire, espeso con las consecuencias. Jaxon luego respiró lenta y deliberadamente, afianzándose en la realidad de su compromiso compartido.

"Mi mamá," dijo suavemente, el nombre una línea de vida en medio de la tormenta de sus planes. "Ella es la razón por la que estamos haciendo todo esto. Para darle libertad, para permitirle vivir sin miedo o manipulación."

La expresión de Martha se suavizó, la intensidad en sus ojos dando paso a una luz materna y tierna. "Ella es nuestro corazón, Jaxon. Nuestra valiente y hermosa niña atrapada en una pesadilla que no creó ella. Haremos lo que sea necesario para mantenerla a salvo."

"¿Incluso si nos cuesta todo?" preguntó Jaxon, aunque en su corazón sabía la respuesta.

"Especialmente entonces," afirmó Martha, su mirada inquebrantable. "Ella es nuestro todo. Además, no te dejaré caer, yo asumiré la culpa si nos atraparan. Tú también debes estar protegido."

La mano de Jaxon flotaba sobre la pila de papeles, sus dedos tamborileando un ritmo silencioso en la mesa de madera. La habitación era un capullo de sombras y secretismo, sus paredes sosteniendo la gravedad de su decisión inminente. Sabía que no había vuelta atrás ahora, no cuando el espectro de la malignidad de Carlos se cernía tan grande sobre sus vidas.

"Por Emma," repitió Martha, las palabras un voto solemne pronunciado en el silencio de la noche, sellando su determinación mientras se mantenían juntos en el precipicio de la acción.

Horas pasaron mientras la pareja revisaba cada página de información, tácticas, planes. Jaxon tomó la pila de papeles de investigación, con las esquinas dobladas por las frecuentes consultas. La luz tenue de la habitación proyectaba largas sombras sobre sus rasgos mientras comenzaba a pasar las páginas con movimientos precisos.

"Tenemos una montaña de información aquí," dijo, los ojos avellana escaneando los documentos frente a él. "Métodos diferentes, enfoques diferentes... pero ninguno sin riesgo."

"Entonces deberíamos mezclarlos," respondió Martha, su voz firme a pesar de la gravedad de su conversación. Sus dedos trazaban el borde de su taza de café, la cerámica fría contra su piel. "Tomamos partes de cada uno—solo las partes más seguras y efectivas—y las unimos en algo nuevo. Algo encubierto e infalible."

"Exactamente." El asentimiento de Jaxon fue breve, decisivo. Sacó un bolígrafo, el clic resonando en el aire tenso. Garabateando notas en la hoja superior, continuó, "Necesitaremos un plan que sea discreto, uno que mantenga a mamá fuera del fuego cruzado."

Martha se inclinó hacia adelante, los mechones rojos de su cabello atrapando la tenue luz mientras miraba los papeles. No necesitaba que se lo dijeran dos veces. Su vida había sido un testamento del poder de los detalles, cada uno un hilo en el tejido de la supervivencia.

"La precisión es clave," murmuró. "Cada paso debe ser invisible, no rastreable hacia nosotros o hacia ella."

"Entendido." La voz de Jaxon era baja, cargada con el peso de su resolución compartida. Estaban adentrándose en aguas peligrosas, pero el pensamiento de liberar a Emma de la influencia tóxica de Carlos lo impulsaba. Su madre había soportado suficiente.

"Bien. Nos moveremos con cuidado," insistió Martha, su mirada encontrando la de él con una intensidad que solo los años de dificultades podían forjar. "Ni tú ni Emma sufrirán por esto—no si yo puedo evitarlo."

"¿Estamos de acuerdo entonces?" preguntó, su voz apenas más que un susurro pero cargada con una determinación inquebrantable.

Martha asintió, sus ojos fijos en Jaxon con una resolución de acero que igualaba la suya. "Sí. Hemos considerado cada ángulo, cada riesgo. Es hora de actuar."

"Una vez que empecemos, no podemos detenernos hasta que esté hecho," advirtió Jaxon, los bordes de las palabras afilados con la realidad de su situación. Su pulgar rozó el borde de un papel, la sensación táctil anclándolo en medio de la ansiedad creciente que amenazaba con surgir dentro de él.

"Emma merece una vida libre de miedo," dijo Martha, sus labios presionados en una línea delgada. "Le daremos eso. Estoy lista."

"Entonces planifiquemos esto." Jaxon sacó un bolígrafo, su clic resonando en el silencio tenso. Juntos, se inclinaron sobre los documentos, sus manos moviéndose con precisión mientras anotaban su intrincado plan. Cada nota era un paso hacia la liberación, cada línea dibujada un camino alejado de la sombra de Carlos.

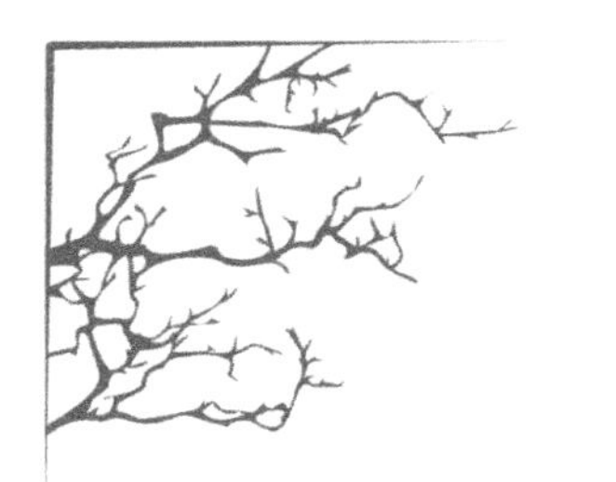

18

La mañana llegó rápidamente. La pesada puerta del despacho de Martha chirrió al abrirse, una rendija de la luz del pasillo atravesando la penumbra del interior. Jaxon entró en la habitación parecida a una cueva. Había sido el despacho de su abuelo antes de morir el año pasado. Se habían tomado tantas decisiones que cambiaron vidas en ese escritorio, dentro de esas paredes. Solo era apropiado que esto también se manejara aquí, en la santidad de esas paredes.

La silueta de Jaxon era alta y amenazante contra el suave resplandor. El aire crujía con anticipación mientras cerraba la distancia entre él y Martha, que estaba sentada detrás del envejecido escritorio de caoba, su cabello rojo una corona ardiente en la luz ámbar de la lámpara, aún revisando los papeles llenos de ideas.

Martha levantó la vista de los papeles esparcidos sobre su escritorio, sus ojos afilados y penetrantes. Tomó una respiración profunda, preparándose para la conversación que sabía que llegaría. "Buenos días, mi dulce niño. Creo que ahora es el momento de comenzar. Este plan necesita tratar con él—de una vez por todas."

Los ojos avellana de Jaxon brillaron con rabia contenida, reflejando la determinación en la mirada de Martha. "No puede hacerle más daño a mamá. Tenemos que asegurarnos de eso."

"Sí, pero sea lo que sea que decidamos," advirtió Martha, su voz cargada con la gravedad de su situación, "debemos considerar los riesgos. Estamos entrando en territorio peligroso, Jax. Una vez que hagamos nuestro movimiento, no hay marcha atrás."

"Lo sé," respondió Jaxon entre dientes apretados, su determinación solidificándose con cada segundo que pasaba. "Y por eso tenemos que ser implacables. Necesitamos investigar... encontrar la mejor manera. Formas de asegurarnos de que Carlos no deje rastro alguno."

Martha asintió con gravedad, su mente ya acelerando a través de posibilidades siniestras. Cada una más oscura que la anterior. "Tienes razón. Tiene que ser meticuloso, minucioso. No podemos dejar nada al azar." Sujetó un bolígrafo con firmeza en su mano, su presencia un pequeño consuelo en medio del creciente caos en sus pensamientos.

"Deja eso en mis manos," con una sonrisa escalofriante, Jaxon la tranquilizó, su juventud ocultando la intención calculada en su voz.

"Descubriré todo lo que necesitamos saber. Investigaré hasta los rincones más oscuros si es necesario," dijo Jaxon.

"Bien," reconoció Martha, la palabra un exhalación aguda. "Pero recuerda, Jax, no solo estás buscando opciones. Estás buscando la mejor, la perfecta—el método que lo borrará sin dejar el menor indicio de duda."

"Entendido," dijo él, una promesa silenciosa grabada en la firmeza de su mandíbula. Se volvió hacia la puerta, sintiendo la pesada cortina de la conspiración caer sobre ellos, una tela tejida con hilos de miedo y fortaleza.

"Tenga cuidado," llamó Martha después de él, su voz una mezcla de preocupación maternal y mando. "Estamos jugando un juego peligroso."

"No tenemos opción," respondió Jaxon sin mirar atrás. La puerta se cerró con un clic detrás de él, sellando su pacto en el silencio del despacho de Martha.

Los dedos de Jaxon volaban sobre el teclado con una urgencia frenética, el sudor perlándole la frente arrugada mientras se adentraba en los rincones oscuros de internet.

La enfermiza luz azul de la pantalla de la computadora proyectaba sombras perturbadoras sobre sus rasgos fuertes, acentuando el vacío en sus ojos. Con cada clic, descendía más en la madriguera de conejo, descubriendo secretos más siniestros y evidencia condenatoria que haría girar el estómago incluso a los más fuertes.

El tiempo se volvió irrelevante a medida que las horas se convertían en días, su único enfoque en exponer las viles verdades de Carlos ocultas detrás de foros encriptados y páginas web sombrías. Y con cada publicación, se regocijaba en el caos y la destrucción que exponía, dejando tras de sí una estela de nada más que fotos incriminatorias de su padrastro y capturas de pantalla que atormentarían a sus víctimas para siempre.

Sus ojos avellana, normalmente rebosantes de curiosidad juvenil, ahora reflejaban un propósito más oscuro mientras escaneaban líneas de texto detallando lo macabro. Marcaba páginas con desapasionada frialdad, su mente ensamblando un mosaico morboso de métodos potenciales para la eliminación de Carlos. El cursor parpadeaba al ritmo del corazón acelerado de Jaxon, un metrónomo silencioso para la sinfonía siniestra de información que fluía a su bloc de notas.

"Baños de ácido, carroñeros animales, entierro en el mar..." murmuraba, las palabras una letanía susurrante del arte de la muerte. Cada opción se pesaba en una escala invisible de riesgo y eficacia, y con cada hora que pasaba, la resolución de Jaxon se solidificaba como el concreto asentándose en su pecho.

En otra parte de la casa, Martha se encorvaba sobre una pila de libros antiguos y papeles amarillentos, su cabello rojo cayendo como una cortina ardiente alrededor de su rostro. El despacho era su centro de mando, un lugar donde podía movilizar su considerable intelecto contra las fuerzas que amenazaban la paz de su familia.

Leía sobre engaños infames y astucia criminal, absorbiendo relatos de desvíos que habían dejado a la policía desconcertada y persiguiendo fantasmas. Cada pista falsa, cada pista plantada era una lección que ella pensaba aplicar con meticulosa atención. Su bolígrafo raspaba contra el papel, anotando estrategias que sembrarían confusión y sembrarían dudas en cualquier investigación—si es que llegara a eso.

"Desvíalos al principio," susurró para sí misma, "y seguirán el rastro equivocado." Martha sabía que incluso los depredadores más astutos podían ser deshechos por un giro inesperado, y estaba decidida a ser quien dirigiera la danza.

Las horas pasaron, y la casa se volvió silenciosa salvo por el ocasional crujido de la madera o el roce del papel. Dos almas afines, unidas por la sangre y la intención desesperada, trabajaban en aislamiento, sus pensamientos entrelazándose invisibles como raíces bajo el suelo. Estaban forjando un plan nacido de la desesperación y la necesidad oscura, y a medida que el amanecer se acercaba en el horizonte, los primeros rayos de luz encontraban a Jaxon y Martha más cerca de su grimosa resolución.

Una semana pasó, el denso silencio del despacho de Martha temblaba mientras el reloj de pared marcaba los segundos con una regularidad inflexible. Jaxon se encontraba junto al escritorio de caoba, su largo cabello ondulado proyectando sombras sobre sus intensos ojos avellana. Enderezó una pila de papeles, cada página un testimonio de la tarea sombría que había asumido.

"Nana," comenzó Jaxon, su voz tan firme como el tic-tac del reloj, "he revisado suficientes relatos oscuros para saber que los cuerpos dejan su propia historia. Necesitamos algo... inrastreadable. También tenemos que quemar todo lo que hemos planeado, no puede quedar rastro alguno."

Martha, su cabello rojo un marcado contraste con la pálida luz de la mañana filtrándose a través de las cortinas, asintió en acuerdo. Dejó los apuntes que había estado revisando, su mirada sin apartarse de la de su nieto.

"Dime lo que has encontrado," dijo, su tono sugiriendo una disposición para unir el mosaico final y morboso.

Jaxon desplegó un papel, líneas y viñetas marchando en orden.

"Desmembramiento, ácido, entierro en el mar..." Cada opción caía de sus labios, clínica y fría, "...todas conllevan riesgos sustanciales de descubrimiento."

"Y el impacto psicológico en Emma," interrumpió Martha con brusquedad. "No podemos permitir que su mundo se desmorone más de lo que ya está."

"De acuerdo." Jaxon hizo una pausa, trazando una línea con su dedo, antes de detenerse en el último ítem de su lista. "Hay una que podría funcionar—envenenamiento, seguido de asfixia. Es más limpio, menos violento."

"El veneno deja rastros," contrarrestó Martha, su mente corriendo a través de escenarios en los que podrían cometer un error, dejando migajas para los sabuesos de la justicia.

"La mayoría sí," admitió Jaxon, fijando su mirada con la de ella. "Pero algunos son más difíciles de detectar. Y si seguimos con la asfixia, podría ocultar la causa de la muerte lo suficiente como para desorientar una autopsia."

"Más difícil de detectar, me gusta," repitió ella, las palabras colgando entre ellos como una promesa siniestra. "No se trata solo de ser indetectable, Jaxon. Se trata de crear una narrativa que apunte lejos de nosotros."

"Exactamente," respondió él, una sombra de alivio cruzando sus rasgos. "Controlamos la historia de principio a fin."

Martha se inclinó hacia atrás en su silla, considerando el peso completo de su decisión. El acto que contemplaban era monstruoso, pero el monstruo al que se enfrentaban les dejaba poco margen de maniobra. Carlos, con su fachada encantadora y su núcleo venenoso, los había empujado hasta aquí.

"Entonces está decidido," declaró Martha, la decisión tallándose en el silencio de la habitación. "Procedemos con el envenenamiento y la asfixia. Pero debemos ser meticulosos.

No puedo decirlo lo suficiente, no hay lugar para errores o segundas oportunidades."

" Ninguno," afirmó Jaxon, sintiendo cómo la tela de su moralidad se estiraba bajo la presión de la necesidad. "¿Cuándo lo haremos?"

"Pronto," susurró Martha, sus ojos reflejando una tormenta de resolución y arrepentimiento. "Antes de que nuestra determinación nos falle, o Carlos apriete su agarre aún más."

"Entonces necesitamos prepararnos," dijo Jaxon, doblando sus notas y guardándolas. "Cada paso planeado, cada acción ensayada."

"Cada consecuencia aceptada," añadió Martha suavemente, levantándose para enfrentarse a su hijo. Juntos, eran una fortaleza contra la oscuridad, pero por dentro, cada cámara de sus corazones resonaba con el costo de su inminente acto.

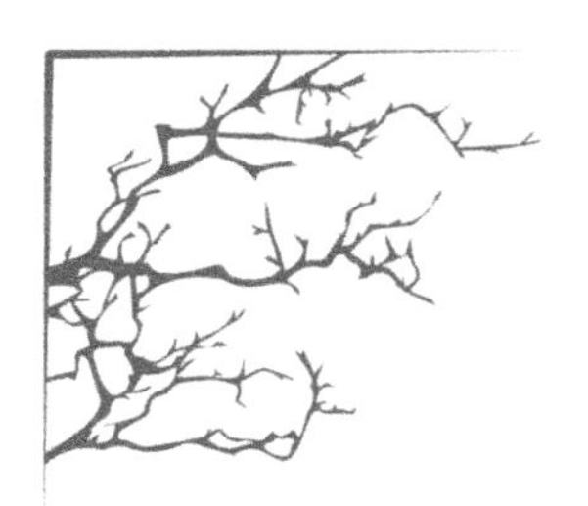

19

Los dedos de Martha volaban sobre las teclas con un ritmo staccato, cada golpe perforando el silencio del estudio. Jaxon se mantenía al acecho sobre su hombro, sus ojos avellana escaneando la creciente lista de sustancias en la pantalla. Habían entrado en un mundo donde palabras como "toxicidad" y "letalidad" se sopesaban con la misma consideración que se podría dar a la elección de café o té.

"Ricino es demasiado rastreable," murmuró Martha, descartando una entrada con un clic. "Y el cianuro... demasiado dramático."

"¿Digitalis?" sugirió Jaxon. Su voz era tranquila, desmintiendo la naturaleza macabra de su tarea. "Es un medicamento para el corazón—podría justificarse si se descubre."

"Bien." El cabello rojo de Martha captó la luz mientras asentía, anotando el nombre. "Pero consideremos algo aún más insidioso. Algo que se disipa rápidamente, que no deja marcadores."

"¿Dimetilmercurio?" dijo él, notando su potencia.

"Demasiado arriesgado para nosotros," contraatacó Martha, su mente catalogando meticulosamente los peligros. "Necesitamos algo silencioso pero manejable."

"Ah, aquí está—tetrodotoxina." El dedo de Jaxon se detuvo en un artículo que detallaba el veneno derivado del pez globo. "Difícil de detectar después de la muerte porque ocurre de manera natural en algunas formas de vida marina. Es perfecto."

"Perfecto," repitió Martha, sus labios formando una línea fina. Revisó la información, su cerebro calculando su red de contactos. Alguien sabría cómo conseguirlo; solo necesitaban abordar esto con discreción.

"Deja esta parte en mis manos, Jax." Su voz era acero envuelto en terciopelo. "Aseguraré lo que necesitamos."

"Nana, el riesgo—" comenzó Jaxon, la preocupación marcando líneas en su joven rostro.

"Es mío para asumir," interrumpió Martha con firmeza. "Has hecho suficiente. Esto requiere... un toque delicado."

"Tus conexiones," reconoció Jaxon, sabiendo que su red de aliados y favores era vasta e intrincada. "Pero ten cuidado."

"Siempre lo estoy." Martha se apartó del ordenador, y su mirada era de acero mientras lo miraba. "Recuerda, no un palabra de esto a nadie. Estamos en aguas lo suficientemente profundas para ahogarnos ambos."

Jaxon asintió, sintiendo la gravedad de sus palabras asentarse sobre él como un sudario de plomo. Observó cómo ella tomaba su teléfono, sus movimientos precisos, sin traicionar el atisbo de la oscuridad que estaban orquestando. Supo entonces que su Nana era una fuerza por sí misma, capaz de mover montañas o, en este caso, erradicarlas.

"Antes de hacer algo más, necesito que vayas a conseguirnos una nueva computadora portátil. Esta tiene que ser destruida," dijo Martha.

Jaxon asintió y torció el bolígrafo en su mano, marcando un ritmo irregular sobre la superficie de caoba del escritorio de Martha. El reloj sobre ellos marcaba ominosamente, cortando el silencio mientras ambos miraban el calendario.

"Necesitamos pensar en cuándo estará más vulnerable," dijo Jaxon, sus ojos avellana escaneando las semanas dispuestas frente a ellos.

"A Carlos le gustan sus rutinas," respondió Martha, su voz baja y uniforme. "Los miércoles trabaja hasta tarde—dice que está poniéndose al día con el papeleo. Sabemos que eso no es cierto. Tu madre trabaja un turno de doce horas los lunes, martes y miércoles, ¿verdad?"

"Sí, ¿entonces el miércoles?" murmuró Jaxon, presionando el bolígrafo en la fecha dentro de dos semanas. "Eso nos da tiempo para prepararnos, y la casa estará tranquila."

"Suficientemente tarde para que el vecindario esté dormido, lo suficientemente temprano para que podamos manejar... las consecuencias." Los dedos de Martha flotaban sobre el calendario mientras hablaba, su toque casi reverente. "Le pediré a mi contacto en el hospital que ponga a tu madre en un turno extra largo, eso la sacará de la casa y nos mantendrá fuera del camino."

"Márcalo," dijo Jaxon, un sentido de determinación sombría asentándose sobre él. Martha dibujó una pequeña 'x' en la fecha. Ambos sintieron el peso del simple acto, un pacto silencioso sellado en tinta.

"Repasemos los pasos," dijo Martha, apartándose del escritorio. Se paró junto a la chimenea, su silueta proyectando largas sombras por la habitación.

"Correcto," aceptó Jaxon, levantándose para unirse a ella. Su mente estaba clara, centrada únicamente en la tarea por delante. "Él llega, pregunta por mamá, yo le digo que tuvo que trabajar hasta tarde, le ofrezco una bebida, luego se la sirvo. Algo fuerte, para enmascarar cualquier sabor extraño."

"Bien. Y yo estaré aquí, por si sospecha algo. Puedo distraerlo," añadió Martha, sus ojos fieros con resolución.

"Una vez que se haya desmayado, tendremos que movernos rápido," continuó Jaxon, su voz firme a pesar del temblor que sentía por dentro. "No podemos permitirnos errores."

"Entonces la asfixia," intervino Martha, su tono clínico. "Tiene que parecer natural. Sin signos de lucha."

Se movieron juntos, ensayando cada movimiento con meticulosa atención. Jaxon imitó la entrega de un vaso, observando cómo Martha fingía involucrar a un Carlos invisible en conversación. Practicaron cómo sostener su cuerpo, cómo aplicar presión sin dejar marcas.

"Así," dijo Jaxon, demostrando la técnica que habían leído en línea. Sus manos flotaban en el aire, formando el contorno fantasmal de su víctima.

"Exactamente," confirmó Martha, asintiendo con aprobación. "Y no debemos olvidar—tendremos que usar guantes y limpiar inmediatamente después. Cada superficie, cada posible huella."

"Entendido," respondió Jaxon, con la mandíbula firme. Repitieron los movimientos, refinando sus acciones, hasta que cada paso fluía al siguiente con inquietante precisión.

El ensayo terminó y se echaron atrás, observando el espacio vacío que se había convertido en su escenario para el asesinato. Su plan estaba establecido, sus roles grabados en sus seres, y la noche de ejecución se cernía ominosamente por delante.

"¿Estás listo para esto?" preguntó Jaxon, aunque era más una confirmación que una pregunta.

Martha le devolvió la mirada, su expresión dura como granito. "Nunca he estado más lista para nada en mi vida."

Salieron del estudio sin decir una palabra más, sus mentes repitiendo la escena que pronto representarían en la grimosa realidad. Sus corazones podían estar pesados, pero su resolución era inquebrantable. Por la familia, por la venganza, por un fin a la pesadilla que Carlos había causado—estaban preparados para hacer lo que fuera necesario.

Los dedos de Jaxon danzaban sobre las teclas de su computadora portátil, accediendo a una lista digital que se alargaba con cada entrada. A su lado, Martha se inclinaba sobre la mesa de la cocina, su cabello rojo cayendo sobre una pila de papeles mientras cruzaba sus hallazgos en línea con un manual impreso de contramedidas forenses. "Guantes de látex," murmuró, su voz baja y uniforme.

"Chequeado," respondió Jaxon sin levantar la vista, añadiéndolo a su inventario virtual.

"¿Mascarillas completas?"

"En la lista."

"Láminas de plástico, cinta adhesiva, lejía..."

"Ya están en la cesta."

La habitación estaba en silencio salvo por el ritmo staccato de la escritura de Jaxon y el sutil rasgueo del bolígrafo de Martha marcando los artículos en su lista.

Trabajaron metódicamente, con la precisión de una máquina bien engrasada, ambos conscientes de que cualquier descuido podría deshacer su plan meticulosamente tejido.

Martha se levantó abruptamente, su silla raspando contra el suelo de madera. Caminó hasta la ventana, mirando el cielo que se oscurecía, sus ojos siguiendo las siluetas de los árboles que se balanceaban con el viento. "Necesitaremos una coartada sólida. Algo a prueba de fallos."

"Déjalo en mis manos," aseguró Jaxon, su voz una mezcla de confianza y fría determinación. "Tengo algunas ideas."

"Bien." Martha volvió a mirarlo, su mirada fijada en la suya. "Estamos haciendo lo correcto, Jaxon. Recuerda eso. No olvides eliminar las listas en ambas computadoras. Borra lo que hay y pon otras cosas, tareas, trabajo, ese tipo de cosas. Luego necesitamos deshacernos de los papeles llenos de investigación también, podemos quemarlos en la parrilla."

Jaxon asintió, aunque sus ojos avellana traicionaban la tormenta que se gestaba en su interior—una tempestad de emociones que se atrevía a desatar. Guardó el documento y cerró su computadora portátil, señalando el final de sus preparativos para la noche.

Juntos, reunieron los materiales físicos que ya habían adquirido, manejando cada ítem con cuidado. Los colocaron en una bolsa de lona negra resistente, que Jaxon cerró con un tirón firme. Levantó la bolsa y la llevó a un compartimento oculto en la pared detrás de un panel falso, un viejo truco que Martha había insistido en instalar hace años. Con un suave clic, el panel se selló, ocultando su arsenal de miradas curiosas.

"Fuera de vista, fuera de mente," dijo Martha, aunque el filo en su voz sugería que la gravedad de sus acciones nunca dejaría realmente sus pensamientos.

Después de asegurarse de que todo estuviera en su lugar, se dirigieron al estudio. La habitación estaba inmersa en sombras, la única luz emanaba de una sola lámpara de escritorio que proyectaba largas formas angulares sobre las paredes. Jaxon y Martha se pararon uno al lado del otro, sus perfiles esculpidos contra el fondo de oscuridad.

Sus rostros estaban resueltos, tallados en piedra, y sin embargo, bajo la superficie, corría una corriente de aprensión. Era un momento suspendido en el tiempo, donde el pasado y el futuro colisionaban, dejándolos al borde de una decisión de la que no había retorno.

Martha extendió la mano, encontrando la de Jaxon. Sus dedos se entrelazaron, un pacto silencioso entre ellos—un voto que unía sus destinos. Jaxon le devolvió la mirada, y en las profundidades de sus ojos azul acero, encontró un eco de su propia resolución.

Compartieron una mirada que lo decía todo, una conversación no verbal que cruzaba el abismo de los qué pasaría si y los tal vez. En esa mirada, reconocieron el camino que habían elegido, las consecuencias que les esperaban, y la verdad singular que los impulsaba hacia adelante: protegerían a su familia, sin importar el costo.

El día cerró sobre su frente unida, sus corazones pesados pero su voluntad inquebrantable. A medida que el reloj avanzaba hacia la hora de la verdad, Jaxon y Martha Dawson estaban listos para abrazar la oscuridad que los llamaba.

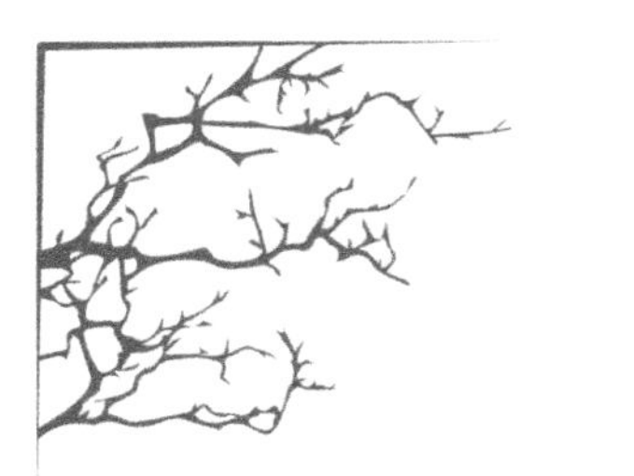

20

Emma estaba en la cocina, sus manos temblando ligeramente mientras alcanzaba la botella de bourbon sobre la encimera. Podía oír a Carlos en el comedor, el bajo zumbido de la televisión de fondo mientras cambiaba de canal, esperando su cena. La casa se sentía demasiado silenciosa, como si el aire mismo contuviera la respiración, anticipando algo que ninguno de los dos quería enfrentar.

"¡Emma!" La voz de Carlos cortó el silencio, aguda e impaciente. "¿Qué demonios está tardando tanto? No tengo toda la maldita noche."

Ella apretó el agarre sobre la botella, obligándose a dar pasos lentos y deliberados mientras entraba en el comedor. Carlos estaba recostado en el cabecero de la mesa, sus piernas extendidas frente a él, luciendo tan arrogante como siempre en su casa. La luz parpadeante de la televisión proyectaba un resplandor inquietante sobre su rostro.

Sin decir una palabra, colocó el vaso frente a él y vertió el bourbon, el líquido ámbar rico girando mientras llenaba el vaso. Su estómago se revolvía con la inquietud familiar que se había asentado desde que las cosas comenzaron a desmoronarse entre ellos.

"Aquí tienes," dijo suavemente, colocando la botella junto a él. No lo miró a la cara, pero podía sentir sus ojos sobre ella, como él siempre la estudiaba, buscando algo para criticar.

Carlos tomó el vaso, giró el bourbon y dio un sorbo lento, saboreándolo. Miró el plato de comida que ella había preparado, levantando la esquina de su labio con desdén.

"La misma maldita cosa de siempre, ¿eh? Realmente no sabes cómo variar, ¿verdad, Emma?"

Su mandíbula se tensó, pero se obligó a mantener la calma. Ya había escuchado esto antes. Las pequeñas críticas. Las formas sutiles en que intentaba descalificarla, recordándole que a sus ojos, nunca era lo suficientemente buena.

"Y—he cocinado exactamente lo que pediste," dijo, su voz apenas un susurro.

Carlos resopló, tomando otro sorbo. "Ese es el problema contigo, Emma. Siempre haces exactamente lo que se te pide. Nunca más. Sin creatividad, sin iniciativa. ¿Alguna vez te preguntas por qué nada en tu vida es emocionante? Es porque eres aburrida, Emma, eres una maldita aburrida. Siempre lo has sido y siempre lo serás. No sé qué vi alguna vez en ti."

Su pecho se tensó, el peso de sus palabras presionando sobre ella como una piedra. Lo miró, tratando de recordar al hombre que alguna vez amó, al hombre que pensó que conocía. Pero todo lo que podía ver ahora era la figura fría y cruel frente a ella.

"Tengo que volver al trabajo. Mi descanso está a punto de terminar," murmuró, dándose la vuelta para irse.

"Eso es, simplemente aléjate," llamó Carlos después de ella, su voz goteando con burla. "Eres realmente buena en eso, ¿no? Eres una maldita vaga. No sirves para nada más que para una discusión."

Ella no se dio la vuelta, no le dio la satisfacción de una reacción. En su lugar, caminó de regreso a la cocina, su corazón latiendo con fuerza en su pecho. El sonido de los cubiertos chocando contra su plato resonaba a través de las paredes mientras él comenzaba a comer solo, tal como solía hacerlo ahora.

Se quedó junto al fregadero, mirando por la ventana el cielo que se oscurecía, sus pensamientos girando como una tormenta. Carlos siempre había tenido mal genio, pero últimamente, algo había cambiado. El hombre con el que se había casado se había ido, reemplazado por alguien amargado, enojado e impredecible.

Emma tragó con dificultad, sus manos agarrando el borde de la encimera mientras intentaba estabilizarse. No sabía cuánto más podría soportar. Los años de menosprecio, los insultos constantes—la habían desgastado, la habían vaciado hasta que apenas reconocía a la mujer que alguna vez había sido.

Se sirvió un vaso de agua, tratando de calmar la marea creciente de ansiedad en su interior. Mientras permanecía allí, mirando el fregadero, tomó una decisión. Una que había estado gestándose durante semanas, tal vez meses.

Esta noche sería diferente.

No iba a pelear más con él. No iba a dejar que la desmoronara. No esta noche. No nunca más.

El plan que había considerado en los rincones más oscuros de su mente—uno que nunca pensó que llevaría a cabo—ahora se sentía como su única salida.

Emma miró de nuevo al comedor, escuchando los murmullos apagados de Carlos a través de la pared mientras comía. Lentamente, sus ojos se desviaron hacia el pequeño frasco que había escondido en el bolsillo de su uniforme. El frasco que nunca imaginó que usaría.

Su mano flotó por un momento, la duda parpadeando a través de ella como una última advertencia. Luego, con resolución firme, lo empujó más adentro en el bolsillo, sintiendo el vidrio frío contra sus dedos.

Tomó una respiración profunda, estabilizándose para lo que sabía que venía a continuación.

Emma se deslizó en el asiento del conductor, su corazón aún latiendo con fuerza tras la confrontación con Carlos. Sus manos agarraban el volante con fuerza, los nudillos blancos mientras intentaba estabilizar su respiración. El peso familiar del miedo se asentaba en su pecho, pero algo se sentía diferente esta noche—como si una represa hubiera roto dentro de ella.

Mientras el motor del coche rugía al encenderse, miró en el espejo retrovisor, sus propios ojos mirándola, grandes y llenos de algo que no había visto en mucho tiempo—resolución. Cambió el coche a marcha, su mente corriendo mientras salía del camino de entrada. El frasco que había tomado estaba ahora guardado con seguridad en su bolsillo, oculto, al igual que los pensamientos que habían estado enterrados dentro de ella durante tanto tiempo.

Las luces de la calle se desdibujaban mientras conducía, su mente regresando a la casa que acababa de dejar. Carlos, sentado en la mesa, bebiendo el bourbon que ella le había servido, completamente ajeno. El pensamiento le revolvía el estómago, pero también la llenaba con una extraña sensación de calma. Esta era su última oportunidad para volver atrás—para deshacer lo que había comenzado.

Pero no volvió atrás.

En su lugar, se enfocó en el camino adelante, el zumbido del motor del coche ahogando la tormenta en su mente. Su descanso en el trabajo había terminado, y necesitaba regresar al hospital. El turno de noche la esperaba, la rutina mundana que se había convertido en su escape del caos en casa.

Mientras conducía, comenzó a llover, primero ligero, luego más fuerte, golpeando contra el parabrisas en un ritmo constante. El sonido era relajante, casi hipnótico, y por un momento, Emma se permitió respirar. El peso de lo que había hecho—lo que estaba a punto de hacer—se cernía en la parte de atrás de su mente, pero por ahora, lo empujó lejos.

Se detuvo en el estacionamiento del hospital, el gran edificio elevándose frente a ella como un faro en la noche. Las luces brillantes parpadeaban a través de la lluvia, proyectando largas sombras sobre el pavimento mojado. Emma apagó el coche y se quedó allí un momento, mirando el estacionamiento vacío, sus dedos aún agarrando el volante.

Podía sentir el tic-tac del tiempo, la cuenta regresiva que había puesto en marcha. Dentro, Carlos terminaría su bebida, el veneno trabajando lentamente a través de su sistema. Para cuando ella llegara a casa, todo estaría terminado.

Emma tomó una respiración profunda, su pecho apretado. Había hecho lo que necesitaba hacer. Lo que se había dicho que tenía que hacer. Pero mientras se sentaba allí, en la quietud del coche, la enormidad de sus acciones la abrumó.

Su teléfono vibró en su regazo, devolviéndola a la realidad. Era un mensaje del hospital. La necesitaban adentro.

Metió el teléfono en su bolso, junto al frasco vacío, y salió bajo la lluvia. Cada paso hacia el hospital se sentía pesado, como si estuviera atravesando agua. El olor familiar de desinfectante y sábanas limpias la recibió mientras empujaba las puertas.

Por ahora, la vida tenía que seguir como siempre.

Pero cuando volviera a casa, todo sería diferente.

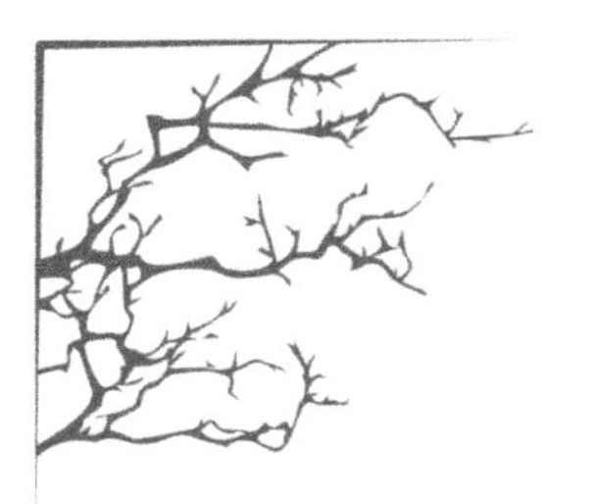

21

"Esta noche," repitió Jaxon, su voz baja pero firme. "Tenemos que empezar esta noche."

La mirada de Martha se endureció, su determinación evidente en las líneas agudas de su rostro.

"No lo dejaremos destruirla más," dijo, su voz cargada con el peso de años viendo sufrir a su hija. "Esto termina ahora."

Sus movimientos se reflejaron mutuamente, eficientes y metódicos. Cada acción era deliberada, la culminación de incontables noches sin dormir dedicadas a la estrategia. Carlos los había subestimado, confundiendo su paciencia con pasividad, su silencio con sumisión. Pero ese era su defecto fatal—su arrogancia. Lo había cegado ante la fuerza silenciosa que crecía dentro de ellos, una fuerza que solo podía provenir del amor.

Al salir a la noche, el mundo parecía detenerse, el aire cargado de anticipación. La brisa fresca susurraba entre los árboles, llevando consigo un sentido de inevitabilidad. La luna colgaba baja en el cielo, proyectando largas sombras esqueléticas que se extendían por el jardín como dedos fantasmales. Algunos de los objetos de Carlos, dejados atrás tras haber sido arrojados descuidadamente por el césped la semana anterior, estaban iluminados por la luz plateada, un recordatorio contundente de la vida que había destrozado.

Jaxon se detuvo un momento, sus ojos se dirigieron hacia la casa. Pensó en cómo esta casa había sido feliz antes, llena de amor y risas, ahora solo una cáscara vacía de tristeza. Su mamá había luchado durante tanto tiempo—silenciosa, interminablemente, soportando el lento desmoronamiento de una vida que alguna vez había apreciado. Pero esta noche, esa batalla ya no sería solo suya. El corazón de Jaxon se apretó con el amor feroz de un hijo decidido a proteger a su madre de más daño.

"No estará en casa hasta después de las once," murmuró Jaxon, más para sí mismo que para Martha. "Nunca sospechará que tuvimos algo que ver con esto, ¿verdad?"

Martha asintió. "Ella no necesita saber nada, ni ahora, ni nunca. Esto es para liberarla, no para cargarla más."

Intercambiaron una mirada, el tipo de mirada compartida solo por aquellos que han vivido juntos en el fuego, que conocen la profundidad de la resolución del otro.

"Esto es por ella," dijo Martha, su voz firme. "Por la vida que merece. Por Emma."

La mandíbula de Jaxon se tensó, sus dedos se cerraron en puños. "Por mamá."

Con su pacto silencioso sellado, avanzaron, sus pasos sincronizados, su misión clara. No había marcha atrás. El plan estaba en marcha, y Carlos—ciego ante la marea creciente—pronto enfrentaría las consecuencias de su crueldad. Cualesquiera que fueran los riesgos por venir, estaban dispuestos a enfrentarlos, porque sabían que para la mañana, el mundo se vería diferente.

El suave zumbido de la noche los envolvió mientras se acercaban al coche. El peso de lo que estaban a punto de hacer se asentó entre ellos, no como una carga, sino como una responsabilidad compartida. La mano de Jaxon flotó sobre el pomo de la puerta un momento antes de abrirlo con un suave clic. Al deslizarse dentro de la casa, la atmósfera se sentía cargada, como si el mismo aire alrededor de ellos pudiera sentir el cambio inminente.

Martha miró a su nieto, una mirada de orgullo silencioso en sus ojos. "No importa lo que pase después, hicimos lo correcto," susurró. "Carlos no tomará nada más de esta familia."

Jaxon miró hacia adelante, su rostro una máscara de calma, pero dentro su mente corría, calculando cada movimiento. El plan tenía que funcionar—fracasar no era una opción. Habían sido cuidadosos, cada paso planeado con precisión despiadada. Ahora, todo lo que quedaba era un empuje final para derribar la frágil casa de cartas que Carlos había construido tan descuidadamente.

Al entrar en la casa, el aire parecía espesar, cargado con el peso de lo que debía hacerse. Cada paso se sentía pesado con propósito. El agarre de Jaxon en los guantes quirúrgicos se apretó, su pulso un latido constante y fuerte en su pecho. No era miedo lo que lo dominaba, sino adrenalina cruda. Él y Martha habían cruzado la línea—no había vuelta atrás. Y Jaxon estaba listo para ver esto hasta el final, sin importar lo que fuera.

La noche se extendía frente a ellos, oscura e impenetrable, pero con ella venía un extraño sentido de libertad. Después de esta noche, ya no habría más espera, no más observar impotentemente mientras Carlos desgarraba a su familia, pieza por pieza agonizante. Este era su momento. Su oportunidad para recuperar el control, para reclamar lo que les había sido arrebatado.

En el asfixiante silencio de la habitación, la mano de Martha encontró la de Jaxon. Su agarre era firme, una fuerza estabilizadora en medio de la tormenta de emociones que giraban dentro de él.

"Estaremos bien," susurró, su voz firme, aunque con un matiz de acero. "Emma estará bien."

Jaxon se volvió para mirarla, la cara de su abuela bañada en el suave y espeluznante resplandor de la tenue iluminación de la luz nocturna. Sus ojos mostraban una ferocidad que no había visto en años, la determinación de una madre, endurecida por los años de ver a Emma sufrir. Por primera vez en mucho tiempo, Jaxon sintió el destello de la creencia. Tenían que estar bien. Estarían bien. Por Emma. Por Jaxon. Por cada día pasado en tormento silencioso, llevando a este mismo momento.

Se deslizaron hacia el despacho, ajustando sus guantes con firmeza en sus manos, sus movimientos deliberados, sincronizados. Con cada paso por el estrecho pasillo, se adentraban más en lo desconocido, pero por primera vez en meses, no se sentía asfixiante. En cambio, se sentía como posibilidad—como si la puerta a un nuevo comienzo se estuviera abriendo lentamente.

En el silencio del cuarto trasero, la noche los envolvía en oscuridad. Esperaron, sus respiraciones superficiales, la tensión en el aire densa mientras presionaba contra su piel. Cada segundo que pasaba desplegaba aún más su plan, enroscándose más alrededor del destino de Carlos como una soga. No hablaban, no era necesario. La comprensión tácita entre ellos era suficiente—esta noche era la noche en que todo cambiaba.

Para cuando el sol saliera sobre el horizonte, su familia sería libre. Carlos nunca lo vería venir.

Y cuando todo hubiera terminado, no quedaría nada que él pudiera tomar.

22

El sol de la mañana entraba a raudales por las ventanas de la cocina, proyectando un cálido resplandor sobre la mesa del desayuno. Emma estaba sentada con su madre, Martha, sorbiendo café en un momento de tranquilidad. Jaxon, con su cuerpo alto y aún en crecimiento, se apoyaba en la encimera, mordisqueando un trozo de tostada. El aire estaba cargado con una tensión no expresada que se había vuelto demasiado familiar en su hogar, pero por ahora, se aferraban a la apariencia de normalidad.

La calma se rompió con el agudo e insistente timbre de la puerta. Emma frunció el ceño, intercambiando una mirada con Martha. "¿Quién podrá ser tan temprano?" murmuró, empujando su silla hacia atrás y dirigiéndose hacia la puerta.

Al abrirla, la mujer que estaba en el umbral era la última persona que Emma esperaba ver. La mujer en las fotos de los mensajes de texto de Carlos. Beatriz—deslumbrante incluso en su estado desarreglado, con rizos oscuros enmarcando un rostro que mostraba una belleza empañada por la expresión tormentosa que llevaba. Sus ojos, agudos e implacables, se clavaron en los de Emma.

"¿Eres Emma Dawson, la esposa de Carlos Martínez?" La voz de Beatriz era baja, controlada, pero debajo hervía una rabia que amenazaba con desbordarse.

El corazón de Emma se hundió al reconocer el nombre de los extractos de tarjetas de crédito y los mensajes de texto que había encontrado. La mujer frente a ella no era solo una imagen sucia en un mensaje de texto, ni solo la inicial B—era una realidad viva y respirante.

"Sí, ¿en qué puedo ayudarte?" respondió Emma, su voz temblando a pesar de su intento de mantener la compostura.

"Necesitamos hablar," dijo Beatriz, empujando a Emma para entrar en la casa sin esperar invitación. Emma la siguió, el corazón latiéndole con fuerza en el pecho. Martha y Jaxon levantaron la vista sorprendidos al ver a Beatriz entrar en la cocina, su presencia cambiando inmediatamente la atmósfera.

"¿Quién diablos eres tú?" preguntó Jaxon, su valentía adolescente vacilando mientras percibía la tensión que emanaba de la extraña.

"Soy Beatriz. Beatriz Álvarez," dijo ella, sus ojos desplazándose entre los tres, con un acento español denso y enérgico. "Estoy aquí porque estoy embarazada del bebé de Carlos."

Las palabras flotaron en el aire como una bomba que acababa de estallar, rompiendo la frágil paz de la mañana. Emma sintió cómo el suelo se movía bajo sus pies, sus rodillas amenazando con ceder mientras el peso total de la declaración de Beatriz la golpeaba. Se agarró del respaldo de una silla en busca de apoyo.

El rostro de Martha se endureció, su mandíbula tensa de una manera que Emma reconoció demasiado bien—la misma expresión que usaba cuando se preparaba para luchar por lo que era suyo. Pero antes de que pudiera hablar, Jaxon dio un paso adelante, su voz cortando el pesado silencio.

"¿Qué acabas de decir?" exigió, su tono incrédulo. La tostada olvidada en su mano, sus ojos se abrían con una mezcla de incredulidad y enojo.

"Me oíste," respondió Beatriz, su voz firme. "Estoy embarazada del bebé de Carlos. Y no voy a seguir escondiéndome."

Emma sintió una ola de náuseas recorrerla. Era demasiado, demasiado rápido. Había estado luchando para aceptar la infidelidad de Carlos, pero esto—esto era algo para lo que no estaba preparada. La habitación parecía inclinarse, las paredes cerrándose mientras la enormidad de la situación la aplastaba.

"¿Cómo... cómo sabemos que es verdad?" habló finalmente Martha, su voz temblando con una furia apenas contenida. "¿Cómo sabemos que no estás tratando de destruir a esta familia?"

Los ojos de Beatriz brillaron con una mezcla de ira y desafío. "No tengo nada que ganar mintiendo, señora Dawson. Créame, esto no es como yo quería que salieran las cosas. Pero no voy a esconderme más. Carlos tiene responsabilidades, conmigo y con este bebé, además ustedes merecen conocer la verdad. Como él no ha venido a verme en unos días, creo que está escondiéndose, así que vine a ustedes para que no pueda esconderme más."

Los puños de Jaxon se apretaron a los lados, sus nudillos blancos. "Estás mintiendo, Carlos no haría esto a mi mamá," dijo, su voz rompiéndose ligeramente. "No traicionaría a ninguno de nosotros así."

Beatriz se suavizó por un momento, su mirada se dirigió a Jaxon. "Oh, hijo mío, lo siento," dijo, y por primera vez, su voz tenía un matiz de tristeza. "Nunca quise herirte. Pero la verdad es que tu padrastro y yo hemos estado involucrados durante mucho tiempo. Esto no es algo que sucedió de repente. Y ahora... ahora hay un bebé involucrado. Mi bebé."

Jaxon se levantó en toda su altura para hacerse más grande, "No me llames así, no soy tu nada, puta."

El rostro de Beatriz se sonrojó de ira, "No soy una puta, soy el amor de la vida de Carlos. Él me lo dijo." Cruzó los brazos sobre su pecho en un gesto de falso bravado.

La mente de Emma corría, tratando de entenderlo todo. La evidencia había estado ahí, pero se había aferrado a la esperanza de que no era tan malo como temía. Ahora, enfrentada con la dura realidad, no había forma de negarlo. Miró a Beatriz, viendo la desesperación en sus ojos, la forma en que se mantenía como si se estuviera preparando para el impacto. Esta mujer no era una villana en una historia—era tan atrapada como Emma, una pieza en un juego que ninguna de ellas había querido jugar.

"No está aquí, no lo he visto en unos días. Lo echó la semana pasada, pero no se fue, pero..." Emma hizo una pausa, "¿Qué, exactamente, quieres de mí?" La voz de Emma era apenas un susurro, pero llevaba el peso de su mundo destrozado.

Beatriz respiró hondo, su mano yendo inconscientemente a su estómago. "Solo quiero que Carlos asuma la responsabilidad," dijo simplemente. "Y quiero asegurarme de que mi hijo—su hijo—no crezca escondido en las sombras."

Martha abrió la boca para argumentar, pero Emma levantó una mano para detenerla. "Mamá, basta. Este no es el momento ni el lugar para esto," dijo Emma, su voz ahora más firme. "Jaxon, ve a tu habitación."

"Mamá, yo—"

"Ve. Ahora." El acero en la voz de Emma no dejaba lugar a discusiones. Jaxon vaciló, la ira y la confusión luchando en su rostro, antes de salir de la cocina, sus pasos resonando por la casa.

Cuando se fue, Emma se volvió hacia Beatriz.

"Como dije, Carlos no ha estado en casa en días. Pensé que estaba contigo. De todos modos, has dicho lo que viniste a decir," continuó ella, su voz más tranquila de lo que se sentía. "Ahora vete, vete y no vuelvas aquí, no a mi hogar."

Beatriz parecía querer discutir, pero después de un momento, sus hombros cayeron y asintió. "¿Sabes sobre mí? Bueno, es bueno que finalmente te lo haya dicho. Me iré, por ahora. Pero volveré. Dile a Carlos que no puede ignorarme a mí y a nuestro bebé, no más." dijo, como una promesa más que una amenaza. "Esto no ha terminado, no ha terminado en absoluto."

Cuando la puerta se cerró detrás de Beatriz, Emma se hundió en una silla, su fuerza finalmente cediendo. Martha se apresuró a su lado, envolviendo sus brazos alrededor de su hija mientras los primeros sollozos salían de la garganta de Emma. La ilusión de control que había intentado mantener desesperadamente se había roto, y lo único que quedaba eran los fragmentos rotos de la vida que pensaba que conocía.

Afuera, el sol continuaba elevándose, su luz cayendo sobre un mundo que nunca volvería a ser el mismo.

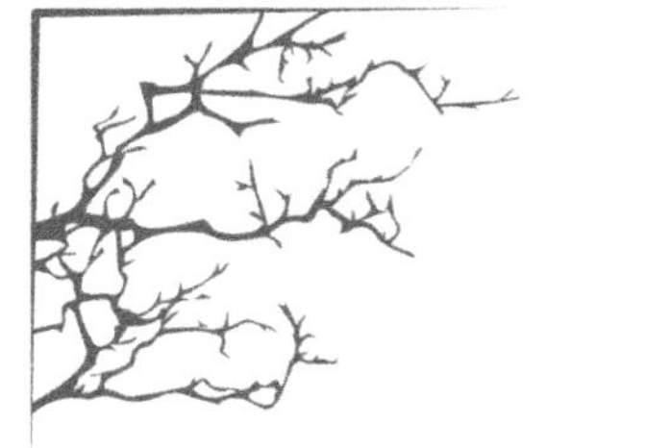

23

La puerta principal de la residencia Dawson se abrió de golpe, y el Detective Michael Ross cruzó el umbral. Su físico musculoso llenaba el marco de la puerta, y sus penetrantes ojos azules examinaban la habitación. Una placa de plata enganchada en su cinturón brillaba bajo la luz del pasillo, reflejando las vetas de gris en su cabello, de otro modo oscuro. Las líneas en su rostro eran como grabados en un mapa, cada una marcando un caso, una confrontación, una historia que demandaba justicia.

"Detective Ross," se presentó, extendiendo una mano firme a la mujer inmutable que debía ser la madre de Emma Dawson, Martha.

El Detective Ross extendió una mano firme a la Sra. Martha Dawson. La Sra. Dawson respondió con un apretón de manos igualmente firme. El Detective Ross se impresionó con el firme apretón de manos y la fuerte aura de la mujer. Transmitía su fortaleza y determinación al detective.

Martha era una mujer de voluntad fuerte, y no se andaba con rodeos.

"¿Cómo puedo ayudarle, Detective?" preguntó con firmeza, manteniendo la mirada fija en el detective con una sonrisa tensa.

El Detective Ross sabía que debía tomar las riendas de la situación. Era bueno leyendo a las personas, y podía decir que la familia estaba en estado de shock.

"Estoy aquí por Carlos Martínez. Ha sido reportado como desaparecido," dijo el Detective Ross mientras observaba el vestíbulo.

"¿Carlos? ¿Desaparecido? No había oído nada. Solo asumí que estaba en otro de sus viajes de negocios. ¿Quién reportó su desaparición, si se puede saber?" preguntó Martha, manteniéndose en la entrada del pasillo.

El Detective Ross sugirió que se trasladaran a la sala de estar, donde podrían hablar con más privacidad. Mientras se dirigían a la sala, notó los retratos familiares en la pared. Mostraban a la familia en varias etapas de felicidad, pero los bordes de los marcos estaban desgastados, como si hubieran sido dañados por el tiempo y el descuido. También notó una figura que se retiraba escaleras arriba.

"¿Quién era esa?" preguntó, señalando la parte superior de las escaleras.

"Mi hija, Emma. La esposa de Carlos. Seguramente ella sabría si su esposo está desaparecido," dijo Martha.

"Me gustaría hablar con ella," dijo el Detective Ross.

"Ella realmente no está en condiciones de recibir visitas ahora mismo, ha estado trabajando turnos largos y..." comenzó Martha.

"Sra. Dawson, es importante que inicie esta investigación, si de hecho está desaparecido. Cuanto antes, mejor. Me gustaría resolver este asunto rápidamente. ¿Podría llamarla, por favor?" insistió.

Una tensión palpable colgaba en el aire, densa como para cortarse. La madre vaciló, luego asintió de mala gana.

"¡Emma!" llamó con una voz que intentaba sonar tranquila pero que llevaba un tono de angustia. Hubo una pausa, un momento de incertidumbre en el que la casa contuvo el aliento.

Los pasos resonaron por la escalera, y Ross se volvió, permitiéndose una breve evaluación mientras aparecía Emma Dawson. Sus ojos agudos notaron su postura cautelosa, la forma en que sus hombros se tensaban con cada paso que daba. Su expresión era cuidadosamente neutral, pero el detective no pasó por alto las sombras fugaces que danzaban detrás de sus ojos verdes—¿miedo? ¿Resignación?

"Señorita Dawson, soy el Detective Ross de la Policía de Oakdale, departamento de personas desaparecidas." Ross la saludó, inclinando la cabeza en señal de respeto.

"Detective," respondió ella, su voz apenas por encima de un susurro.

"¿Le importaría si hablamos unos minutos?" preguntó Ross, suavizando ligeramente su tono para tranquilizarla.

"Claro, está bien," consintió ella, aunque sus labios se presionaron en una línea fina como si se estuviera preparando.

"¿De qué se trata esto, Detective?"

"Su esposo, Carlos Martínez, ha sido reportado como desaparecido," dijo el Detective Ross, tratando de leer su reacción.

"¿Desaparecido? ¿Está seguro? ¿Quién reportó su desaparición?" preguntó ella con una genuina preocupación en la voz.

"Una tal Sra. Beatriz Álvarez, ella afirma en el informe que es su novia," leyó el Detective Ross de sus notas y observó a Emma por encima de su cuaderno. "Lo siento, no sé por qué haría eso, Detective. Mi esposo está fuera por trabajo," dijo Emma, frunciendo el ceño con confusión.

"Bueno, según el informe, se suponía que iba a visitar a esta Sra. Álvarez y no ha estado allí ni ha llamado en unos días, lo cual ella dice que es muy fuera de lo común para él," dijo el Detective Ross en voz baja.

"No sé nada de eso, Detective. Mi esposo viaja por trabajo, de hecho, está fuera de la ciudad ahora mismo," dijo Emma en voz baja.

Mientras se sentaban, los agudos sentidos de Ross captaron las notas discordantes de una sinfonía familiar en desorden. La habitación se sentía demasiado quieta, el tipo de silencio que gritaba más fuerte que cualquier grito. Los dedos de Emma se entrelazaban en su regazo, traicionando una energía nerviosa que desmentía su exterior compuesto.

"¿Puede contarme sobre Carlos?" comenzó Ross, inclinándose ligeramente, su tono invitando a la confianza. "¿Cuándo notó algo fuera de lo normal?"

Su respiración se detuvo, casi imperceptible, y Ross archivó cada detalle, cada temblor y vacilación. En el juego de verdades y mentiras, él era un maestro en discernir qué notas se tocaban en falso. Aquí, en esta sala de estar con su alfombra desgastada y el aroma de inquietud, el Detective Michael Ross podía sentir cómo la melodía del misterio comenzaba a desplegarse. Y estaba decidido a escuchar cada nota.

"Como dije, Detective, él está fuera de la ciudad, no desaparecido. No hay nada que notar que sea fuera de lo común. Viaja todo el tiempo," dijo Emma.

El Detective Michael Ross se inclinó hacia adelante, con los codos descansando sobre sus rodillas, una postura que desmentía la intensidad contenida. El expediente del caso de la desaparición de Carlos Dawson yacía abierto ante él, sus contenidos derramándose como piezas fragmentadas de un rompecabezas demasiado complejo para que cualquier mente ordinaria lo resolviera. Pero Ross estaba lejos de ser ordinario.

"Sra. Dawson," dijo Ross, manteniendo su voz en calma, "necesito entender los movimientos de Carlos en el día en que desapareció. ¿Puede recordar algún comportamiento inusual, alguna desviación de su rutina habitual?"

Emma Dawson, sentada frente a él, parecía casi encogerse, su cuerpo delgado envuelto en el suéter de gran tamaño que colgaba de sus hombros. El suave movimiento de su cabello castaño a la altura de los hombros no podía suavizar las líneas de fatiga grabadas alrededor de sus ojos—una paleta de tristeza y noches sin dormir. Sus ojos verdes, una vez vibrantes, ahora se parecían a canicas de vidrio nubladas por las tormentas de su psique.

"Carlos no está desaparecido, era él mismo la mañana en que se fue en otro viaje de trabajo," murmuró, las palabras pareciendo costarle más de lo que deberían. "Me dio un beso de despedida... y luego..." Se detuvo, su mirada parpadeó hacia una esquina de la habitación como si esperara encontrarlo allí, escondido en las sombras.

Ross notó la pausa, la forma en que sus dedos cesaron su danza interminable y se aferraron el uno al otro, con los nudillos palideciendo. Reconoció los signos de alguien que había soportado muchas tormentas y aún así se mantenía en pie—apenas. Emma Dawson era una sobreviviente, pero la supervivencia tenía un precio.

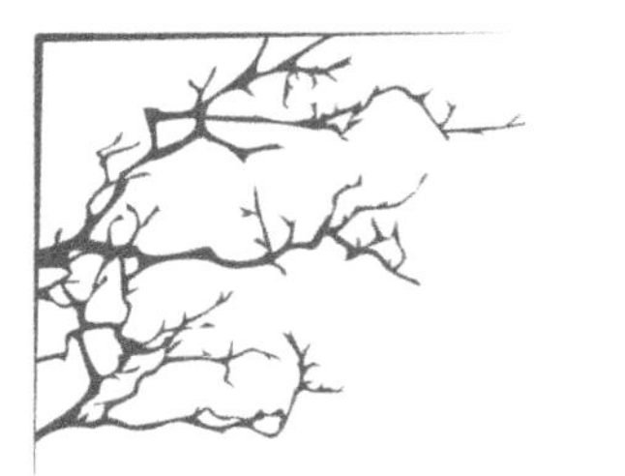

24

"Sra. Dawson," continuó, "Es crucial que establezcamos una línea de tiempo. Cualquier cosa fuera de lugar podría ser la clave que estamos buscando."

Sus ojos se encontraron con los suyos en una súplica silenciosa, pero la mirada de Ross era inquebrantable, sus ojos azules reflejando una determinación tan firme como la roca. Allí estaba un hombre que había enfrentado los rincones más oscuros de la naturaleza humana, sin pestañear. Sus sienes canosas hablaban de años persiguiendo espectros a través de la niebla del crimen, mientras el sutil crujido de su chaqueta de cuero susurraba historias de persecución y captura.

"Emma, estoy aquí para ayudar." aseguró Ross, suavizando su tono, plenamente consciente de los delicados hilos de confianza que tejía con cada palabra. "Pero solo puedo hacerlo si eres completamente honesta conmigo. ¿Carlos tenía enemigos? ¿Alguien que pudiera querer hacerle daño?"

Ella respiró hondo, su pecho subiendo y bajando con el esfuerzo. "No lo sé." admitió, su voz débil. "Tenía secretos, ¿sabes? Todos los tenemos. Pero Carlos... era bueno enterrándolos."

"Los secretos tienen una forma de salir a la superficie, Sra. Dawson." respondió Ross, con un tono cargado de experiencia. "Y tengo la intención de desenterrarlos todos."

El silencio que siguió fue denso, lleno de las verdades no dichas que colgaban entre ellos. Ross observó a Emma de cerca, atento como siempre, reuniendo los fragmentos que ella caía sin darse cuenta en el vacío entre ellos. Cada vacilación, cada mirada hacia otro lado, era una nota en la sinfonía de engaños que rodeaba la desaparición de Carlos.

"Detective Ross," dijo finalmente Emma, su voz más fuerte que antes, como si el acto de hablar le diera fuerza. "Si descubres qué le pasó a Carlos... ¿cambiará algo?"

La respuesta de Ross fue inmediata, resoluta. "Traerá la verdad a la luz. Y a veces, eso es todo lo que podemos esperar."

Emma asintió, un gesto que transmitía tanto resignación como alivio. Mientras Ross se preparaba para profundizar en las sombras de la historia familiar de los Dawson, hizo un voto silencioso de desenterrar cada mentira, cada secreto, hasta que la verdad estuviera desnuda, glaring y innegable. Para el Detective Michael Ross, la justicia no era solo un deber; era un juramento, una promesa a los perdidos y a los que buscan, de que lucharía por respuestas hasta el final.

El Detective Michael Ross se inclinó hacia adelante, colocando deliberadamente sus manos sobre la madera desgastada de la mesa de la cocina. Sus ojos, de un azul penetrante, se encontraron con los de Emma Dawson con una intensidad que lograba ser tanto autoritaria como suave.

"Sra. Dawson," comenzó, su voz un timbre bajo que transmitía empatía tan claramente como autoridad, "Sé que esto es difícil para ti. Pero necesito entender qué le pasó a Carlos para ayudarte a encontrar paz."

La habitación parecía encogerse a su alrededor, cada crujido de la antigua casa punctuando el silencio que seguía. Emma se sentó frente a él, sus dedos entrelazados con fuerza en su regazo. El sutil temblor en sus manos traicionaba una agitación interior que Ross reconocía demasiado bien: la marca de secretos guardados demasiado cerca durante demasiado tiempo.

"Detective, por favor, llámame Emma. Su novia vino aquí ayer, hizo algunas acusaciones salvajes y me amenazó, no directamente, pero me amenazó." susurró Emma, su voz apenas llevada por la distancia. Sus expresivos ojos verdes estaban nublados de aprehensión, una cautela que hablaba de las batallas que ha librado dentro de sí misma. "No... no sé qué está pasando. Te puedo decir que es un ilegal. Está aquí trabajando por dinero en efectivo. Sabía que tenía chicas, yo... solo quiero que esto termine."

"Entiendo. ¿A qué se dedica?" preguntó él, asintiendo lentamente, respetando la fortaleza de su vacilación. Sin embargo, permaneció sentado, paciente como las sombras de la tarde que se extendían por la alfombra desgastada.

"Realmente no lo sé, era muy reservado sobre todo eso. Me dijo que no me preocupara, mientras las cuentas estuvieran pagadas, no necesitaba saber nada más." dijo Emma, bajando la vista.

"Puedo decir que has pasado por mucho, Emma. Estoy aquí para escuchar, para ayudarte a través de esto."

Había algo en su presencia—calma, inflexible—que comenzaba a hacer que las paredes alrededor de la determinación de Emma se desmoronaran. En él, ella no veía al heraldo de verdades dolorosas, sino a un centinela contra los fantasmas que la atormentaban.

"Carlos tiene sus demonios," dijo Emma después de una larga pausa, cada palabra pareciendo costarle algo. Miró a Ross con una sinceridad que la hacía parecer de repente más joven, más vulnerable. "Pero nos ama. No se iría así..."

"A veces el amor es complicado." ofreció Ross suavemente, reconociendo la complejidad de las emociones humanas. "La gente hace cosas por amor que son difíciles de entender. Mi trabajo es dar sentido a esas acciones cuando llevan por caminos más oscuros."

Emma respiró temblorosamente, los primeros signos de confianza floreciendo en sus ojos. "Se desvelaba, trabajando en su computadora portátil, siempre preocupado por mantener todo seguro." Un rayo de memoria se abrió paso en su voz, una nota de confusión. "Pero ¿seguro de qué, nunca supe."

"Lo que sea que estaba protegiendo, lo descubriremos juntos," la aseguró Ross, sus palabras no solo como una declaración sino como un compromiso. Había una promesa silenciosa en su mirada, un juramento que trascendía la placa que llevaba, un voto de estar a su lado en medio del caos que amenazaba con envolver su mundo.

"Gracias," murmuró Emma, una frágil sonrisa tocando sus labios por primera vez. Era débil, pero estaba allí, un destello de esperanza reavivado por la comprensión ofrecida por el hombre frente a ella.

Ross asintió ligeramente, permitiéndose un momento para compartir la luz de su gratitud antes de que la gravedad de su situación lo devolviera. "Tomemos esto un paso a la vez, Emma. Juntos, sacaremos esto a la luz."

A medida que el sol de la tarde se hundía por debajo del horizonte, proyectando largas sombras a través de la ventana de la cocina, el Detective Michael Ross sintió el cambio dentro de Emma Dawson. El destello de esperanza, una vez sofocado por el miedo y la incertidumbre, ahora encontraba combustible en la solidaridad de su nueva alianza. Y en el corazón de esa tranquila cocina, se forjaba una asociación—una nacida de la determinación mutua de descubrir la verdad, sea lo que sea que revele.

El reloj de la cocina marcaba un ritmo ominoso mientras Emma se envolvía los brazos alrededor de sí misma, un escudo subconsciente contra los recuerdos que persistían como corrientes frías en una habitación antes cálida. El Detective Ross se inclinó contra la desgastada encimera, sus ojos fijos en su rostro, leyendo cada parpadeo de emoción con la precisión de un investigador experimentado.

"Emma" comenzó, su voz suave pero firme, "Necesito que me hables de Carlos en los días previos a su desaparición."

Ella mordió su labio, la pregunta removiendo el sedimento de sus pensamientos. Sus ojos verdes vagaron más allá de Ross, asentándose en la oscuridad afuera de la ventana. "Estaba... inquieto," admitió, las palabras surgiendo de un lugar de vulnerabilidad. "Tuvimos una pelea realmente mala, lo eché de casa. Últimamente era como caminar sobre cáscaras de huevo. Un paso en falso, y..."

"Todo se desmorona," terminó Ross por ella, su monólogo interno reconociendo la fragilidad de su situación. Observó el temblor en sus manos, la forma en que su mirada se desvió cuando hablaba de Carlos. Necesitaba su confianza para desvelar las capas de miedo que Carlos había envuelto tan meticulosamente alrededor de su vida.

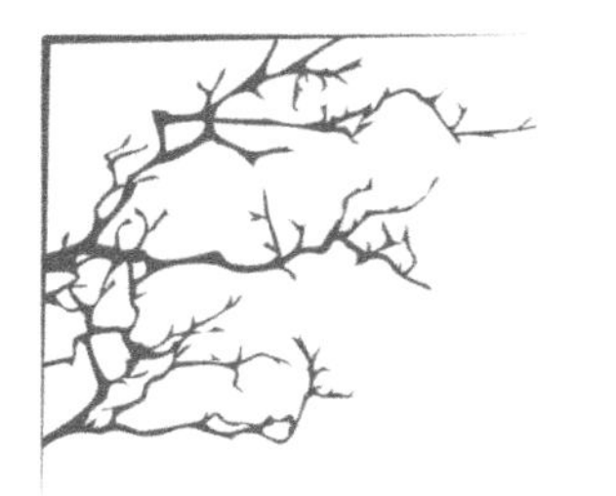

25

¿Dijo algo que pudiera indicar a dónde iba?" presionó Ross suavemente, asegurándose de que su tono transmitiera más preocupación que interrogatorio.

"No, nada específico," suspiró Emma, finalmente encontrando su mirada nuevamente. "Hablaba de sentirse atrapado, de necesitar espacio. Pensé que era solo el estrés hablando." Hizo una pausa, su garganta constriñéndose con el esfuerzo de mantener la compostura. "Nunca imaginé que realmente se iría." Emma hizo una pausa, frunciendo el ceño, "¿Podría haberlo recogido Inmigración? Solo tenía su identificación de secundaria para probar quién era."

El Detective Ross asintió, "Es posible, lo investigaré." Le estaba dando el espacio para respirar, para recomponerse en el silencio que seguía. Su experiencia le decía que la paciencia era clave; el corazón humano se abre a su propio ritmo.

"La necesidad de 'espacio' de Carlos," reflexionó Ross en voz alta, eligiendo cuidadosamente sus palabras, "¿crees que podría estar relacionada con sus... actividades fuera de tu matrimonio?"

Los brazos protectores de Emma se tensaron alrededor de su cuerpo, una barrera desmoronándose dentro de ella. Una lágrima traicionó su estoicismo, trazando un camino por su mejilla. "Sospechaba que había otras personas, luego encontré algunos mensajes de texto, algunas fotos sucias que alguien le envió..." confesó, la admisión arrastrándola al remolino de sus propios temores. "Pero la confrontación solo llevó a discusiones, a más peleas."

"Emma, mírame," insistió Ross, acortando la distancia física entre ellos con un paso adelante. Sus ojos azules sostuvieron los suyos con una intensidad que no dejaba lugar a dudas sobre su sinceridad. "No estás sola en esto. Ya no más."

Sus labios se separaron, un reconocimiento silencioso del consuelo encontrado en su presencia. Durante años, había navegado por las aguas traicioneras de su matrimonio con Carlos, cada día otro ejercicio de supervivencia. Ahora, allí estaba Ross, ofreciéndole un salvavidas—una oportunidad para reclamar la verdad de su propia historia.

"Gracias, Detective," susurró ella, permitiéndose recostarse en la fortaleza de su determinación. En la mirada inquebrantable de Ross, no solo vio una promesa de justicia, sino la posibilidad de un futuro sin la sombra de Carlos Martínez.

"Llámame Michael," dijo él, una sonrisa suave tocando las comisuras de su boca. La intimidad de los primeros nombres marcaba un punto de inflexión, un compromiso compartido para desentrañar el enigma que era la desaparición de Carlos—y quizás, al hacerlo, restaurar los fragmentos del mundo de Emma Dawson.

Los dedos de Emma jugueteaban con el borde desgastado de la manta que descansaba sobre sus rodillas, una manifestación física de los nervios desmoronándose dentro de ella. La habitación estaba en silencio salvo por el suave tictac del reloj de pie—una pieza heredada que se erguía como un guardián estoico contra la pared. Exhaló una respiración temblorosa, su ritmo cardíaco desacelerándose mientras miraba hacia arriba a Michael Ross.

"Detective—Michael," se corrigió, su voz apenas por encima de un susurro, "no puedo empezar a expresar mi gratitud por todo lo que has hecho. Me he sentido tan perdida." Sus ojos brillaban con lágrimas no derramadas, pero había un fuego detrás de ellos—un fuego que había sido encendido por su apoyo inquebrantable.

"Emma," comenzó Ross, su tono tranquilo y tranquilizador, el timbre anclándola en el momento presente, "es mi trabajo encontrar la verdad, pero es más que eso. Me importa lo que te pase a ti y a tu familia." Se inclinó hacia adelante, con los codos descansando sobre sus rodillas, su mirada nunca apartándose de la suya. Su presencia era como un faro en la tormenta, firme y segura.

"A veces siento que me estoy ahogando en toda esta incertidumbre," confesó Emma, las palabras saliendo precipitadamente. "Pero cuando estás aquí, siento que puedo volver a respirar. Como si pudiera enfrentar lo que venga después."

La mano de Ross se extendió, envolviendo la suya, una conexión tangible que cerró la brecha entre detective y confidente. "Lo superarás," le aseguró, su agarre firme pero gentil. "Me aseguraré de ello personalmente. Nadie debería tener que soportar lo que has pasado. Y te prometo, Emma, no descansaré hasta que tengamos respuestas."

La sinceridad en su voz la envolvía como un manto protector, y por un latido, se permitió creer en la posibilidad de una vida libre de las preguntas inquietantes que atormentaban sus noches.

"Gracias," dijo de nuevo, las palabras cargadas con el peso de su corazón. "Por creer en mí, por luchar por mí... por él."

"La justicia no toma partido, Emma. Simplemente busca equilibrar la balanza," dijo Ross, su convicción fuerte como el acero. "Y tengo la intención de equilibrarla."

Se levantó, el movimiento desdibujando el velo de intimidad que habían tejido alrededor de sí mismos. Sin embargo, la fuerza que él emanaba llenaba la habitación, sin dejar ningún rincón sin tocar por su determinación. Emma lo observó, viendo no solo al investigador experimentado que era, sino también al hombre que había inesperadamente se convertido en su ancla en el mar turbulento de su vida.

"Descansa ahora," dijo con un asentimiento, el simple mandato impregnado de una empatía que llegaba profundamente a su alma cansada. "Trabajaré en esto hasta que descubramos todos los secretos. Tienes mi palabra."

Mientras él se dirigía hacia la puerta, Emma se aferraba al salvavidas que él le había lanzado, la gratitud y la nueva esperanza girando juntas para formar un voto silencioso dentro de ella. Este era el punto de inflexión—el momento en que la marea comenzó a cambiar, y las sombras que acechaban en las profundidades comenzaron a retroceder ante la búsqueda implacable del Detective Michael Ross.

Emma se sentó frente al Detective Ross, la mesa de la cocina entre ellos un paisaje de fotografías y documentos esparcidos. La luz sobre la cabeza proyectaba sombras que parecían presionar sobre ella, pero su presencia era un faro en la habitación tenue.

"Carlos tenía una forma de... desmoronarme," dijo, su voz tambaleándose mientras recogía una fotografía de sus últimas vacaciones, sus dedos trazando el contorno de la cara de Carlos. "Me hacía sentir vista, comprendida—y luego era como si pudiera ver demasiado."

Ross se inclinó hacia adelante, entrelazando sus manos sobre la mesa, sus ojos nunca apartándose de los de ella. Asintió para que continuara, una garantía no dicha de que estaba allí para escuchar, no para juzgar.

"A veces, captaba vislumbres de otra persona detrás de sus ojos. Como si estuviera luchando contra sus propios demonios." Sus ojos verdes parpadeaban con dolor. "Esa última noche, había una intensidad sobre él, un miedo que no pude calmar."

"Emma, lo que describes—requiere fortaleza admitir estas cosas," dijo Ross suavemente. Su voz contenía el calor de un detective experimentado que había visto a la humanidad en su estado más vulnerable. "El miedo puede ser un motivador poderoso—tanto para el amor como para el odio."

Ella tragó con dificultad, el nudo en su garganta apretado con años de secretos no contados. "Solo seguía repitiendo que necesitaba protegernos, que había cosas que no entendía. Era como si supiera que algo se avecinaba."

"¿Alguna vez dijo qué era?" preguntó Ross, su tono cuidadosamente neutral, invitando a la confianza sin presionar demasiado.

"Solo que era más grande que nosotros—que lo cambiaría todo." La mirada de Emma cayó sobre sus manos, entrelazadas en su regazo.

"Lo que sea en lo que estaba involucrado Carlos, lo que sea que temía, es imperativo que descubramos la verdad," declaró Ross, su determinación grabada en las líneas de su rostro curtido. "Ya no estás sola en esto."

"Gracias," susurró ella, sus ojos encontrándose con los de él con una sinceridad que transmitía la profundidad de su confianza. "Quiero entender, sin importar cuán aterradora pueda ser la verdad."

Ross le dio un asentimiento tranquilizador, luego se levantó, recogiendo los papeles con eficiencia experimentada. "Llegaremos al fondo de esto, Emma. Ten la seguridad de que tengo recursos y métodos a mi disposición que no son de conocimiento común."

Su corazón se aceleró ante la implicación de profundidades ocultas en su investigación, un enredo de esperanza y miedo entrelazándose dentro de ella.

"Ten cuidado, Detective Ross," le advirtió, su intuición sintiendo la gravedad de lo que se avecinaba. "Hay sombras en esta familia... sombras que tienen dientes."

"Las sombras no me preocupan," respondió él, el atisbo de una sonrisa irónica jugando en sus labios. "Es mi trabajo sacar las cosas a la luz."

Con eso, salió hacia el frío de la noche, dejando atrás un silencio cargado que decía mucho. Emma se abrazó a sí misma, contemplando al enigmático hombre cuya búsqueda de justicia se había entrelazado con su propia búsqueda de paz.

Cuando la puerta se cerró con un clic, el peso de las palabras no dichas colgaba pesadamente en el aire, la atmósfera cargada con la promesa de revelaciones aún por venir. Emma miró por la ventana donde la silueta de Ross se fundía con el cielo que se oscurecía, y supo que el camino por delante descubriría más que solo el destino de Carlos—pondría a prueba todo lo que pensaba saber sobre el hombre que amaba, sobre su familia y sobre sí misma.

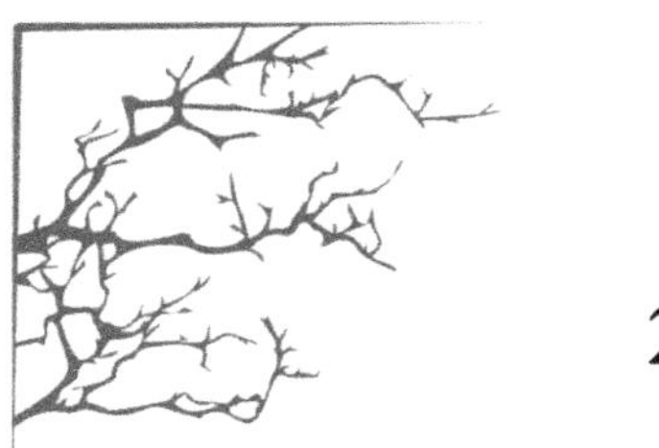

26

Al día siguiente, lunes, las manos de Emma temblaban mientras colocaba su placa de enfermera en el uniforme. El tejido blanco y crujiente se sentía demasiado limpio contra el caos de emociones que giraban en su interior. Tomó una respiración profunda, tratando de estabilizarse para su primer día de regreso en el Hospital General de Oakdale. Todo se había desmoronado, pero ahora necesitaba recomponerse. El familiar olor a antiséptico llenó sus pulmones mientras las puertas automáticas se deslizaban abriendo, dándole la bienvenida a la ajetreada UCI. El zumbido de los monitores, las llamadas de enfermeras y médicos, el bullicio—todo era tan familiar, un ruido reconfortante que ayudaba a repeler el caos en su mente.

"¡Hey, Emma! Qué bueno verte. ¿Estuviste enferma ayer?" le llamó un colega, sonriendo cálidamente mientras pasaba.

Emma forzó una pequeña sonrisa, el peso de todo todavía recargado sobre ella. "No, tuve una cita. Pero ya estoy bien, gracias."

Se dirigió hacia el mostrador de enfermeras, su sonrisa desvaneciéndose mientras tomaba una carpeta. Sus ojos verdes, una vez llenos de pasión por su trabajo, ahora mostraban signos de cansancio. Aún así, revisó las hojas de pacientes, dejándose enfocar en algo diferente al desastre en el que se había convertido su vida. Signos vitales, medicaciones, planes de tratamiento—todo era rutina, familiar y seguro. Con cada sala que entraba, cada paciente al que atendía, se encontraba volviendo a la versión de sí misma que sabía qué hacer, que tenía un propósito.

A medida que pasaban las horas, Emma sintió un pequeño alivio. En la UCI, no era solo una mujer cuyo matrimonio se estaba desmoronando, o una madre tratando de mantenerlo todo unido. Aquí, era una enfermera—competente, enfocada y necesaria. A los pacientes no les importaba su vida personal. Necesitaban que ella fuera fuerte, que supiera qué hacer, y eso era algo que podía ofrecer, incluso si no lograba resolver su propia vida.

Su corazón aún dolía con el peso de todo lo que había pasado, pero a medida que avanzaba el turno, el dolor se atenuaba, reemplazado por el ritmo familiar de su trabajo. Cada paciente traía un pequeño sentido de normalidad, un recordatorio de que aún era capaz de hacer algo, incluso cuando todo lo demás se sentía tan incierto.

Emma, envuelta en la santidad de su vocación, se movía entre las paredes estériles del hospital, ajena a las corrientes oscuras que se movían justo más allá de su vista. Ajustaba las líneas de IV con un toque suave, murmuraba palabras de consuelo a aquellos que luchaban contra el dolor, y encontraba consuelo en la gratitud que brillaba en los ojos de sus pacientes. Era aquí, en las trincheras de la fragilidad humana, donde Emma redescubría fragmentos de su fortaleza, ensamblándolos con cada vida que tocaba.

El tintineo del porcelana sobre porcelana marcaba el aire mientras Emma dejaba su taza de café, un suave tintineo que parecía resonar con la claridad recién encontrada en sus ojos verdes. Frente a ella, la risa de Rachel se derramaba como miel cálida, endulzando los amargos restos de la agitación pasada.

"¿Recuerdas aquella vez que escapamos para ver a esa banda en The Rusty Nail?" La sonrisa de Rachel era contagiosa, su propia taza sostenida en manos que habían ofrecido consuelo más veces de las que Emma podía contar.

"¿Escapamos? Recuerdo que fue más bien una operación táctica." dijo Emma, las comisuras de sus labios levantándose en una genuina diversión por primera vez en meses. "Siempre fuiste la mente maestra."

Sus recuerdos compartidos se desplegaban entre ellas, un tapiz tejido de años de amistad y resiliencia. Emma sintió el reconfortante abrazo de la normalidad, la risa y las historias sirviendo como bálsamo para heridas que estaban sanando lentamente.

"Mírate, Emma," dijo Rachel, su voz tomando un tono tierno. "Estoy tan orgullosa de ti. Estás encontrándote de nuevo."

"Gracias a ti," respondió Emma, estirando la mano a través de la mesa para apretar la mano de Rachel. "Has sido mi roca."

Mientras se detenían en el almuerzo, el café a su alrededor zumbaba con la energía de vidas en movimiento, pero por un breve momento, el mundo de Emma parecía detenerse, bañado en el resplandor de la recuperación y el renacimiento.

De regreso en el café, mientras las últimas notas de risa se desvanecían, Emma miró su reloj y suspiró. Era hora de volver a la realidad, al hospital, a los pacientes que dependían de ella. Se levantó, sintiendo la fuerza que había regresado a sus miembros, un testimonio de su propia resiliencia y del apoyo que había encontrado en los demás.

"¿La misma hora la próxima semana?" Preguntó Rachel, ya reuniendo sus pertenencias.

"No me la perdería." Dijo Emma, sonriendo. Al salir bajo el sol de la tarde, una suave brisa se movió, susurrando promesas de esperanza y nuevos comienzos. Pero a lo lejos, donde las sombras se arrastraban y los planes yacían ocultos, los vientos llevaban una historia diferente—una de venganza y represalias esperando a desarrollarse bajo el manto de la noche.

El tic-tac del reloj en la oficina de la Dra. Amelia Thompson era un metrónomo para los pensamientos fracturados de Emma Dawson, cada tic resonando con un latido de aprensión y esperanza. Sentada frente a la terapeuta, cuyos tranquilos ojos azules ofrecían un refugio en la tormenta de su pasado, Emma mantenía las manos apretadas en su regazo, los nudillos palideciendo por la presión.

"Tu progreso es notable, Emma." Dijo la Dra. Thompson, su voz un bálsamo reconfortante contra la cacofonía de recuerdos que a menudo atormentaban la mente de Emma. "Dado todo lo que has pasado, es inspirador ver cuánta fortaleza has encontrado."

Emma levantó la vista, sus ojos verdes parpadeando con una luz frágil. "A veces siento que estoy a un paso de desmoronarme nuevamente. Pero luego pienso en Jaxon... y encuentro una manera de seguir adelante."

"Recuerda, la recuperación no es lineal. Está bien tener momentos de duda." Le recordó la Dra. Thompson, inclinándose ligeramente hacia adelante. "Lo que haces con esos momentos define tu camino."

"Hablando de caminos," Dijo Emma, su voz traicionando un indicio de nueva determinación, "Estaba pensando en iniciar un grupo de apoyo en el trabajo para otros que hayan pasado por experiencias similares."

"Una excelente idea." Afirmó la Dra. Thompson con un asentimiento alentador. "Ayudar a los demás puede ser una parte poderosa de tu propio proceso de sanación."

Mientras continuaban discutiendo estrategias para mantener el equilibrio emocional, Emma sintió un sentido de propósito cristalizarse dentro de ella, un faro para guiarla a través de la niebla de su pasado.

Emma, ajena a las corrientes oscuras que la rodeaban, salió de la oficina de la Dra. Thompson con una sonrisa tímida curvando sus labios. Al salir al aire fresco de la noche, su aliento formaba nubes ante ella, disipándose como los restos de su vida pasada. Caminó con la cabeza erguida, sin darse cuenta de que el camino que seguía estaba sombreado por secretos aún por salir a la luz, secretos que pondrían a prueba la misma fibra de su ser.

Las manos de Emma se movían con una precisión y cuidado que desmentían su agitación interior. Mientras clasificaba las donaciones en el Centro Comunitario de Oakdale, sus ojos verdes parpadeaban con propósito, encontrando consuelo en el simple acto de doblar ropa infantil y organizarla por tamaño. El evento benéfico era un mosaico de buena voluntad, cada voluntario una pieza crucial para el todo.

"Hola, Emma." Llamó uno de los voluntarios, "Esta caja está llena de juguetes. ¿Dónde debe ir?"

"Allí, junto al stand de libros." Respondió Emma, su voz firme a pesar del cansancio que se aferraba a ella como una segunda piel. Observó cómo personas de todos los ámbitos de la vida se unían por una causa común, su energía colectiva encendiendo algo dentro de ella, algo que había sido opacado por años de agitación emocional.

El centro comunitario zumbaba con actividad, resonando con risas y conversaciones. Emma no podía evitar sonreír al ver el impacto de su trabajo; esto era sanación, una forma de reconstruir no solo sus propias piezas rotas, sino también las de los demás.

Su satisfacción, sin embargo, era una burbuja frágil, inconsciente de que estaba a momentos de estallar por la aguda aguja de la realidad.

27

El cálido resplandor de la televisión proyectaba sombras fugaces por la sala de estar de Emma mientras ella se acurrucaba en la esquina del sofá. A su lado, Jaxon se sentaba envuelto en un silencio reconfortante que solo una historia compartida podía tejer. Estaban absortos en el thriller clásico que parpadeaba ante ellos, una historia de suspenso y redención—una elección irónica, dada la drama no visible de la noche.

"Mamá," dijo Jaxon durante una pausa en la acción, su voz no traicionando nada de su agitación interior, "¿recuerdas cuando vimos esto por primera vez?"

Emma miró a su hijo, notando cómo sus ojos avellana captaban la luz de la pantalla, parpadeando con recuerdos. "Claro," respondió ella, las esquinas de sus ojos verdes arrugándose con afecto. "Te escondías detrás del cojín cada vez que la música se ponía aterradora."

Una risa suave escapó de él, un sonido que resonaba con una disonancia imperceptible. "Tenía seis años. Dame un respiro."

Compartieron un momento de risa, uno brillante e inmaculado por la oscuridad que se aproximaba justo más allá de su santuario. Para Emma, estos momentos de ligereza eran preciosos, un bálsamo para las heridas dejadas por una vida demasiado a menudo marcada por sombras.

"Gracias por esta noche, Jax," dijo ella, extendiendo la mano para apretar la suya. "Significa más de lo que imaginas."

Él devolvió el apretón, sus dedos temblando ligeramente contra los suyos—un temblor que ella confundió con el frío en el aire. "Lo que sea por ti, mamá."

Fuera, bajo la catedral de estrellas, los resuellos de Martha salían entrecortados mientras ella y Jaxon maniobraban el cuerpo de Carlos por la puerta trasera. El hombre antes vibrante, ahora reducido a un receptáculo de secretos, yacía entre ellos, un testimonio silencioso de su determinación.

"Lo suficientemente profundo," susurró Martha, su voz un hilo tenso en el tapiz de la noche. Sus manos, aunque temblorosas, eran firmes mientras cavaban en la tierra—una tumba para el hombre que no había traído más que desolación a su hija.

"Aquí." Jaxon metió la mano en su bolsillo, produciendo una pequeña urna, la superficie fría e inflexible contra su piel cálida. Con una solemnidad que desmentía sus años, esparció las cenizas sobre el cuerpo envuelto de Carlos, observando cómo se fusionaban con el suelo.

"Adiós, papá," murmuró, no al hombre en la tierra, sino al espíritu de aquel a quien honraban con este acto.

Martha rodeó a Jaxon con un brazo reconfortante mientras llenaban el agujero, la tierra amortiguando cualquier rastro del hombre que había sido su tormento. Pensó en Emma, inocente y riendo dentro de la casa, y sintió un impulso de feroz determinación.

"Terminémonos," dijo, su voz firme. "Por Emma."

Juntos, trabajaron bajo el manto de la noche, cada pala de tierra una barrera entre el pasado y el futuro de Emma. Cuando el trabajo estuvo hecho, se echaron atrás, sus rostros pálidos en la luz de la luna, el jardín ahora guardando más que solo la promesa de una nueva vida. Guardaba el secreto de la muerte, cuidadosamente escondido bajo la belleza engañosa de la mano de la naturaleza.

Emma salió al fresco de la noche, la luna tejiendo su luz plateada a través de las hojas de su querido jardín. El jazmín estaba en flor, su aroma pesado e intoxicante, mezclándose con el aroma terroso de la tierra recién removida. Exhaló un suspiro que no había dado cuenta de que estaba reteniendo, la tensión en sus hombros deshaciendo como una cuerda anudada.

"Em," susurró para sí misma, un recordatorio autoimpuesto para tomar este raro momento de paz para sí misma, para simplemente ser.

Se paseó por el sendero de piedra, trazando la misma ruta que había recorrido incontables veces antes, cada paso un eco de rutina y memoria. Sin embargo, esta noche había algo diferente, una corriente subterránea que hacía que su corazón palpitara suavemente—un susurro de algo fuera de lugar que no podía captar del todo.

"Probablemente solo sea el estrés," razonó, tratando de sacudirse la vago malestar.

Mientras tanto, de vuelta en la casa, Jaxon cerró la puerta con un suave clic, sus movimientos deliberados y silenciosos. Se apoyó contra la sólida madera por un momento, cerrando los ojos como si quisiera alejar las imágenes que se aferraban a su mente. A su lado, Martha permanecía en silencio, su mirada fija en la ventana que enmarcaba la silueta de su hija en el jardín.

"¿Hicimos lo correcto, Naná?" La voz de Jaxon se perdió casi en la quietud de la habitación, un simple susurro frente a la enormidad de su acto.

Martha no se volvió para encontrar sus ojos; no necesitaba ver el conflicto escrito en su rostro—lo sentía reflejado en su propia alma.

"Por Emma," respondió ella, su voz firme pero cargada con una pregunta no expresada que arañaba sus entrañas.

En el jardín, Emma se detuvo junto a los rosales, donde el suelo parecía extrañamente irregular bajo la escrutinio pálido de la luna. Una arruga surcó su frente mientras se agachaba, sus manos flotando sobre el lugar. Era como si la tierra hubiera sido perturbada, pero el pensamiento se desvaneció tan rápido como vino, racionalizado por una mente cansada que no buscaba más drama.

"Conejos," murmuró, la explicación asentándose incómodamente en el fondo de su estómago.

"Emma, ¿vas a entrar? Es tarde," llamó Martha desde la puerta abierta, su voz llevando una extraña urgencia que tiraba de los sentidos de Emma.

"Voy, mamá," respondió Emma, levantándose y sacudiéndose las manos contra su camisón. Lanzó una última mirada a las rosas, un escalofrío inexplicable recorriéndole la columna a pesar del calor de la noche.

Mientras Emma se retiraba hacia la casa, Jaxon observaba su figura en retirada, sus ojos avellana reflejando la agitación interior. Con cada paso que ella daba lejos del secreto que habían enterrado, sentía tanto el peso abrumador levantarse como una nueva carga asentarse—una que alteraría para siempre el tejido de su existencia.

"¿Estás bien, Jax?" preguntó Emma cuando lo alcanzó, sus ojos verdes buscando en su rostro señales del niño que había reído con ella solo unas horas antes.

"Bien, Em," dijo él, tragando la verdad que amenazaba con salir. "Solo cansado."

"Yo también," suspiró ella, sin darse cuenta de lo cerca que estaba del precipicio de la revelación.

Juntos, madre e hijo, observaron cómo Emma subía las escaleras, su sombra parpadeando contra las paredes como en una danza con los secretos que guardaban. Cuando ella desapareció de la vista, Jaxon y Martha intercambiaron una mirada, una comunión silenciosa de dos almas unidas para siempre por el oscuro acto realizado en nombre del amor y la protección.

"Duerme bien," susurró Martha, no al espacio vacío donde había estado Emma, sino a la parte de sí mismos que temían que nunca podría descansar de nuevo.

Emma se sentó en el borde de su cama, el suave resplandor de la lámpara de noche proyectando un aura cálida alrededor de la habitación. Sus yemas de los dedos seguían las costuras de la colcha—una colcha que había envuelto a sí misma en incontables noches cuando el sueño se le escapaba, atrapada por el espectro de su matrimonio desmoronándose.

Ahora, en la soledad de su refugio, se permitió un momento para respirar en el silencio que la envolvía—un silencio no de vacío, sino de paz. Había luchado a través de la tormenta de dudas y desesperación, y aquí estaba, aún de pie, aún respirando.

Cerró los ojos, visualizando los rostros de sus pacientes del día. La gratitud en sus ojos alimentaba su alma, reforzando su creencia en su camino elegido. Emma Dawson, una vez perdida en las sombras del diseño de otro, estaba redescubriendo la luz dentro de sí misma. Una sonrisa asomó en las comisuras de sus labios mientras consideraba las posibilidades que se presentaban. Casi podía saborear la dulzura de una vida recuperada, un futuro forjado por sus propias manos.

En la quietud de su habitación, el espíritu de Emma se hinchaba con una nueva fortaleza, ajeno a las corrientes subterráneas que revoloteaban justo más allá de los límites de su santuario.

Mientras tanto, al final del pasillo, tonos susurrantes se entrelazaban en el aire mientras Jaxon y Martha estaban cerca, sus voces apenas por encima de un susurro. Estaban envueltos en la penumbra de la cocina, donde solo la tenue luz azul del refrigerador guiaba su reunión clandestina.

"¿Estamos haciendo lo correcto, Naná?" La pregunta de Jaxon era un alambre de púa enrollado con miedo y determinación.

Los ojos de Martha, brasas fieras en la oscuridad, encontraron su mirada inquebrantablemente. "Estamos protegiendo a Emma," afirmó ella, su voz un bajo retumbar de convicción. "Ese hombre la hubiera destruido, pedazo a pedazo. Hicimos lo que teníamos que hacer."

"¿Incluso si eso significa vivir con esto...para siempre?" Sus palabras eran un susurro fantasmal, el peso de su acto un ancla que amenazaba con arrastrarlo a profundidades desconocidas.

"Para siempre," repitió solemnemente Martha, extendiendo la mano para tomar la suya—sus dedos fríos pero reconfortantes. "Llevamos esta carga para mantenerla segura, para darle la oportunidad de felicidad que se merece. Esa es nuestra penitencia, nuestro sacrificio."

"Mamá nunca puede saberlo," susurró Jaxon, el 'nunca' permaneciendo como un espectro entre ellos.

"Nunca." La respuesta de Martha era un velo sellando su secreto.

Su pacto forjado en el miedo silencioso de la noche, se mantuvieron en guardia sobre una verdad tan aterradora que podría fracturar la esencia misma de la mujer que amaban más allá de medida.

Invisible para Emma, cuyo corazón se atrevía a esperar, los conspiradores se retiraron de su coloquio susurrante. En el pasillo sombrío, la silueta de Jaxon se detuvo, sus ojos avellana reflejando una agitación que reflejaba la tormenta que él y Martha habían enfrentado juntos—una tormenta que solo había comenzado.

La luz de la luna bañaba a Oakdale en un resplandor etéreo, proyectando sombras alargadas sobre la figura contemplativa de Emma Dawson mientras ella vagaba por el jardín. Sus pies, envueltos en suaves pantuflas, se movían en silencio sobre la hierba cubierta de rocío, su mente revuelta con fragmentos de recuerdos y la tranquila soledad de la noche.

El aire tenía un leve escalofrío que susurraba a través de las hojas en secretos apagados, desatando mechones de su cabello a la altura de los hombros de su confinamiento. Se envolvió los brazos alrededor de sí misma, buscando calor, no solo del fresco de la noche sino también del persistente frío de su pasado.

Emma se detuvo, atraída a un lugar en particular cerca del viejo roble, donde la tierra parecía haber sido recientemente perturbada. No era más que una intuición, el sentido de una enfermera cuando algo no está bien. La oscuridad ocultaba mucho, pero la luz de la luna revelaba lo suficiente para que sus ojos verdes captaran la sutil irregularidad bajo sus pies.

Una brisa errante llevó el aroma de la tierra recién removida mezclada con algo más—algo ácido, casi metálico. Emma se arrodilló, sus dedos rozando el suelo, sintiendo la rugosidad cruda de la tierra. La sensación envió un escalofrío inexplicable por su columna, como si la misma tierra tuviera un latido, un eco de vida que una vez pulsó pero ahora yacía en calma.

"Carlos," susurró, sin saber por qué su nombre salía de sus labios. Su matrimonio con él había sido un tapiz de hilos de luz y oscuridad, tejidos tan ajustadamente hasta que era imposible distinguir uno del otro. Se levantó rápidamente, sacudiéndose la extraña sensación como simples restos del cansancio del día.

Sin embargo, mientras se mantenía allí, la verdad del jardín colgaba pesada a su alrededor—un secreto macabro y siniestro, velado por el sereno aspecto de la naturaleza. Emma era ajena a la tumba bajo sus pies, a la traición que se infiltraba en las raíces de las flores que había plantado con tanto cuidado.

Cerró los ojos, inhalando profundamente, tratando de purgar el repentino malestar, atribuyéndolo a su imaginación trabajando en exceso. Abriendo los ojos, miró hacia los cielos, las estrellas apareciendo como faros distantes de esperanza en medio de la vasta incertidumbre de su vida.

Desconocido para Emma, el suelo sobre el que estaba se convirtió en un falso guardián de paz, albergando un acto tan vil que podría deshacer el tejido mismo de su existencia. A medida que el capítulo llegaba a su fin, la imagen de Emma, enmarcada por la luz espectral, permanecía grabada en la mente del lector—un retrato de inocencia al borde de una revelación escalofriante.

El jardín, una vez un santuario para sus pensamientos perturbados, ahora abrazaba un secreto sombrío que pronto saldría a la superficie. Y el lector, siendo testigo del drama silencioso, esperaba con la respiración contenida el momento en que Emma se enfrentaría a la horrible verdad.

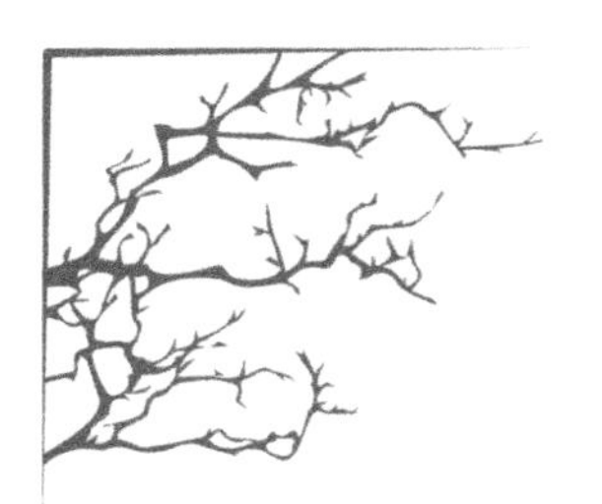

28

Emma entrelazó las manos en su regazo, el temblor en sus dedos traicionando la calma que intentaba proyectar. Alrededor del círculo de sillas plegables de metal, rostros marcados con diversos grados de dolor y resiliencia se dirigían hacia ella, una señal silenciosa para su contribución. Tomó una respiración profunda, estabilizándose contra la marea de recuerdos que amenazaban con abrumarla.

"Carlos nunca dejaba marcas donde la gente pudiera verlas," comenzó Emma, su voz atravesando el silencio de la sala. "Decía que era su manera de mostrar misericordia. Decía que si solo era emocionalmente abusivo, nadie podría probar que me hizo algo." La confesión quedó pesada en el aire, en marcado contraste con el olor estéril de antiséptico que impregnaba el centro comunitario.

Mientras otros compartían, Emma escuchaba, sus historias tejiendo un tapiz de dolor y supervivencia que reflejaba el suyo. Cada palabra pronunciada por estas mujeres, estas sobrevivientes, cosía un poco más de fuerza en los bordes deshilachados de su determinación.

La sesión terminó con abrazos y palabras murmuradas de aliento, pero al salir del edificio, el consuelo de la solidaridad se desvaneció rápidamente bajo la sombra de una figura que se acercaba. La silueta del Detective Michael Ross trazaba una línea nítida contra la luz menguante del día.

"Señorita Dawson," saludó él, su tono llevando la mezcla familiar de cortesía profesional y escrutinio subyacente. "¿Podemos hablar?"

"Por supuesto," respondió Emma, su ritmo cardíaco subiendo como un metrónomo ajustado a allegro.

Se acomodaron en un banco cercano, el metal frío bajo ella, los sonidos de la ciudad un zumbido distante en comparación con el latido en sus oídos.

"¿Algún desarrollo nuevo sobre Carlos?" preguntó Emma, cruzando las manos para ocultar su temblor.

"Nada concreto," admitió Ross, su mirada fija en ella con una claridad penetrante. "Pero necesito hacerte algunas preguntas. Es importante que revisemos los detalles nuevamente."

"Detalles que no cambian, Detective," respondió Emma, su voz más firme ahora, con el acero que había perfeccionado en las sesiones de terapia. "No he visto a Carlos desde la noche en que desapareció. Te lo conté todo."

Ross se inclinó hacia adelante, los codos descansando sobre sus rodillas, su expresión inmutable. "A veces, incluso el detalle más pequeño puede marcar la diferencia."

Emma sostuvo su mirada, dejándolo ver el pozo de dolor y desafío en sus ojos verdes. "Desearía poder ayudarte a encontrar a Carlos, lo deseo. Él eligió dejarme, eligió no decirme que se iba. Pero no hay nada más que contar. Necesito seguir adelante con esto... con él."

El detective la estudió un momento más antes de asentir lentamente. "Está bien. Si recuerdas algo más, tienes mi número."

"Gracias, Detective," dijo ella, aunque la gratitud era lo último que sentía. Al levantarse, se envolvió en un abrazo propio que la fortaleció para el viaje que tenía por delante.

Mientras el Detective Ross se alejaba, sus pasos pesados y deliberados, Emma sintió una extraña vacuidad asentarse en su pecho. Cada pregunta que hizo parecía socavar las defensas que había trabajado tanto para construir. Su vida ya se estaba desmoronando, pieza por pieza, y su sondeo solo le recordaba lo frágil que todo se había vuelto.

Se quedó quieta, viéndolo irse, su mente corriendo a través de todo lo que había intentado encerrar. Carlos había desaparecido hace semanas, sin dejar rastro, y nadie parecía saber qué había pasado. El silencio que rodeaba su ausencia era ensordecedor, pero Emma se había convencido de que era lo mejor. Después de todo lo que él le había hecho pasar, tal vez esto era solo el universo dándole finalmente el respiro que necesitaba. Sin embargo, el misterio de todo eso se aferraba a ella, un peso incómodo que no podía sacudirse.

Las palabras del Detective Ross resonaban en su mente. "Si recuerdas algo, llámame." La mirada en sus ojos había sido cuidadosa, pero había sospecha allí, aunque fuera tenue. Emma conocía el tipo—seguiría investigando y, eventualmente, encontraría algo, quisiera ella o no.

Inhaló profundamente, tratando de estabilizarse, forzando sus pensamientos de regreso al presente. El olor estéril del hospital, el zumbido de la actividad a su alrededor—todo era tan familiar, reconfortante en su rutina.

Pero incluso aquí, en el lugar donde solía sentirse en control, todo parecía diferente. No era la misma mujer que había recorrido estos pasillos solo una semana atrás.

Tomando una respiración temblorosa, se adentró de nuevo en la UCI. Sus pacientes necesitaban su concentración, su cuidado. Lo que había sucedido con Carlos permanecería fuera de estos muros, al menos por ahora. Pero a medida que las horas avanzaban y el día se desvanecía, las preguntas sin respuesta mordían los bordes de su mente. ¿Cómo puede un hombre como Carlos desaparecer así?

Su turno terminó, la fatiga habitual comenzaba a instalarse, pero algo más persistía—una corriente subyacente de temor. Emma se abrigó más en su chaqueta al salir al aire frío de la tarde. Mirando al cielo que se oscurecía, no podía sacudirse la sensación de que la desaparición de Carlos no era el final. Era el comienzo de algo para lo que no estaba segura de estar lista.

Y por toda la paz que intentaba convencer a sí misma de que merecía, una verdad permanecía: las cosas estaban lejos de terminar.

Bajo el velo del crepúsculo, la sombra de Jaxon se fusionó con los troncos oscuros de los robles mientras se dirigía al viejo cobertizo de jardín, ahora un conspirador silencioso en sus reuniones clandestinas. Dentro, Martha esperaba, su silueta afilada contra el tenue resplandor de una sola linterna.

"¿Se ha ido?" susurró ella, la urgencia en su voz desmintiendo su exterior tranquilo.

Jaxon asintió, sus ojos reflejando la luz parpadeante como fragmentos de ámbar. "El detective se fue de nuevo sin nada. Mamá se está sosteniendo."

"Bueno." Los labios de Martha se dibujaron en una línea tensa. "Necesitamos mantenernos vigilantes. Emma ha pasado por suficiente; no podemos bajar la guardia."

"Nana, lo sé," respondió Jaxon, un matiz de frustración asomando en su tono. Estaba cansado de las garantías, del ciclo interminable de planificación y paranoia. Pero sabía que eran necesarias—el futuro de su familia dependía del éxito de su plan.

"Emma no puede sospechar que estamos involucrados," continuó Martha, su mirada perforando la oscuridad. "Necesita creer que las cosas se resolverán, que puede sanar de esto."

"Por supuesto," acordó Jaxon en voz baja. Entendía las apuestas muy bien. Proteger a su madre siempre había sido su fuerza impulsora, incluso cuando lo llevó por caminos más oscuros de lo que jamás había imaginado.

Se quedaron en silencio un momento más, el peso de su secreto compartido colgando entre ellos como un espectro tangible antes de que Martha finalmente rompiera el silencio. "Regresa a la casa, mantén un ojo en ella. Yo llegaré pronto."

Jaxon se deslizó, dejando a Martha sola con sus pensamientos y los fantasmas de decisiones pasadas.

UNA SUAVE BRISA MOVÍA las hojas caídas alrededor de Emma mientras se arrodillaba junto a la pequeña lápida bajo el viejo roble, el lugar donde habían esparcido las cenizas de su padre. El mármol liso se sentía frío bajo sus dedos, un marcado contraste con la avalancha de calor y recuerdos que llenaban su corazón. Su papá había sido su roca cuando la vida se sentía abrumadora, siempre allí para estabilizarla cuando el mundo parecía girar fuera de control.

"Hola, papá," susurró, pasando las yemas de los dedos sobre las letras grabadas de su nombre. Su voz apenas rompió el silencio, como si tuviera miedo de perturbar la quietud de la tarde.

Emma cerró los ojos, dejando que el silencio la rodeara. El jardín, normalmente tan lleno de vida y sonido, se sentía como un santuario, un lugar donde aún podía sentirse cerca de su padre. Él le había enseñado tanto—cómo ser fuerte, cómo proteger a los que amaba. Ahora, se aferraba a esas lecciones más que nunca.

"Lo estoy intentando, papá. Estoy intentando mantenerme fuerte como me enseñaste," dijo, su voz temblando ligeramente. "Tengo que mantener segura a nuestra familia... sin importar qué."

Sus ojos se abrieron y, al mirar hacia el suelo alrededor del árbol, algo llamó su atención. La tierra parecía diferente, perturbada de una manera que no había notado antes. El suelo parecía más suelto, como si hubiera sido recientemente desmalezado profundamente, movido o desplazado. Un nudo de inquietud se formó en su estómago. Extendió la mano y cepilló la tierra suavemente, frunciendo el ceño ante los cambios sutiles. No podía sacudirse la extraña sensación de que algo no estaba bien.

El pecho de Emma se tensó mientras sus pensamientos giraban en torno al secreto que cargaba—pesado e implacable, siempre al acecho justo debajo de la superficie de su fachada cuidadosamente construida. El peso de ello amenazaba con aplastarla a veces, y esta noche no era diferente. La necesidad de proteger a Jaxon, de mantenerlo a salvo, la había llevado a tomar decisiones que nunca pensó que enfrentarían.

"Por favor," susurró, sus palabras apenas audibles, "si puedes oírme, papá, ayúdame a llevar esto. Ayúdame a mantener a Jaxon a salvo."

Se quedó allí un momento más, sus dedos aún trazando la tierra mientras su mente corría. El suelo había cambiado—ahora estaba segura de ello. ¿Pero por qué? ¿Y qué significaba? El corazón de Emma latía con fuerza en su pecho, el árbol de su padre ahora sintiéndose como un lugar de consuelo y de inquietud. Algo era diferente. Y lo que fuera, tendría que enfrentarlo—como todo lo demás.

Una suave brisa movió las hojas a su alrededor, y por un segundo, Emma se permitió creer que era su papá enviándole una señal—una forma suave y sin palabras de decirle que no estaba sola. Tal vez solo era su imaginación, pero el pensamiento le daba un pequeño consuelo, como si él aún la estuviera cuidando.

Se levantó lentamente, cepillando la tierra de sus jeans. Antes de regresar a la casa, miró una vez más la pequeña lápida. Su rostro, aunque cansado, mostraba un nuevo sentido de determinación. Todo lo que había pasado la había hecho más fuerte, y sabía que esa fortaleza sería puesta a prueba pronto.

Mientras caminaba de regreso hacia su auto, los pasos de Emma eran firmes, aunque su mente seguía corriendo. Cada paso se sentía como una pequeña victoria—prueba de que, sin importar lo difícil que se pusieran las cosas, podía seguir adelante. Cualesquiera que fueran los desafíos que vinieran, estaba lista. O al menos, tenía que estarlo.

EL TELÉFONO DEL DETECTIVE Michael Ross vibraba con urgencia en la esquina de su escritorio desordenado, rompiendo el silencio de la comisaría con su vibración insistente. Sus dedos experimentados lo levantaron rápidamente, los ojos escaneando el mensaje de texto que podría ser la pista que había estado persiguiendo obstinadamente durante semanas.

"Posible avistamiento de Martínez en Willow Creek," decía el mensaje, enviado de forma anónima, pero el instinto de Ross le decía que podría haber algo de verdad en ello. Se levantó bruscamente, la urgencia grabándose en las líneas de su rostro mientras agarraba su abrigo y sus llaves. Si Carlos estaba vivo, si estaba allí afuera, esto podría cambiarlo todo.

"¡Ross! ¿A dónde vas?" le preguntó un colega mientras él pasaba rápidamente entre las filas de escritorios.

"Tengo una pista sobre Martínez. La voy a seguir," respondió Ross sin detenerse. En su línea de trabajo, el tiempo era un lujo que no se podía permitir desperdiciar.

29

En el pequeño café de la calle principal de Oakdale, Emma se sentó frente a Rachel Jenkins, su mejor amiga desde la escuela primaria. Se encontraban allí con frecuencia, y lo que solían ser encuentros despreocupados se habían convertido en conversaciones más profundas, las que dejaban las tazas de café a medio llenar y el aire entre ellas lleno de palabras no dichas.

"Gracias por reunirte conmigo de nuevo," dijo Rachel, ofreciendo a Emma una pequeña sonrisa que no llegaba del todo a sus ojos. "Parece que la semana pasada fue hace una eternidad."

"Por supuesto," respondió Emma, tratando de devolver la sonrisa. "Ambas hemos pasado por mucho."

Hablaron, como solían hacerlo, compartiendo fragmentos de sus vidas. Rachel se abrió sobre su divorcio, la soledad que había ido invadiendo incluso cuando estaba rodeada de gente. Emma escuchó, asintiendo, entendiendo completamente ese sentimiento. Compartió algunas de sus propias luchas, pero como era habitual, dejó de lado las partes más oscuras. Aun así, Rachel podía percibir el peso que Emma cargaba.

"Parece que ambas hemos estado luchando batallas, ¿verdad?" dijo Rachel en voz baja, con las manos envueltas alrededor de su taza de café, los dedos temblando ligeramente.

“Sí,” coincidió Emma suavemente, sus ojos desviándose hacia la ventana. “Guerreras con cicatrices de batalla. Pero aquí estamos, Rachel. Somos sobrevivientes.”

“Sobrevivientes,” repitió Rachel, la palabra un solemne juramento entre ellas.

Su conversación fluyó de la tristeza a la esperanza, de la pérdida al doloroso proceso de reconstruir lo que había sido destrozado. Emma sintió un espíritu afín en Rachel, un recordatorio de que no estaba sola en su lucha por recuperar su vida.

La puerta del café sonó, atrayendo momentáneamente la atención de Emma. El Detective Ross entró, su mirada barriendo la sala antes de posarse en ella. Incluso desde la distancia, podía ver la determinación que marcaba sus rasgos. Era un hombre con una misión, y algo en el fondo de su estómago le decía que su presencia no era una simple coincidencia.

“Disculpa, Rachel, creo que el Detective Ross quiere hablar conmigo,” dijo Emma, levantándose de la mesa con una mirada de disculpas.

“¿Todo está bien, Em?” preguntó Rachel, con preocupación arrugando su frente.

“Todo está bien, solo asuntos de la policía,” aseguró Emma rápidamente, aunque su corazón latía advirtiéndole en el pecho.

“Emma,” saludó Ross, su voz baja y medida cuando ella se acercó. “Necesito hacerte algunas preguntas. Ha habido un desarrollo.”

"¿Desarrollo?" La palabra flotó en el aire entre ellos, cargada de implicaciones que Emma no estaba segura de estar lista para enfrentar.

"Vamos afuera," sugirió Ross, y Emma asintió, lanzando una sonrisa tranquilizadora a Rachel antes de seguir al detective hacia la luz brillante del día, donde esperaban verdades desconocidas por descubrir.

MÁS TARDE ESA NOCHE, bajo el pálido resplandor de la luna, la casa yacía en silencio excepto por los crujidos y temblores de sus viejos huesos asentándose en la noche. El sueño de Emma había sido ligero, un instinto maternal sintonizado con las mínimas perturbaciones en la sinfonía nocturna de su hogar. Fue la voz de Jaxon la que atravesó el silencio, un lamento lastimero cortando el velo de sus sueños. Se incorporó de golpe, el corazón latiendo como si intentara escapar de las confines de su pecho.

"¿Jax?" susurró en la oscuridad antes de que sus pies encontraran el suelo frío. El pasillo parecía extenderse interminablemente mientras se dirigía a su habitación. La puerta estaba entreabierta, una rendija de luz tenue salía para encontrarla.

"¡Jaxon!" llamó más fuerte esta vez, empujando la puerta con un temblor en la mano. Él se retorcía en su cama, atrapado por algún enemigo invisible que solo él podía ver. Emma corrió a su lado, sus manos alcanzando para sacudirlo suavemente y despertarlo.

"Mamá... no, por favor, no quise decirlo," murmuró Jaxon entre jadeos, aún atrapado en las garras de su pesadilla.

"¡Jaxon! Despierta, cariño. Solo es un sueño," le animó Emma, su voz imbuida de una firmeza fortalecida por noches de vigilia similares.

Sus ojos avellana se abrieron de golpe, salvajes y desenfocados. Emma observó cómo el reconocimiento luchaba lentamente por regresar a su mirada. Un silencio compartido los envolvía, cargado de palabras no dichas, el aire espeso con el residuo de un pasado que ambos desearían poder borrar.

"¿Otra pesadilla?" preguntó suavemente, apartando los rizos húmedos de su frente.

Él asintió, incorporándose y envolviendo sus brazos alrededor de sí mismo como si intentara mantener unidos los fragmentos de su frágil psique.

"¿Quieres hablar sobre ello?" indagó Emma, aunque ya conocía la respuesta antes de que saliera de sus labios.

"Siempre es lo mismo..." Su voz se desvaneció, perdida en el laberinto de su culpa.

Emma extendió la mano, su toque siendo un bálsamo para el tumulto que giraba en su interior. Se sentaron juntos hasta que los primeros indicios del amanecer comenzaron a filtrarse en la habitación.

"Vamos, vamos a desayunar," dijo Emma, intentando inyectar normalidad al momento. Pero mientras descendían las escaleras, no podía sacudirse la imagen de Jaxon, atormentado y solo, luchando contra demonios que solo él podía ver.

Más tarde ese día, Emma se encontró en un gimnasio anodino, el olor a sudor y determinación flotando en el aire. Se había inscrito en una clase de autodefensa, impulsada por una nueva determinación de nunca sentirse impotente nuevamente. Sus ojos escanearon la sala, observando los rostros de quienes la rodeaban. Algunos estaban allí por fitness, otros por confianza. Para Emma, era una tabla de salvación.

"Muy bien, todos, vamos a empezar." La instructora, una mujer con la constitución de una luchadora y los ojos de una profesora compasiva, comenzó a demostrar una serie de movimientos. "No solo estamos entrenando nuestros cuerpos aquí, estamos entrenando nuestras mentes para mantenernos calmadas y reaccionar bajo presión."

Emma sintió el peso de cada palabra. Cada giro, golpe y bloqueo era más que una técnica—era un paso hacia la recuperación de su agencia, una danza de desafío contra las sombras que buscaban envolver su mundo.

"¡Bien, Emma! Eso es, usa el peso de tu cuerpo para impulsar el golpe," la instructora la elogió mientras Emma ejecutaba un movimiento con más fuerza de la que pensaba poseer.

"Gracias," jadeó Emma, sintiendo un rush de adrenalina y orgullo. Con cada jab y patada, la imagen del rostro amenazante de Carlos aparecía en su mente, alimentando su determinación. Se imaginaba a sí misma como un escudo, una guardiana capaz de proteger a Jaxon de los horrores que acechaban sus vidas.

A medida que la clase llegaba a su fin, Emma sintió algo que no había sentido en mucho tiempo—un sentido de control. Ya no era la víctima de sus circunstancias, sino la arquitecta de su futuro. Y haría lo que fuera necesario para asegurarse de que ese futuro fuera uno en el que ella y Jaxon pudieran sanar, libres de los espectros que los atormentaban.

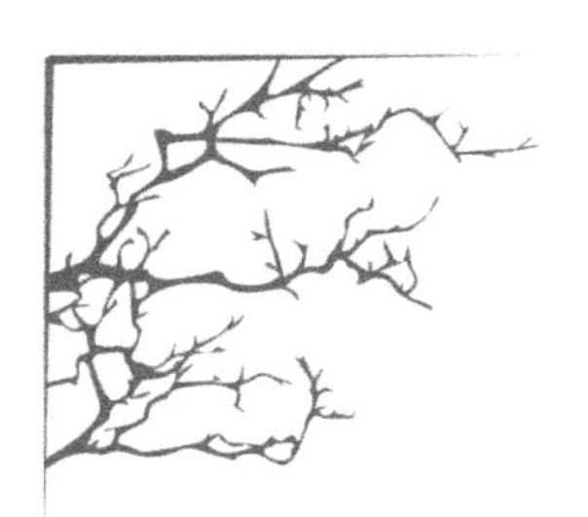

30

El Detective Ross estacionó su coche frente al pequeño y desgastado edificio de apartamentos. El sol caía con fuerza, haciendo que el pavimento estuviera casi demasiado caliente para pisarlo. Echó un vistazo en el espejo retrovisor, ajustó su cuello de la camisa y salió al calor.

Dentro del apartamento, hacía fresco y estaba oscuro. Cortinas gruesas bloqueaban la luz del sol, proyectando sombras por la habitación. Beatriz Álvarez estaba sentada en un gran sofá viejo, su cabello oscuro cayendo alrededor de su rostro. Sus ojos estaban cautelosos mientras observaba a Ross sentarse en la silla frente a ella.

"Señora Álvarez," comenzó Ross, con voz calmada, "estoy tratando de entender mejor a Carlos. Cualquier cosa que pueda decirme podría ayudar."

Beatriz dudó, jugando nerviosamente con un mechón de su cabello. "Carlos... no era fácil. No era fácil de amar," dijo lentamente, mirando hacia abajo. "Tenía un temperamento... venía rápido, como una tormenta. Nunca sabías cuándo."

Ross se inclinó un poco. "¿Alguna vez te lastimó físicamente?"

Los ojos de Beatriz se movieron por la habitación antes de que respondiera. "Carlos... quería controlarlo todo. Todo.

Adónde iba, con quién hablaba. Decía que era porque le importaba, pero no se sentía así. Era demasiado."

"¿Había algo que lo enojara, algo que lo hiciera explotar?" preguntó Ross, manteniendo su voz suave.

"Celos," dijo ella, bajando la voz. Su rostro se tensó al recordar. "Siempre celos. Si pensaba que otro hombre me miraba, cambiaba. Ya no era Carlos. Se volvía aterrador."

Ross asintió, tomando notas mentales.

"No me dejaría a mí y al bebé, estoy embarazada, sabes. No dejaría a su bebé, Detective. Simplemente no lo haría." Dijo, mientras las lágrimas fluían por sus mejillas.

"Gracias por decirme esto. Lo que has compartido es importante."

Cuando Ross salió del apartamento, Beatriz se recostó en el sofá, las lágrimas aún cayendo y su corazón acelerado. No podía sacudirse la sensación de que hablar sobre Carlos podría traer problemas para los que no estaba lista.

Mientras tanto, Jaxon estaba en la puerta del estudio de su padrastro, una habitación que ahora se sentía más como una tumba, cargada con los fantasmas de verdades no dichas. Las sombras parecían aferrarse a los bordes, reacias a soltar sus secretos. Sus ojos cayeron sobre el escritorio que había sido el centro de mando de su padrastro, donde se guardaban secretos, donde se tomaban decisiones sin preocuparse por las consecuencias.

Se acercó al escritorio, las tablas del suelo crujían bajo su peso, y pasó los dedos por la superficie suave. Un panel suelto captó su atención, una sutil inconsistencia en el veteado de la madera. Con un tirón tentativo, el compartimiento se reveló, y dentro había una caja—un cofre de Pandora de recuerdos.

El corazón de Jaxon latía con fuerza mientras levantaba la vieja tapa chirriante. Dentro, se hicieron visibles fotografías amarillentas apiladas—instantáneas de un Carlos más joven, sonriendo de una manera que Jaxon nunca había visto. Su rostro, en aquel entonces, estaba libre de la ira y el resentimiento que lo habían torcido a lo largo de los años. Cartas, escritas de manera desordenada, pintaban un cuadro más oscuro: deudas impagas, amenazas que colgaban en el aire como una soga. Las cartas hablaban de supervivencia, de hacer lo que había que hacer en un mundo donde los débiles eran aplastados.

Un escalofrío recorrió a Jaxon mientras hojeaba la pila. Comenzaba a ver las piezas del rompecabezas encajando—el pasado de Carlos, lleno de violencia y miedo, formó al hombre en el que se había convertido. Las fotos y cartas contaban la historia de un hombre desesperado, uno que había sido llevado demasiado lejos y que, a su vez, había empujado a otros más allá de sus límites. El Carlos que Jaxon conocía no nació monstruo—se convirtió en uno, forjado en el caos y el peligro.

"Maldito seas, Carlos," murmuró Jaxon, apenas lo suficientemente alto como para escuchar. Finalmente entendía el peso del pasado que había atormentado sus vidas. Carlos había estado atrapado en un ciclo de control y miedo, y ahora Jaxon y su familia estaban atrapados en esa misma tormenta.

Jaxon devolvió la caja a su lugar, pero los secretos que contenía presionaban sobre él como un peso pesado. Sentía las paredes del estudio cerrándose, el aire espeso con el legado de un hombre que había usado el poder para sobrevivir. Pero en algún lugar en la oscuridad, una nueva sensación de propósito brillaba dentro de él. Jaxon no iba a permitir que el pasado siguiera dañándolos. No iba a dejar que la sombra de Carlos destruyera todo.

Al salir del estudio, Jaxon sabía lo que tenía que hacer. Tenía que proteger a su madre, mantenerla a salvo de la oscura verdad que habían descubierto. Su mente corría, pensando en las fotos, las cartas—¿cómo podría usarlas? ¿Cómo podría despistar al detective, asegurarse de que él y Martha se mantuvieran fuera de esto? La verdad podría arruinarlos, pero tal vez también podría ser su escape, si Jaxon jugaba bien sus cartas.

LAS MANOS DE EMMA TEMBLABAN mientras desplegaba el sobre arrugado que había sido metido en su buzón, un mensajero discreto de caos. Sacó una sola fotografía, con los bordes deshilachados por la edad, y un trozo de papel que cayó al suelo como una hoja caída en otoño. Sus ojos verdes, generalmente un refugio suave de calidez, ahora reflejaban la tormenta que se gestaba dentro de ella mientras se posaban en la imagen de Carlos, su mirada capturada en un momento de calma engañosa.

El papel tenía un mensaje, cada letra cuidadosamente escrita para formar palabras que se apretaban alrededor del corazón de Emma como un tornillo: "Qué engañosas pueden ser las apariencias de serenidad." Sin firma, sin más explicación—solo lo suficiente para hacer que sus pensamientos se precipitaran en la paranoia. La pista críptica rasgó el velo de normalidad que había drapeado sobre su vida, exponiendo la vulnerabilidad cruda que yacía debajo.

"Mamá?" La voz de Jaxon atravesó el silencio, sacando a Emma del abismo de sus miedos. Ella guardó apresuradamente la fotografía en su bolsillo, escondiendo su angustia con una sonrisa práctica que había engañado a muchos pero nunca a su hijo.

"Todo está bien, Jax," mintió ella, su voz traicionando un temblor que no pasó desapercibido.

"Mamá, sé que no es así, ¿qué pasa?" insistió Jaxon. "Yo—no sé, es solo que..." Emma le entregó la foto a su hijo, observando cómo fruncía el ceño y su rostro se torcía en una confusión preocupada.

"¿Quién envió esto?" preguntó Jaxon. "Estaba solo en el buzón, sin nombre, nada. Debió haber sido dejado anoche." Dijo Emma.

Él dio vuelta la fotografía, examinó la nota. Sus ojos brillaron con enojo. "¿Quién haría esto? ¿Por qué?" preguntó Jaxon en voz alta, para que si alguien estaba escuchando, pudiera oír lo que decía. "No lo sé. Solo desearía que él me llamara o me hiciera saber que está bien. Algo para que yo pueda... Para que la policía..." La voz de Emma se desvaneció con notas de preocupación pesadas en su tono.

Jaxon la observó con ojos avellana penetrantes que parecían ver a través de la fachada. Extendió la mano, colocando una mano reconfortante en su hombro, una promesa silenciosa de solidaridad. Juntos enfrentarían cualquier tormenta que se presentara, con la cabeza en alto y el corazón lleno de coraje. Nada podría detenerlos ahora. Eran guerreros, y estaban listos para lo que viniera.

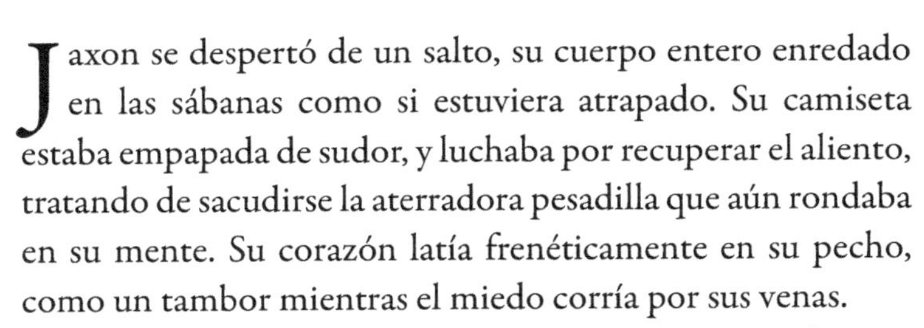

31

Jaxon se despertó de un salto, su cuerpo entero enredado en las sábanas como si estuviera atrapado. Su camiseta estaba empapada de sudor, y luchaba por recuperar el aliento, tratando de sacudirse la aterradora pesadilla que aún rondaba en su mente. Su corazón latía frenéticamente en su pecho, como un tambor mientras el miedo corría por sus venas.

Se detuvo, respirando profundamente para calmarse, mientras el silencio de la habitación lo envolvía. El único sonido era el latido de su corazón, retumbando fuerte en sus oídos. Se tomó un momento para tranquilizarse, escuchando el silencio de su habitación y sintiendo cómo el miedo disminuía lentamente. Pero la oscuridad parecía acercarse, creando formas y sombras que jugaban con sus ojos. Sabía que eran solo ilusiones de su sueño, pero eso no le impedía asustarse.

Jaxon se deslizó lentamente fuera de la cama, con la garganta áspera y seca por el frío. El suelo estaba helado bajo sus pies descalzos cuando se levantó con cautela, procurando no hacer ruido y despertar a su mamá. La habitación estaba a oscuras, la única fuente de luz se colaba por las cortinas cerradas, proyectando un tenue resplandor sobre la alfombra gastada. Jaxon avanzó de puntillas por la oscura habitación, usando las manos para guiarse por las paredes. Todos sus sentidos estaban en alerta máxima, ya que no quería perturbar el ya complicado sueño de su madre. Sabía que ella estaba pasando por un momento difícil, pero siempre parecía manejarlo con una gracia que él no podía comprender.

Se detuvo en el umbral de su habitación, escuchando los inconfundibles signos del sueño de su madre. La casa silenciosa no mostraba signos de perturbación, y se permitió el más leve suspiro de alivio antes de continuar.

El pasillo se extendía ante él, un estrecho corredor bañado por el pálido resplandor de la luz de la luna que se filtraba por las cortinas. Era un camino que había recorrido innumerables veces, pero cada paso se sentía cargado de una gravedad que lo arrastraba, una fuerza invisible que hacía sus extremidades pesadas y su determinación vacilante.

Jaxon avanzó con cautela hacia la cocina, tratando de no hacer ruido ni atraer la atención. Las baldosas frías bajo sus pies le causaban escalofríos que recorrían sus piernas. Se acercó cuidadosamente al fregadero como si fuera un lugar sagrado donde pudiera dejar atrás los restos de su terrorífica pesadilla.

Cogió un vaso simple y transparente y abrió el grifo, sintiendo el frío metal contra su mano. El agua fluyó hacia el vaso, burlándose del caos en su mente con su claridad. Jaxon tomó un sorbo, esperando un momento de alivio del tumulto dentro de él, pero ni siquiera la tranquilidad de la noche pudo calmar completamente sus pensamientos turbados.

El temblor en las manos de Jaxon era leve, pero estaba ahí, un testimonio físico de la agitación que se agitaba dentro de él. Gotas de agua temblaban y danzaban al caer del borde del vaso, cada una un pequeño eco de sus pensamientos inquietos. Trató de estabilizar su agarre, concentrándose en la frescura del vaso, el simple acto de llenarlo, pero el suave sonido del agua parecía amplificarse en el silencio de la cocina, resonando con el ritmo errático de su corazón.

Cogió el vaso, la bebida brillando a la luz de la luna, y tomó otro sorbo. El agua era refrescante, pero no lo hizo sentir mejor después de la aterradora pesadilla que acababa de tener. No podía dejar de preocuparse, su mente llena de pensamientos oscuros y temores que no se desvanecían, no importaba cuánto bebiera.

En la otra habitación, Emma yacía despierta en la oscuridad, sus ojos buscando un sueño que no llegaba. Se sentía inquieta por razones que no podía explicar. Pensó en Jaxon y notó que había estado actuando de manera diferente últimamente, siempre parecía triste incluso cuando brillaba el sol.

Silenciosamente, se deslizó fuera de la cama y se puso de pie sobre el suelo frío, guiada por sus instintos de enfermera en la oscuridad. Con pasos cuidadosos, se dirigió a la cocina, escuchando cualquier señal de lo que la había despertado. Algo se sentía mal, alterando el equilibrio pacífico de su hogar, y su primer pensamiento fue la seguridad de su hijo.

Emma se movió con cautela por el pasillo cubierto de suave alfombra, casi como un fantasma deslizándose. Había aprendido a moverse silenciosamente durante sus años trabajando en hospitales durante la noche, cuando cada ruido importaba. Sus ojos, generalmente cálidos y acogedores, ahora eran afilados y atentos mientras se acercaba a la cocina.

La casa estaba inquietantemente silenciosa, como si contuviera la respiración en anticipación de lo que sucedería a continuación. Emma se apoyó contra la pared, sus dedos rozando el papel tapiz rugoso antes de soltarlo. Como madre, sus instintos estaban más agudos y podía sentir que algo andaba mal con su hijo. Cada paso que daba estaba impulsado por el impulso de protegerlo y hacerlo sentir mejor.

La tenue luz de la cocina apenas iluminaba la habitación, proyectando la sombra de Jaxon en el suelo como una figura fantasmal. Emma se acercó más, de repente abrumada por la quietud de la habitación. Se detuvo en el umbral, observando la postura tensa de su hijo y su apretado agarre sobre un vaso, como si se aferrara a él con todas sus fuerzas.

"¿Jax?" Su voz, apenas por encima de un susurro, cortó el silencio con la precisión de un bisturí.

Él saltó, haciendo un ruido fuerte cuando el vaso que sostenía golpeó la encimera. Se giró rápidamente, la luz que entraba por la ventana iluminando su rostro, una mezcla de intentar parecer tranquilo pero sintiéndose realmente muy alterado.

"Mamá," dijo con tensión en la voz, "Yo... Yo no quería despertarte."

El corazón de Emma dio un vuelco al ver a su hijo obviamente tratando de no mostrar cuánto estaba luchando. Instintivamente se acercó a él, queriendo consolarlo y mejorar las cosas.

Ella extendió la mano hacia su brazo, pero se detuvo vacilante. Quería ayudar, pero no quería empeorar las cosas para él. Su preocupación se profundizó al mirar su rostro, que parecía cambiado de su habitual energía. Era como si algo pesado lo estuviera agobiando.

"¿Está todo bien, Jax?" Su voz era suave, una nota tierna que buscaba envolverlo en consuelo sin sofocarlo.

Los ojos de Jaxon se dirigieron brevemente hacia ella, la duda evidente en la forma en que se apartaron. Se quedó en silencio, luchando con la vulnerabilidad de sus propios pensamientos. Emma, paciente por años de experiencia como enfermera y madre, contuvo la urgencia que la carcomía por dentro.

"No quería preocuparte, mamá. Estas pesadillas vienen casi todas las noches ahora," confesó finalmente, las palabras raspándole la garganta al hablar. Su postura, antes reservada, ahora se desplomaba bajo el peso de su admisión. "Y... es más que eso. Es como si me estuviera ahogando en todo—los días se desdibujan y algo simplemente se siente... mal."

Emma lo animó suavemente, consciente de la delicada cuerda floja que estaba caminando mientras trataba de descubrir la verdad de una persona perdida en las sombras.

Los labios de Jaxon se abrieron, luego se cerraron, su agitación interna evidente en la leve tensión alrededor de su boca. Desvió la mirada más allá de ella, buscando respuestas en la fría luz del refrigerador o en el patrón monótono del suelo de linóleo.

32

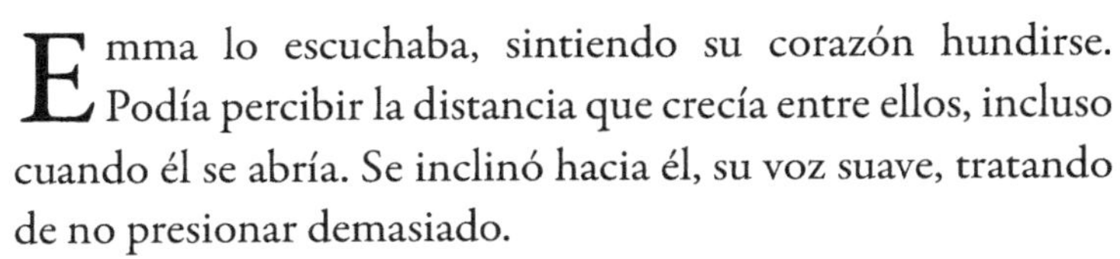

Emma lo escuchaba, sintiendo su corazón hundirse. Podía percibir la distancia que crecía entre ellos, incluso cuando él se abría. Se inclinó hacia él, su voz suave, tratando de no presionar demasiado.

"Está bien, Jaxon," dijo, su tono firme pero gentil. "Estoy aquí. Lo resolveremos juntos. ¿Qué es lo que te preocupa?"

Los ojos de Jaxon se desviaron, evitando los de ella. Miró al suelo, con la mandíbula apretada, los dedos jugueteando nerviosamente con su camisa. Emma podía verlo—había algo que él no le estaba contando. Algo importante.

"Siento como si faltara algo," murmuró, más para sí mismo que para ella. "Como si hubiera una pieza que no tenemos. Algo que no estamos viendo, y sin eso, nunca entenderemos todo."

Emma puso una mano en su hombro, tratando de darle estabilidad. "¿Qué quieres decir, Jax? ¿Qué pieza? No entiendo de qué estás hablando. Tal vez pueda ayudarte si me lo cuentas."

Jaxon tragó saliva con dificultad, sus pensamientos arremolinándose. El secreto que compartía con su abuela colgaba entre ellos, denso y asfixiante. Si su madre lo supiera, todo cambiaría. No los perdonaría. Estaba seguro de ello.

Se quedó en silencio. La distancia entre ellos se hizo más pesada, pero Emma no lo presionó. Podía sentirlo—algo estaba profundamente mal, pero sabía que forzarlo no ayudaría.

"Estamos en esto juntos, Jax," dijo, frotando suavemente su espalda. "Lo que sea, lo resolveremos. No tienes que cargar con esto solo."

Jaxon se tensó bajo su mano, pero no se apartó. "No son solo pesadillas, mamá. Es Carlos... su desaparición, y todo este asunto con su novia y el bebé. Es demasiado. No puedo soportarlo más."

El pecho de Emma se apretó al escuchar su dolor. Mantuvo su mano en su espalda, con la esperanza de que ayudara, pero había algo más—algo grande—que él estaba guardando. Ella podía sentirlo.

"Jax, siempre puedes decírmelo," dijo en voz baja, llena de amor. Pero en el fondo, sabía que lo que él estaba ocultando no saldría esa noche.

La cocina cayó en silencio, roto solo por el zumbido del refrigerador. Los ojos de Emma se quedaron en él, firmes y llenos de una tranquila fortaleza. Jaxon sintió su preocupación como un peso que lo oprimía, pero no podía decírselo—no ahora, tal vez nunca.

Finalmente, Jaxon asintió, sus ojos atrapando la tenue luz de la cocina. Sabía que esto no había terminado. Lo que guardaba dentro lo seguiría, infiltrándose en cada parte de su vida, atormentándolo cada noche.

Mientras el amanecer se asomaba por la ventana, un nuevo día los esperaba. Lentamente, ambos se levantaron de la mesa. El simple acto se sentía pesado, como si estuvieran entrando en algo mucho más profundo. Su vínculo, una vez fuerte, sería puesto a prueba.

Emma alcanzó su mano, sosteniéndola con firmeza pero suavidad. No necesitaba decir nada—su toque prometía que, sin importar qué, no lo soltaría. Enfrentarían esto juntos, lo que fuera.

Juntos, se adentraron en la pálida luz de la mañana. Los secretos que guardaban, las verdades que no podían decir, darían forma al camino por delante. No estaban listos, pero no tenían otra opción.

MARTHA LLEGÓ A MEDIA mañana, con su calma habitual en su lugar, aunque Jaxon pudo percibir cierta tensión en la forma en que se movía. Emma acababa de irse al trabajo, dejando la casa en silencio, casi demasiado silenciosa. Jaxon había estado caminando de un lado a otro, esperando el momento adecuado, y ahora había llegado.

"Nana," dijo lentamente, sin saber por dónde empezar. "Encontré algo... en el escritorio de Carlos."

Martha frunció el ceño, sus ojos afilados fijándose en él. "¿Qué quieres decir? ¿Qué encontraste?"

Respirando profundamente, Jaxon le contó sobre el compartimento secreto que había descubierto en el escritorio de Carlos. La caja de fotos antiguas, las cartas y las otras cosas que Carlos había escondido durante tanto tiempo. Le explicó cómo las imágenes mostraban un lado de Carlos que nunca habían conocido, un hombre más joven, pero también alguien que ya estaba atrapado en círculos oscuros y peligrosos. Y las cartas—estaban llenas de amenazas, deudas y advertencias, pintando el retrato de un hombre que había estado huyendo de problemas toda su vida.

Mientras Jaxon hablaba, Martha se quedó inmóvil. Su rostro, usualmente tan compuesto, pareció perder color. Ella no era de mostrar mucha emoción, pero Jaxon pudo ver el peso de sus palabras golpeándola, fuerte.

"Sabía que estaba ocultando algo," susurró, más para sí misma que para él. "Pero no sabía que era tan grave."

Sus ojos, normalmente agudos y calculadores, se suavizaron por un momento mientras asimilaba la realidad de lo que Jaxon había descubierto. Siempre había sospechado que Carlos tenía esqueletos en el armario, pero no estaba preparada para saber cuántos.

Jaxon se sentó, sintiendo el peso de la situación aplastarlo. "¿Qué hacemos ahora?" preguntó, su voz más suave que antes.

Martha permaneció en silencio durante mucho tiempo, su mente acelerada. Ella siempre había sido la que tenía las respuestas, la que podía arreglar las cosas, pero esto... esto era más grande de lo que había imaginado. Si esas cartas y fotos caían en las manos equivocadas, podrían arruinarlo todo—no solo para ella, sino para Jaxon y especialmente para Emma. Ya estaban caminando por una cuerda floja, tratando de mantener sus vidas juntas después de la desaparición de Carlos.

"Lo destruimos," dijo Martha finalmente, su voz firme a pesar del miedo que acechaba en sus ojos. "Cada carta, cada foto. No podemos dejar que nadie vea esto."

El estómago de Jaxon se retorció. "¿Pero qué pasa si alguien ya lo sabe? ¿Y si—"

Martha lo interrumpió, su voz más aguda ahora. "Nadie más lo sabe. Carlos se fue, y tenemos que asegurarnos de que estos secretos se vayan con él. Si alguien pregunta, negamos, negamos, negamos. Todo."

Jaxon la miró, dándose cuenta de lo seria que estaba. No solo estaba hablando de ocultar la verdad; estaba hablando de enterrarla—para siempre. Y si no lo hacían, las consecuencias podrían ser peores de lo que él jamás imaginó.

"Jaxon," dijo Martha, acercándose. "No tenemos otra opción. Si tu madre se entera, si la policía encuentra esto... nos destruirá. Somos nosotros los que quedamos para limpiar el desastre de Carlos, y tenemos que ser inteligentes al respecto."

Jaxon asintió lentamente, la realidad hundiéndose en él. Estaban de pie al borde de un precipicio, y un paso en falso podría mandarlos al vacío.

"¿Qué hacemos primero?" preguntó, su voz estabilizándose.

Martha respiró hondo, su resolución endureciéndose. "Nos deshacemos de todo. Esta noche. Lo quemamos, lo enterramos, no me importa. Nadie puede saber lo que hemos encontrado."

Mientras hablaba, Jaxon sintió un escalofrío recorrerle la columna. Esto no se trataba solo de ocultar los secretos de Carlos—se trataba de supervivencia. Estaban demasiado comprometidos ahora, y no había vuelta atrás.

El fuego parpadeaba en la esquina de la mente de Jaxon mientras planeaban sus próximos pasos. A medida que el sol se elevaba más en el cielo, ambos sabían que al final del día, el pasado de Carlos no sería más que cenizas.

Ella hace un gesto para que Jaxon se siente, sus manos temblando ligeramente mientras camina de un lado a otro en la pequeña sala de estar. El peso de lo que él ha descubierto la presiona—esas fotos y cartas podrían arruinarlo todo. No eran solo restos del pasado de Carlos, sino pruebas de lazos peligrosos y decisiones que esperaban que permanecieran enterradas.

"Nana," dice Jaxon en voz baja, rompiendo el tenso silencio. "¿Cómo hacemos todo esto, entonces?"

Martha deja de caminar, sus labios se aprietan en una delgada línea. Mira a Jaxon, su nieto, la única persona a la que ha tratado de proteger todos estos años. Sabe que la verdad lo devastará, pero más que eso, destruirá a Emma. Y si la policía pone sus manos en esto... no hay forma de saber lo que sucederá.

"Primero," dice Martha finalmente, su voz baja y calmada, aunque sus ojos traicionan su pánico. "No le digas nada a tu madre. Ella no puede saber nada de esto. ¿Me entiendes? No podemos dejar que esto salga a la luz."

"¿Y qué pasa con el detective? Ya está haciendo preguntas sobre Carlos. Y estas cartas—Nana, prueban que él estaba metido hasta el fondo. No hay forma de que podamos simplemente ocultarlo."

El rostro de Martha se endurece. "No tenemos opción. Si tu mamá se entera... si alguien se entera, nuestra familia se destrozará. Carlos pudo haber sido un desgraciado, pero tú y yo—" Vacila, consciente de la profundidad de su propia implicación. "Estamos ligados a él, nos guste o no. Y has visto con qué tipo de gente estaba tratando. No se detendrán con él. Vendrán por nosotros."

Jaxon siente una oleada de náuseas apoderarse de él. No había pensado en las implicaciones más amplias, solo en librarse de la pesadilla que era Carlos. Ahora, con las palabras de Martha pesando sobre él, la situación se siente aún más desesperanzadora.

"Entonces, ¿dónde vamos para quemarlo todo?" pregunta Jaxon, su voz apenas un susurro.

Los ojos de Martha se entrecierran mientras su mente trabaja rápido, calculando su próximo movimiento. "Lo llevamos a mi casa. Al campo donde quemo mi basura," dice después de una larga pausa. "Quemamos las cartas. Quemamos las fotos, todo. Cualquier cosa que nos ate a Carlos y su desastre, todo debe ser destruido. No podemos permitir que nadie—especialmente ese detective—se entere de esto. Ni un solo rastro de evidencia puede sobrevivir."

Jaxon se queda allí sentado, su corazón latiendo con fuerza. Destruir la evidencia significa borrar cualquier posibilidad de justicia para lo que sea que Carlos estuviera involucrado, pero también significa proteger a su madre, proteger a su Nana... y protegerse a sí mismo.

"¿Y si alguien más lo sabe?" pregunta, con el miedo invadiendo su voz. "Carlos tenía gente. Gente que sabía más que nosotros. Podrían venir por nosotros."

La mirada de Martha se afila. "Entonces los enfrentamos. De una forma u otra. Realmente no sabemos en qué estaba metido, no del todo. Podemos negarlo todo si alguien nos confronta."

Hay un frío en sus palabras, una oscuridad que Jaxon no había visto antes. Entonces se da cuenta de que esto no es solo para encubrir el pasado de Carlos; es una cuestión de supervivencia.

"¿Estás segura de que podemos hacer esto?" pregunta Jaxon, con la duda carcomiéndolo.

"Oh, dulce niño... no tenemos otra opción," responde Martha, con voz firme. "Enterramos el pasado, Jaxon. O él nos enterrará a nosotros."

Con el corazón pesado, Jaxon asiente. Se levanta y sigue a Martha hacia el escritorio, donde comienzan la sombría tarea de borrar la sombra de Carlos de sus vidas.

Por la tarde, ella y Jaxon regresan a su casa. Reuniendo todo lo que han encontrado, lo sacan junto con la basura de la cocina. Usando líquido para encendedor, el fuego parpadea frente a ellos, consumiendo las pruebas de la vida que desearían poder olvidar. Jaxon siente el peso del secreto asentarse profundamente en sus huesos. Ahora lo seguiría a él, así como había seguido a Carlos.

33

A la mañana siguiente, Emma se sentó sola en la habitación tenuemente iluminada, sus dedos rozando el borde frío de una fotografía que yacía frente a ella. Era uno de los pocos recuerdos que tenía de Carlos; sus ojos oscuros parecían seguirla con una intensidad que hacía que su corazón se acelerara. El silencio a su alrededor era pesado, cargado de secretos que susurraban desde cada rincón de su hogar compartido.

Su mente corría con los fragmentos dispersos de información que había recopilado meticulosamente en las últimas semanas. Recibos arrugados en el fondo de los cajones, recordando las llamadas telefónicas en voz baja que no estaba destinada a oír, y el comportamiento cada vez más errático de Carlos antes de su desaparición—todos estos fragmentos gritaban juego sucio. Sin embargo, el corazón de Emma se aferraba a un pequeño hilo de esperanza, una frágil posibilidad de que quizás, solo quizás, hubiera otra explicación.

Incluso mientras lidiaba con el agudo dolor de la traición, la determinación de Emma se fortalecía. Necesitaba respuestas. La necesidad de descubrir la verdad sobre Carlos, sobre el hombre con el que se casó, la consumía. Pero bajo las capas de determinación, el miedo se enroscaba como una serpiente—el miedo de lo que esas verdades podrían revelar sobre las personas que amaba, sobre sí misma.

El agudo timbre del teléfono rompió el silencio, haciendo que Emma diera un respingo. Su mano tembló ligeramente mientras levantaba el auricular.

"¿Hola?" dijo, su voz más firme de lo que se sentía.

"Emma, soy el detective Michael Ross. Esperaba que pudiéramos reunirnos para hablar sobre algunos avances en el caso de su esposo."

Emma contuvo el aliento. Este era el momento—el momento en que el velo podría levantarse. La voz del detective era autoritaria pero llevaba un matiz de empatía que ofrecía un mínimo consuelo en medio de la tormenta de sus emociones.

"Por supuesto, Detective Ross," respondió Emma, midiendo cuidadosamente sus palabras. "¿Dónde le gustaría que nos encontráramos?"

"Hay una cafetería en el centro, The Roasted Bean. ¿Puede estar allí a las 3 PM?"

"Sí, allí estaré." Hizo una pausa, apretando el teléfono con más fuerza. "Gracias por mantenerme informada."

"Nos vemos entonces, señora Dawson." La línea se cortó.

Por un breve segundo, Emma se permitió cerrar los ojos, tomando una respiración profunda y estabilizadora. Cuando los volvió a abrir, sus ojos verdes reflejaban un torbellino de pensamientos. Se levantó, alisando su blusa con una mano experta, la fotografía de Carlos quedando sobre la mesa, mirándola fijamente.

La determinación fluía por sus venas mientras se dirigía hacia la puerta. Hoy enfrentaría al detective Ross, armada con gracia y coraje—una mujer en el borde de la revelación, preparada para lanzarse al abismo en busca de la verdad.

Emma Dawson entró por las puertas de The Roasted Bean, sus ojos recorriendo la habitación hasta posarse en la figura familiar del detective Michael Ross. Él estaba sentado en un rincón, con una taza humeante frente a él, su mirada fija en la entrada. El corazón de Emma latía con un ritmo caótico mientras se acercaba, cada paso medido y deliberado.

"Detective Ross," saludó, extendiendo una mano que no traicionaba los temblores que revoloteaban como pájaros enjaulados en su pecho.

"Sra. Dawson," respondió él, su apretón de manos firme, sus ojos azules evaluándola con una intensidad capaz de despojar cualquier pretensión.

"Gracias por reunirse conmigo en tan corto plazo."

Se alisó la tela de su falda y tomó asiento frente a él, su postura erguida, una encarnación de preocupación contenida. "Por supuesto," dijo, entrelazando sus manos sobre la mesa.

"Ha habido algunos avances," dijo el detective Ross.

Emma inclinó la cabeza, fingiendo el papel de la esposa ansiosa. "¿Noticias sobre Carlos?"

"De hecho, sí," comenzó Ross, su voz un murmullo bajo, "hemos descubierto algunas... inconsistencias en el comportamiento del Sr. Martínez antes de su desaparición."

Su pulso se aceleró, pero mantuvo su expresión moldeada en una de desconcierto y preocupación. "¿Inconsistencias? No entiendo."

"Su rutina cambió," explicó el detective. "Retiros de su cuenta conjunta, ausencias inexplicables, llamadas telefónicas a horas extrañas."

La mente de Emma trabajaba rápido, hilando las sospechas fragmentadas en un tapiz de miedo. Eran señales que había notado pero descartado, detalles en los que su familia podría estar implicada. Parpadeó lentamente, invocando sorpresa en sus facciones. "Yo—yo no tenía idea," mintió, las palabras sabiendo a cenizas en su lengua.

"¿Le parecía diferente en los días previos a su desaparición?" Ross la observaba de cerca, un cazador experimentado evaluando a su presa.

"Carlos estaba, bueno, distante. Dijo que estaba bajo mucho estrés," ofreció Emma, bordeando la verdad. "Guardaba mucho para sí mismo. Solo pensé que necesitaba espacio."

"Entiendo," asintió el detective, su escrutinio inquebrantable. "Estamos tratando de reconstruir sus movimientos. Cualquier cosa que pueda recordar podría ser crucial."

"Por supuesto," aseguró Emma, su mente girando con las implicaciones de sus próximas palabras. "Le he dicho todo lo que sé, pero si recuerdo algo nuevo, usted será el primero en saberlo."

El detective Ross asintió satisfecho. "Mantengámonos en contacto, Sra. Dawson. Y, por favor, llámeme si algo se le viene a la mente."

"Lo haré," prometió, su voz firme a pesar de la tormenta que se gestaba bajo su exterior sereno.

Emma se levantó, su silla rozando suavemente el suelo. Al caminar, sus hombros estaban cuadrados con la compostura fingida de alguien acostumbrado a las emergencias de la vida. Pero bajo su paso calmado, su corazón latía con fuerza, cada latido eco de la cacofonía de pensamientos que giraban en su mente. Empujó la puerta del baño de la cafetería, el suave clic de la cerradura le concedió un efímero santuario de las miradas inquisitivas del mundo exterior.

En la soledad del pequeño cuarto azulejado, Emma se apoyó en el frío lavamanos, mirando al espejo pero sin ver realmente su reflejo. La mujer que la miraba de vuelta era una extraña—compuesta, serena, sus ojos verdes no traicionaban el torbellino que rugía en su interior. Pero esos mismos ojos habían visto demasiado, y ahora no podían dejar de ver la siniestra red que atrapaba a su familia.

Alcanzó el grifo, dejando que el agua corriera fría antes de salpicarse el rostro. Fue un intento inútil de lavar la culpa que se aferraba a ella como una segunda piel. Sus respiraciones eran cortas, controladas, un ejercicio en mantener la fachada que lentamente se desmoronaba con cada segundo que pasaba.

El timbre de su teléfono rompió el silencio, una nota discordante en la quietud. Lo agarró, sus dedos temblando mientras leía el mensaje que apareció en la pantalla:

"Reúnete conmigo en Willow Park. Ahora. - Jax"

Su corazón dio un vuelco. Jaxon. Sus mensajes siempre eran directos, impregnados de una urgencia que desmentía sus años. No había espacio para preguntas, ni para la vacilación. Sabía, se dio cuenta—el peso de ese conocimiento se asentó como plomo en su estómago.

Al salir de la cafetería, preocupada por su hijo, también llevaba consigo el peso de su engaño, que presionaba sobre su conciencia. Emma sabía que el camino por delante estaba lleno de peligros, pero lo recorrería de buen grado—porque la verdad, por aterradora que fuera, debía ser desenterrada.

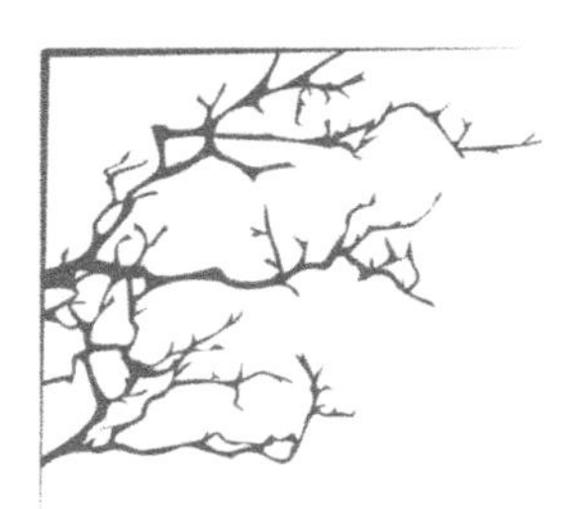

34

Sin decir una palabra, salió del baño, su salida de la cafetería pasó desapercibida tanto para el detective Ross, que aún estaba allí, como para los clientes inmersos en sus propios mundos. El sol de la tarde proyectaba largas sombras sobre la acera mientras ella se dirigía al parque, acelerando el paso con cada cuadra que dejaba atrás.

Willow Park era un remanso de tranquilidad en medio del caos de Oakdale, un lugar donde las risas de los niños solían llenar el aire, donde las parejas paseaban de la mano bajo el dosel de árboles centenarios. Pero hoy, para Emma, se sentía diferente. Hoy, era un escenario para las revelaciones que cambiarían el rumbo de su vida.

Encontró fácilmente el viejo roble, sus ramas nudosas eran un testimonio del paso del tiempo. Jaxon estaba parado debajo, su silueta grabada claramente contra la luz menguante. Su presencia era a la vez un consuelo y un presagio de verdades que no estaba segura de estar preparada para enfrentar.

"Jax," murmuró al acercarse, su voz apenas audible.

"Mamá," respondió, sus ojos color avellana clavándose en los de ella con una intensidad que decía mucho. En su mirada, ella encontró reflejos de sus propios miedos y la determinación para enfrentar cualquier tormenta que se avecinara.

El crujido nítido de las hojas secas bajo sus pies rompió el tenso silencio mientras Emma se acercaba a Jaxon. Él tenía la espalda hacia ella, los hombros cuadrados como si se preparara contra un adversario invisible. Se detuvo a unos pocos pasos de distancia, con el corazón martilleando en su pecho.

"Jaxon, ¿qué sucede?"

Él se giró, y la luz que se desvanecía se reflejó en su rostro, revelando la tensión en su mandíbula. "Lo van a descubrir, mamá. Hay demasiado que no tuvimos en cuenta," dijo, su voz cargada de urgencia.

La respiración de Emma se detuvo. "¿Nosotros? ¿A quién te refieres? ¿Qué hiciste?" La pregunta surgió como un susurro, impregnada de temor.

"Nunca se suponía que llegara a esto," admitió Jaxon, acercándose más. "Pero Carlos... él iba a arruinarlo todo, a nuestra familia, a nuestro nombre. Tenía que ser detenido."

"Detenido..." repitió Emma, la palabra se rompía en fragmentos en su mente. Detenido era igual a silenciado. Silenciado significaba ido. Y el que se fue...

"Dime que está vivo, Jax." Sus ojos buscaron los de él, desesperados por un rayo de esperanza.

"Mamá, yo... no puedo decirte eso." La confesión de Jaxon fue un golpe físico, dejándola tambaleándose sobre sus pies.

"¡Dios, Jaxon!" Las lágrimas se acumularon, amenazando con desbordarse. "¿Cómo pudiste? ¿Qué has hecho?"

"La abuela y yo, nos encargamos de ello." La mención de su propia madre involucrada en tal acto era una amarga píldora que no podía tragar.

"¿Qué? ¿Qué estás diciendo, Jaxon? Tú... ¿Nana... hicieron qué?" La voz de Emma vaciló, comenzó a tambalearse.

"Nos encargamos de ello, ¡tuvimos que hacer algo para protegerte!" Su explosión cortó el tranquilo parque. "Lo hicimos porque te amamos, lo hicimos para protegerte, ¿entiendes? Para protegernos a todos."

"¡El amor no destruye vidas, Jaxon!" replicó Emma, su dolor se transformó en ira. "¡Has cruzado una línea que nunca se puede deshacer!"

"Mamá, por favor. Tienes que entender..." Jaxon extendió la mano, pero ella retrocedió, abrazándose como para evitar la contaminación de sus acciones.

"¿Entender?" escupió, cada palabra era un fragmento de vidrio. "¿Qué hay que entender acerca de quitarle la vida a alguien, Jaxon? ¿Acerca de mentir y encubrirlo? ¿Cómo esperas que viva con esto?"

"Porque somos familia. Porque sin nosotros, estás sola." La súplica de Jaxon colgó entre ellos, un vínculo desesperado.

"Quizás estar sola sea mejor que vivir con este... este horror." El peso de lo que habían hecho la aplastaba, sofocante, implacable.

"Mamá, mírame." Dio un paso adelante de nuevo, sus manos suaves sobre sus brazos mientras la giraba para que lo mirara. "No podíamos simplemente quedarnos y dejar que siguiera destruyendo a nuestra familia."

"Destruyendo a nuestra familia..." repitió Emma con voz vacía. "Sí, nos está destruyendo, ahora hay sangre en nuestras manos, la sangre de Carlos."

"Mamá, no tienes que decírselo a nadie, nadie más lo sabe. Podemos..."

"Basta," susurró, liberándose de su agarre. "Basta."

El rostro de Jaxon era una máscara de tristeza y resolución. "Tuvimos que hacer todo lo necesario para arreglar esto. Por nosotros. Por nuestra familia."

"¿Arreglar?" Una risa amarga escapó de ella. "No puedes arreglar esto. Solo puedes ocultarlo, enterrarlo, y esperar que nunca salga a la luz."

"¿No vale algo eso? Mantener a nuestra familia unida?"

"¿Lo vale?" Emma preguntó, su voz era apenas un eco mientras se alejaba de él, la distancia aumentaba con cada paso. "No sé si puedo volver a mirarte, ni a la abuela, de la misma manera. No sé si puedo vivir con esto, Jaxon."

"Mamá, por favor..." Su voz se quebró, extendiéndose hacia su forma que se alejaba.

Pero ella se dio la vuelta, dejándolo de pie bajo el roble, una figura solitaria consumida por la creciente oscuridad. Emma siguió caminando, cada paso lejos de Jaxon era una batalla entre el amor que sentía por su familia y el horror de sus actos, una guerra que se libraba en su alma sin final a la vista.

La confrontación con Martha se desarrolló en la sala de estar donde las fotos familiares adornaban las paredes, sus sonrisas en marcado contraste con la tensión que ahora llenaba el aire como electricidad estática.

"Madre, ¿cómo pudiste?" La pregunta de Emma cortó el silencio, haciéndolo añicos en fragmentos irregulares. Sus ojos verdes, usualmente tan cálidos, ahora ardían con una furia que luchaba por contener.

Martha se mantuvo erguida, su cabello rojo como un halo ardiente a la luz del atardecer que entraba por la ventana. "Tienes que entender, Emma, hicimos lo necesario por la familia. Por nosotros."

"¿Qué? ¿Haciendo daño a Carlos? ¿Haciéndolo desaparecer?" Las palabras salieron de la boca de Emma, cada una impregnada de incredulidad y dolor.

"La vida es compleja, niña. A veces la elección correcta no es siempre la más amable," dijo Martha, su tono inquebrantable. Era la voz de la razón que había guiado a Emma toda su vida, pero ahora sonaba discordante.

"¿Eso es lo que somos ahora? ¿Una familia de secretos y mentiras?" Las manos de Emma temblaban, y las entrelazó para mantenerlas quietas.

"A veces el amor significa protegernos unos a otros de las duras verdades," respondió Martha, su mirada inquebrantable.

"¿Incluso cuando nos destruye por dentro?" replicó Emma, su agitación interna desbordándose. El olor del perfume de lavanda de su madre se mezclaba con el aroma de la traición, asfixiándola.

"Especialmente entonces," insistió Martha, su voz suave pero firme.

Se quedaron allí, dos reflejos de la misma sangre, unidos por el amor y desgarrados por decisiones que las atormentarían a ambas. En las profundidades de los ojos de Martha, Emma buscó absolución pero solo encontró la resolución de una mujer que creía haber hecho lo necesario.

Cuando cayó la noche, la casa las envolvió en sombras, una familia unida y dividida por los secretos que guardaban. Emma luchó con el conocimiento del oscuro enredo de su familia y la comprensión de que algunos lazos, una vez rotos, nunca podrían ser completamente reparados.

Emma tomó una respiración profunda, calmando sus nervios mientras el silencio se alargaba entre ellas.

"¿Dónde está él... qué hicieron con su... dónde está?"

"Lo pusimos bajo el árbol, el mismo lugar donde pusimos las cenizas de tu padre. Está bajo la lápida. La mandé a poner nuevamente después de un 'accidente' con el cortacésped nuevo." Martha dijo con una calma aterradora en su voz.

"Mamá," comenzó, su voz vacilante pero determinada, "no nos expondré... pero no esperes que lo olvide." Las palabras quedaron suspendidas en el aire, un voto cargado de tristeza y resignación.

Los ojos de Martha se suavizaron ligeramente, la primera grieta en su fortaleza de convicción. "Lo sé, Em," murmuró, "y viviremos con eso. Tenemos que encontrar una manera de seguir adelante, juntas."

Una frágil comprensión pasó entre ellas, tan delicada como la seda de una araña y tan propensa a romperse bajo demasiada tensión. Emma se dio la vuelta, alejándose hacia la puerta, con cada paso resonando como una despedida silenciosa al hogar que alguna vez fue su refugio.

Se retiró a su habitación, cerrando la puerta tras la silueta cansada de Martha. Las paredes parecían cerrarse a su alrededor, los patrones familiares del papel tapiz ahora le recordaban los barrotes de una jaula. Emma se hundió en la cama, los muelles crujieron bajo el peso de su desánimo.

En la quietud de su refugio, la magnitud de su decisión se posó sobre ella como un sudario. Emma se abrazó a sí misma, buscando un consuelo que no encontraba, su mente tambaleándose por la obligación de proteger un secreto que le carcomía la conciencia como una plaga implacable.

La imagen de Carlos la atormentaba: su sonrisa, que alguna vez iluminó sus días más oscuros, ahora era solo un destello fantasmal en los rincones de su memoria. ¿Cómo podía reconciliar el amor que sentía por su familia con el horror de lo que habían hecho?

"Protégelos," susurró una voz desde su interior, el mantra echando raíces. Era un compromiso grabado en el dolor, esculpido por la necesidad. Emma comprendió que proteger a su familia significaba una vida de mirar por encima del hombro, cada golpe en la puerta un posible desastre, cada mirada de soslayo una semilla de sospecha.

Sin embargo, a medida que avanzaba la noche, su determinación se endureció como hielo en un cristal invernal. Llevaría ese secreto, lo enterraría bajo capas de sonrisas y conversaciones mundanas. Emma Dawson, una vez fortaleza de empatía y cuidado, ahora blindaba su corazón contra el embate de verdades que podían destruir la esencia de su ser.

Cuando el amanecer pintó el cielo con tonos de nuevos comienzos, Emma emergió de su capullo de contemplación. Sus ojos verdes, antes reflejo de vulnerabilidad, ahora brillaban con una fortaleza silenciosa. Tomó la desgarradora decisión de caminar por la cuerda floja tejida con mentiras y sacrificios, de proteger a su familia, sin importar el costo.

"Lo que sea necesario," susurró al aire frío de la mañana, su aliento formó una neblina frente a ella, un testamento espectral de las cadenas invisibles que voluntariamente sujetó a su alma.

35

Emma se sentó inmóvil en el sofá azul, la tenue luz de la lámpara de mesa proyectando largas sombras por toda la habitación. Sus manos sostenían su rostro, con los dedos entrelazados en los ricos mechones rubios de su cabello, como si aferrarse a ellos pudiera anclarla a la realidad. La tela del cojín bajo ella estaba húmeda, testimonio de la cascada silenciosa que aún no había cesado. Respiraba entrecortadamente, el aire temblando en su interior como si viajara a través de un campo de cardos, punzante y frío.

La casa estaba en silencio, excepto por sus sollozos que resonaban contra las paredes desnudas, llenando el espacio con el sonido del desamor. Los libros escolares de Jaxon yacían abandonados en el suelo, sus colores brillantes en marcado contraste con la oscuridad que envolvía su alma. El bastidor de punto de cruz de Martha descansaba en la repisa de la chimenea, la aguja a medio camino, como congelada en el tiempo. Estos vestigios de la vida doméstica parecían artefactos de otro mundo, uno en el que la sombra de las acciones de su familia no se cernía sobre ella.

Con cada lágrima que surcaba su mejilla, Emma luchaba con una tormenta interna. El amor por su hijo, Jaxon, chocaba con el horror de sus actos, su vínculo ahora manchado por una mancha carmesí que ningún grado de afecto maternal podría limpiar. Y luego estaba Martha, su roca, su feroz protectora, cuyo afilado tono había susurrado justificaciones que enfriaban a Emma hasta la médula.

"¿Es apoyarlos mi complicidad?" murmuró en el silencio, la pregunta colgando pesadamente en el aire. "¿O abandonarlos es una traición a todo lo que soy, a todo lo que le he enseñado a ser?"

Su naturaleza cariñosa, perfeccionada a lo largo de los años cuidando a los enfermos y consolando a los moribundos, ahora enfrentaba su mayor prueba. ¿Podría la empatía extenderse a aquellos que cometen lo imperdonable? Como enfermera, había sostenido las manos de muchos, ofreciendo consuelo sin juzgar. Pero estos no eran extraños; eran su propia carne y sangre, sus vidas entrelazadas con la suya de maneras que desafiaban la ética simple.

Los ojos verdes que tan a menudo habían sido una fuente de consuelo para otros, ahora reflejaban una turbulencia que no podían calmar. Las certezas de su vida se habían derrumbado, dejándola varada en un lodazal moral que la arrastraba más profundamente con cada intento de liberarse. Emma sabía que el mundo fuera de esas paredes exigiría justicia, pero el santuario del hogar imploraba lealtad.

"¿Dónde estoy, Jax, Ma?" susurró a la nada que la rodeaba, buscando respuestas que se negaban a llegar. El peso de la decisión la presionaba, sofocante en su gravedad. Protegerlos era hundirse en el abismo junto a ellos, pero exponerlos era arrancarse el propio corazón.

Una figura solitaria en medio de los escombros de su vida, la determinación de Emma parpadeó como la llama de la vela en el alféizar de la ventana, un faro en busca de la verdad en la oscuridad creciente. Era una elección entre el amor que había definido su existencia y la justicia que mordía su conciencia, cada uno tan implacable y exigente como el otro.

Y en ese momento, mientras las lágrimas continuaban su implacable camino, Emma Dawson comprendió el verdadero costo del amor. No se medía en la dulzura de los momentos tiernos, sino en los amargos residuos de las decisiones que partían el alma en dos.

Las rodillas de Emma cedieron mientras se levantaba del sofá, sus pies encontrando un ritmo en el suelo de madera que hacía eco al compás de su corazón palpitante. Caminaba de un lado a otro, cada paso un latido en la tumultuosa sinfonía de sus pensamientos. Su mente era un torbellino, girando con la gravedad de decisiones aún no tomadas y verdades que podrían destrozar los cimientos mismos de sus vidas.

Mientras se movía, una ráfaga de viento sacudió los cristales de las ventanas, y la habitación pareció cerrarse sobre ella. Las paredes, antaño adornadas con los reconfortantes matices de la vida familiar, ahora se sentían opresivas, atrapándola en una prisión de su propia creación. Se detuvo un momento, cerrando los ojos contra el asalto implacable de los recuerdos.

DOS SEMANAS DESPUÉS.

El aire a su alrededor cambió, y ya no estaba en la sala de estar mal iluminada, sino bañada por el cálido resplandor de una noche de verano ya lejana. La risa se derramaba por la ventana abierta de la cocina, llevándose consigo el chisporroteo de una barbacoa y la dulce fragancia del jazmín en flor.

"¡Emma, ven rápido! Jax está a punto de revelar su obra maestra," llamó Martha, su voz teñida de alegría.

Emma recordó haber salido al patio, donde Jaxon estaba de pie, con sus extremidades larguiruchas y su orgullo adolescente, volteando con cuidado las hamburguesas con una espátula desmesurada. Sus ojos color avellana brillaban con emoción mientras presentaba cada empanada perfectamente dorada como un tesoro desenterrado de las profundidades de una aventura culinaria.

"¡He aquí, los frutos de mi trabajo!" había exclamado, y se habían reído juntos, una familia unida en la sencilla alegría.

Martha, con su cabello rojo brillando al sol poniente, descansaba su mano en el hombro de Emma, un mensaje silencioso de solidaridad y amor que trascendía las palabras. Era un cuadro de satisfacción, una instantánea de una vida arraigada en el afecto compartido y el apoyo inquebrantable.

Un suspiro agudo escapó de los labios de Emma al ser arrancada de nuevo al presente, el calor de la reminiscencia desvaneciéndose en el frío de su vigilia solitaria. Tragó saliva con dificultad, el sabor de esos tiempos más felices se convirtió en cenizas en su boca.

"¿Dios, qué voy a hacer?" murmuró para sí misma, reanudando su inquieto andar. Las apuestas eran inimaginables; la verdad tenía el poder de desentrañar todo lo que habían construido, cada recuerdo que habían atesorado. Sin embargo, el silencio era complicidad, una mancha oscura que se extendería a través de la tela de su ser, dejando marcas indelebles en su alma.

Sus pies trazaban caminos sobre las tablas del suelo, desgastadas y pulidas por años de pasos de los Dawson. Con cada zancada, sopesaba el costo de la lealtad contra el precio de la justicia. ¿Cómo podría traicionar a su propia carne y sangre? Pero, ¿cómo no hacerlo, cuando el espectro de sus actos pendía sobre ellos como la hoja de una guillotina, lista para caer?

Las manos de Emma se cerraron en puños a su lado, sus uñas clavándose en las palmas. La dualidad de su amor por Jaxon y su madre guerreaba con la cruda realidad de sus acciones. Sus rostros—la mirada intensa de Jaxon, la mandíbula decidida de Martha—destellaron ante sus ojos, instándola al silencio, suplicando por protección.

Sin embargo, en algún lugar profundo, una parte de Emma gritaba por liberación, por el fuego purificador de la verdad que quemara las telarañas de engaño. Dejó de caminar, quedando inmóvil mientras los últimos rayos de sol morían, dejando la habitación en el dominio del crepúsculo.

En las sombras, Emma Dawson encontró un atisbo de resolución. Mañana traería sus propios juicios, sus propias demandas de respuestas, pero esta noche ella estaba en la encrucijada de su propia conciencia, una centinela que protegía la frágil frontera entre el amor y el honor.

Emma se agachó junto a la baja mesa de centro, sus dedos acariciando los lomos de los libros a los que había recurrido en tiempos de necesidad. Guías de autoayuda, manuales de enfermería, un marcado contraste con el caos que se agitaba dentro de ella. El silencio de la sala retumbaba demasiado fuerte, cada tictac del reloj de pared un sonoro martillo en el tribunal de su mente.

"Quizás alguien más deba saberlo," susurró al silencio, las palabras sintiéndose como blasfemia en su lengua. ¿Podría confiar en Rachel, su amiga de toda la vida que compartía recuerdos de infancia, pero no el peso de esta verdad? Emma imaginó los ojos de Rachel ensanchándose de sorpresa, el inevitable retroceso. La confianza podía romperse en los duros acantilados del juicio, y las amistades una vez quebradas eran difíciles de reparar.

36

Pero, ¿y si buscara consejo de un desconocido, un profesional con un código de confidencialidad? Un terapeuta que pudiera ofrecer una perspectiva desapegada, no contaminada por conexiones personales. Sin embargo, incluso ese pensamiento hizo que el pánico recorriera sus venas. ¿La verían como cómplice? ¿Su deber de informar prevalecería sobre su papel como confidente?

Las lágrimas amenazaron con volver a brotar, desdibujando los bordes de la habitación, cuando su mirada se posó en el marco que descansaba entre los recuerdos dispersos sobre la mesa. Con pasos vacilantes, se acercó, su mano extendiéndose con aprensión antes de que sus dedos se curvaran alrededor del frío metal.

El momento capturado era de pura felicidad: la risa de Jaxon congelada a medio reír, sus ojos color avellana brillando con una alegría sin reservas. A su lado, Martha se erguía orgullosa, su cabello rojo como una llama vívida contra el fondo apagado, su brazo alrededor de los hombros de su nieto en un abrazo protector. Sus sonrisas eran un testimonio del vínculo que compartían, un lazo que ahora mantenía a Emma en un precipicio.

Sus dedos recorrieron el cristal, trazando los contornos de los rostros de Jaxon y Martha, el gesto una disculpa silenciosa por siquiera considerar la traición. Recordaba la fuerza en el abrazo de Jaxon, la seguridad en el apoyo inquebrantable de Martha. ¿Cómo podía destruir las vidas de aquellos a quienes más amaba?

"Perdónenme," murmuró a las imágenes sonrientes. La foto tembló en su mano, una manifestación física de la guerra que se libraba dentro de su alma. El amor, feroz y envolvente, luchaba contra la insistencia punzante de su conciencia.

Emma sostuvo el marco cerca de su pecho, el latido de su familia pulsando contra su corazón. Ella era la guardiana de sus secretos, la protectora de su pasado—y ahora, la arquitecta de su futuro incierto.

Emma inhaló profundamente, el aire llenando sus pulmones como una fuerza flotante, estabilizando el temblor de sus extremidades. La fotografía en su mano, un relicario de tiempos más felices, fue colocada suavemente de nuevo sobre la mesa como si estuviera hecha del vidrio más fino, su alegría demasiado delicada para soportar su realidad. Enderezó su espalda, cada vértebra encajando en su lugar con una firmeza recién encontrada que anclaba su espíritu vacilante.

Sus ojos, una vez nublados por las lágrimas, se aclararon mientras se limpiaba la humedad de las mejillas con el dorso de su temblorosa mano. Había una decisión que tomar, una que envolvería a su familia en la armadura de su resolución. La postura de Emma, rígida e inquebrantable, ahora contaba una historia de determinación—una proclamación silenciosa de que protegería a Jaxon y Martha a cualquier costo.

El silencio de la habitación, denso con secretos y el eco de recuerdos distantes, fue destrozado por el penetrante sonido del teléfono. Cortó la quietud como una llamada de sirena, exigiendo atención, susurrando miedo. El corazón de Emma se saltó un latido, luego duplicó su ritmo en un frenético tamborileo de ansiedad.

"¿Señora Dawson?" llegó la voz ronca desde el otro lado—el Detective Michael Ross. Su tono era neutral, pero incluso sin ver su mirada penetrante, Emma la sintió sobre ella, disecando cada palabra, buscando la verdad entre las sombras.

"Detective Ross," respondió, su voz firme a pesar del caos que danzaba en su pulso. "¿En qué puedo ayudarlo?"

"Ah, solo estoy dando seguimiento a algunos detalles sobre la desaparición de Carlos," dijo con tono casual. Siguió hablando sobre la nueva información que había descubierto sobre su esposo; sin embargo, el rastro se había enfriado. La naturaleza informal de sus palabras desmentía la gravedad que llevaban, cada una un posible campo minado bajo la superficie de su compostura.

"Por supuesto," logró decir Emma, con el auricular pegajoso contra su piel. Su mente corría mientras él hablaba, los pensamientos dispersándose como hojas en una tormenta. ¿Qué sabía él? ¿Qué había descubierto?

El pulgar de Emma vaciló sobre el botón de finalizar llamada, su aliento un susurro silencioso atrapado en su pecho. Casi podía sentir la mirada del Detective Ross a través del teléfono, sus ojos lo suficientemente afilados como para cortar mentiras como un bisturí.

"Señora Dawson," comenzó el Detective Ross, su voz firme y deliberada, "en casos como estos, a menudo encontramos que las personas cercanas a la situación pueden recordar algo que inicialmente pasaron por alto. Cualquier cosa puede ser útil."

"Oh, detective, por favor, no esto otra vez, ya lo he repasado todo con usted antes." Respondió Emma, su voz una melodía controlada de preocupación e inocencia. Sintió el peso de cada una de sus palabras, cada una un peldaño sobre un abismo de sospecha. "De nuevo, como dije, Carlos y yo... teníamos nuestras dificultades, pero nada que lo llevara a... irse de esta manera."

"Entendido," respondió. El silencio se extendió entre ellos como una cuerda floja, y Emma sabía que debía avanzar con cuidado. "¿Y no ha habido ninguna actividad inusual alrededor de su casa? ¿Ningún visitante inesperado?"

"Nada fuera de lo común, detective." Una mentira envuelta en la manta de la verdad; había aprendido a jugar este juego demasiado bien. "Aunque, con todo lo que está sucediendo, podría no haberlo notado."

"A veces, el detalle más pequeño puede ser la clave," dijo el Detective Ross. Su tono era alentador, pero Emma percibió el escrutinio subyacente, el desafío no dicho.

"Créame, detective, como ya he dicho antes, si pienso en algo, usted será el primero en saberlo," le aseguró, sus dedos aferrando el marco de la foto en la mesa junto a ella en busca de fuerza.

"Gracias, señora Dawson. Eso es todo por ahora. Lo mantendremos informado sobre cualquier progreso." La formalidad en su voz era un telón que caía tras una actuación, señalando el final, al menos por el momento.

"Gracias, detective Ross. Adiós." Al terminar la llamada, la tensión en su cuerpo se desenredó como un resorte fuertemente enrollado. Emma cerró los ojos, permitiéndose un solo y tembloroso suspiro. Su corazón aún latía con un ritmo errático contra sus costillas, pero poco a poco se estaba estabilizando.

Lo había logrado. Había mantenido la fachada de la esposa afligida y desconcertada. Emma abrió los ojos, mirando los rostros de Jaxon y Martha, sonriéndole desde el marco de la foto. Su resolución se endureció como hielo en sus venas; los protegería, sin importar qué tormentas pudieran venir.

Emma permaneció inmóvil, el silencio de la sala envolviéndola como una manta sofocante. Se sentó allí, una figura solitaria empequeñecida por la inmensidad del espacio vacío, su rostro teñido de emociones encontradas. Afuera, el mundo seguía su curso, ajeno a la tormenta que se desataba dentro de las cuatro paredes de su hogar. Su mirada estaba fija en la ventana, sus ojos siguiendo el suave balanceo de las ramas desnudas en la fresca brisa vespertina.

La carga que ahora llevaba era colosal, un peso que presionaba sobre su pecho con una fuerza casi física. El futuro—un remolino de incertidumbre y peligro—se alzaba ante ella. ¿Cómo podría navegar este camino traicionero? Las vidas de Jaxon y Martha, las dos personas que eran su mundo, estaban en juego. La mente de Emma era un caos de planes desesperados y oscuros escenarios, cada uno chocando con el siguiente sin llegar a una resolución.

Un coche pasó afuera, sus faros iluminando brevemente la sala, proyectando largas sombras que danzaron por las paredes. Emma parpadeó, rompiendo momentáneamente el estado de trance al ser recordada del paso del tiempo, de la necesidad de actuar. La claridad perforó el velo de su indecisión.

Se levantó del sofá, una determinación recién adquirida marcándose en su postura. La suavidad que solía adornar sus rasgos había dado paso a una resolución de acero. Sus manos se cerraron en puños a los costados, los nudillos blancos por la fuerza de su agarre. El destello en sus ojos verdes se endureció, reflejando una resolución que había estado ausente antes. Emma Dawson protegería a su familia, pasara lo que pasara.

Su voto silencioso llenó la habitación, resonando en las paredes con la promesa no dicha de una guerrera preparándose para la batalla. Los desafíos por delante eran formidables, pero el amor de Emma era una fortaleza, y ella lo defendería con todo lo que tenía. Con cada respiración firme, se preparó para la lucha de su vida.

37

Emma se sentó en el pequeño café cerca del hospital, sus dedos tamborileando un ritmo nervioso sobre la mesa mientras revolvía su café intacto. Durante días, el peso de los secretos de su familia había estado presionándola, amenazando con quebrar su fachada cuidadosamente mantenida.

Rachel no era solo una colega; era una confidente en quien Emma confiaba, alguien a quien podía acudir sin miedo a ser juzgada. Hoy, sabía que debía desahogarse antes de que la presión la destrozara.

Cuando Rachel llegó, su cálida sonrisa fue un bálsamo para los nervios desgastados de Emma. Mientras se acomodaba en la silla frente a ella, una preocupación se reflejó en sus ojos. "Emma, me alegra verte. Tu mensaje sonaba... inquieto. ¿Qué está pasando?"

El corazón de Emma latía con fuerza mientras tomaba una respiración profunda, su voz apenas un susurro. "Primero necesito saber, ¿puede ser esto estrictamente confidencial?"

"Claro, ¿qué sucede? ¿Todo está bien en casa?" preguntó Rachel, arrugas de preocupación formándose en su rostro impecable.

"No sé ni por dónde empezar, Rach. Todo está tan enredado: mi madre, Jaxon, Carlos. Todo parece estar desmoronándose, y no puedo mantenerlo unido por más tiempo."

Rachel se inclinó, frunciendo el ceño. "Tómate tu tiempo, Emma. Empecemos con Jaxon. ¿Qué está pasando con él?"

La mirada de Emma se dirigió al café, observando el líquido oscuro mientras hablaba. "Últimamente se ha vuelto tan distante. Las pesadillas atormentan su sueño, pero no quiere hablar conmigo sobre ellas. Cada vez que intento acercarme, él simplemente... se cierra. Y luego está Carlos... desde que desapareció, Jaxon no puede dejar de mencionarlo. Es como si estuviera obsesionado."

"¿Y tu madre?" preguntó Rachel con suavidad.

Los ojos de Emma se elevaron, una mezcla de confusión y preocupación evidente en su expresión. "Mamá está actuando... extraña. Siempre ha sido fuerte, pero ahora es como si estuviera guardando algún terrible secreto. Lo siento, una corriente subterránea de... algo. No puedo identificarlo, pero está ahí."

Rachel asintió lentamente, procesando la información. "Parece que hay mucha tensión en tu familia en este momento. ¿Has hablado con el Dr. Thompson sobre estos cambios?"

Emma dudó, bajando la voz aún más. "Tengo una cita esta tarde. Pero Rachel, Jaxon encontró algo en el escritorio de Carlos. Fotos viejas, cartas... cosas que muestran a Carlos de una manera completamente distinta. Estoy empezando a pensar que hay más en su desaparición de lo que imaginábamos. Y estoy dividida, Rach. ¿Debo investigar más, o dejar las cosas como están?"

La expresión de Rachel se volvió seria. "Emma, esto suena como si pudiera ser bastante serio. ¿Has considerado acudir a la policía? Si Carlos estaba involucrado en algo peligroso, podrías estar fuera de tu profundidad aquí."

"No puedo," susurró Emma, sus nudillos blancos mientras agarraba el borde de la mesa. "Mi madre... está aterrorizada. Dice que todos estaremos en peligro si alguien se entera. Tengo miedo por Jaxon, por lo que esto podría hacerle si no lo manejamos con cuidado. Pero ya no sé cuál es la forma correcta de manejarlo."

Rachel extendió la mano, descansándola de forma reconfortante sobre la de Emma. "Emma, escúchame. Tu prioridad tiene que ser proteger a Jaxon. Secretos como este... consumen a las personas. Eres enfermera; sabes el impacto que el estrés y el trauma pueden tener, no solo físicamente, sino emocionalmente. Y si Martha insiste en el silencio, necesitas preguntarte por qué. ¿De qué tiene tanto miedo?"

Una lágrima se deslizó por la mejilla de Emma, rápidamente eliminada. "Simplemente me siento tan perdida, tan sola en todo esto."

"No estás sola, Emma," le aseguró su amiga, su voz firme pero amable. "Confía en tus instintos. Si sientes que esto es más de lo que puedes manejar, no tengas miedo de buscar ayuda. Habla con Jaxon otra vez, insiste si es necesario, pero no dejes que este secreto destruya a tu familia. Y recuerda, estoy aquí si me necesitas. No dudes en acudir a mí."

Al salir del café, una pequeña chispa de determinación se encendió dentro de Emma. El peso de los secretos de su familia aún presionaba con fuerza, pero las palabras de Rachel resonaban en su mente. De una forma u otra, llegaría al fondo de esto, antes de que fuera demasiado tarde.

En la quietud, el tic-tac del reloj se convirtió en una cuenta regresiva, cada segundo cortando el aire, recordándole a Emma el precipicio en el que se encontraba. Se apartó un mechón de cabello rubio detrás de la oreja, un intento débil de mantener la compostura antes de que su mundo volviera a quedar al descubierto.

Sus ojos se fijaron en la puerta por la que emergería el Dr. Thompson, el umbral entre su caos interno y la promesa de claridad. Emma se recostó, rindiéndose al abrazo engañosamente suave del sofá, el único testigo de su lucha privada antes de que comenzaran las confesiones.

La puerta se abrió con un susurro, una suave perturbación en el aire cargado de anticipación. La Dra. Amelia Thompson entró, su presencia como un bálsamo para el ambiente tenso. Su sonrisa era un faro de calma, irradiando comprensión sin pronunciar una palabra. Se movió con gracia pausada, cerrando la puerta detrás de ella con un suave clic que parecía sellar el mundo exterior.

"Emma," la saludó, pronunciando su nombre con calidez. "Me alegra que estés aquí hoy." La Dra. Thompson hizo un gesto hacia el sofá frente a su silla, el espacio entre ellas era tanto una invitación como una arena para las batallas del alma.

"Gracias, Dra. Thompson," respondió Emma, su voz un hilo tembloroso en el tejido de su intercambio. Se abrazó a sí misma, como si intentara sostenerse, sus nudillos blancos por el esfuerzo.

" Dime," comenzó la Dra. Thompson, acomodándose en su silla con una facilidad practicada, "¿Qué pensamientos han estado rondando tu mente desde nuestra última sesión? Puedo ver que hay algo que te inquieta.

Los ojos de Emma, un tumultuoso mar verde, brillaban con la lucha por anclar sus palabras. "Es solo que..." La frase se desvaneció, un pájaro demasiado cansado para alzar el vuelo. "No sé por dónde empezar. Todo se siente tan enredado, como un nudo que solo se aprieta más cuanto más trato de deshacerlo."

"A veces," Ofreció la Dra. Thompson con suavidad. "ayuda simplemente a expresar lo que tienes en la mente en este mismo momento. La primera hebra que te venga, por trivial que parezca."

"Carlos," Exhaló Emma el nombre, y con él, las barreras empezaron a desmoronarse. "Ha desaparecido, y siento que me estoy ahogando en el silencio que dejó. No es solo su ausencia... son las preguntas, las miradas, los susurros. Están en todas partes, asfixiándome."

"¿Desaparecido?" Repitió la Dra. Thompson, su tono desprovisto de juicio, invitando a mayor confianza. "¿Cuándo fue la última vez que lo viste?"

"Hace seis Semanas," susurró Emma, su mirada descendiendo hacia su regazo como si la verdad se encontrara entre los pliegues de su falda. "Tuvimos una pelea, terrible, y luego... nada. Simplemente se fue."

"Dime," comenzó la Dra. Thompson, acomodándose en su silla con una facilidad práctica, "¿qué pensamientos te han visitado desde nuestra última sesión? Puedo ver que hay algo que pesa en tu mente."

Los ojos de Emma, un mar turbulento de verde, reflejaron la lucha por anclar sus palabras. "Es solo que..." La frase se desmoronó, un pájaro demasiado cansado para volar. "No sé por dónde empezar. Todo se siente tan enredado, como un nudo que se aprieta más cuanto más intento deshacerlo."

"A veces," sugirió suavemente la Dra. Thompson, "ayuda simplemente decir lo que tienes en la punta de la lengua. La primera idea que te venga a la mente, no importa cuán trivial parezca."

"Carlos," exhaló Emma el nombre, y con él, las barreras comenzaron a desmoronarse. "Ha desaparecido, y siento que me estoy ahogando en el silencio que dejó. No es solo su ausencia... son las preguntas, las miradas, los susurros. Están en todas partes, asfixiándome."

"¿Desaparecido?" repitió la Dra. Thompson, su tono desprovisto de juicio, invitando a mayor confianza. "¿Cuándo fue la última vez que lo viste?"

"Hace seis Semanas," susurró Emma, su mirada descendiendo hacia su regazo como si la verdad se encontrara entre los pliegues de su falda. "Tuvimos una pelea, terrible, y luego... nada. Simplemente se fue."

"Las discusiones pueden ser dolorosas, especialmente con aquellos a quienes queremos profundamente. ¿De qué se trataba, si te sientes cómoda compartiéndolo?" preguntó la Dra. Thompson.

Emma vaciló una vez más, la batalla interna marcada en su rostro. "Fue sobre su familia... sobre secretos que están envenenando todo. Y ahora, estoy atrapada en medio, sin saber si soy el antídoto o solo otra dosis del veneno."

“Los secretos pueden ser cargas muy pesadas de llevar,” reconoció la Dra. Thompson, sus ojos azules reflejando empatía. “No estás sola en esto, Emma. Navegaremos estas aguas turbulentas juntas.”

"Gracias.” murmuró Emma, una sonrisa frágil tocando sus labios mientras encontraba la mirada de la Dra. Thompson. En ese pequeño intercambio, un rayo de esperanza brilló, una luz sutil pero desafiante contra la oscuridad que se cernía sobre sus miedos.

La Dra. Thompson se acomodó en su silla, una centinela silenciosa en medio de la tormenta de Emma. Sus dedos se unieron en un entrelazado suave, y se inclinó ligeramente hacia adelante, un ancla en la tempestad de las emociones de Emma.

“Emma,” comenzó la Dra. Thompson, su voz una cuerda lanzada a través del abismo de la incertidumbre, “Esta habitación es un santuario para tus pensamientos y miedos. No importa cuán oscuros o enredados parezcan, aquí puedes dejarlos al descubierto, segura de que serán recibidos con comprensión, no con juicio.”

Emma inhaló profundamente, como si respirara el valor ofrecido por las palabras de la Dra. Thompson. La habitación parecía aislada del mundo exterior, un universo privado donde sus verdades podían desarrollarse sin consecuencias.

“Carlos,”—comenzó Emma, su tono un hilo tembloroso en el aire quieto. “Él tiene esta... esta rabia dentro de él, como una bestia que no puede controlar. Sus manos se retorcían en su regazo, los nudillos palidecían por el esfuerzo de su confesión. —Esa noche, la discusión que tuvimos... desató algo en él, algo que nunca había visto antes."

"¿Puedes contarme qué provocó la discusión?" La consulta de la Dra. Thompson fue suave, pero tiró de las costuras de la reluctancia de Emma.

"Su teléfono," respondió Emma, la palabra siendo un catalizador para su calma desmoronada. "Vi un mensaje de otra mujer. No era solo coqueto; era evidencia de una aventura... de muchas, creo. Cuando lo confronté, estalló en furia." Hizo una pausa, sus ojos acosados por el recuerdo. "Me acusó de invadir su privacidad, de estar paranoica y ser controladora."

"Paranoica y controladora son acusaciones fuertes," Observó suavemente la Dra. Thompson. "¿Crees que hay algo de verdad en esas palabras o podrían ser reflejos de su propia culpa?"

"Quizás ambas," Admitió Emma, su voz apenas por encima de un susurro. "Pero cuando amenacé con irme, con exponer sus mentiras, dijo cosas..." Se detuvo, una nueva ola de miedo envolviéndola.

"¿Cosas que te asustaron?" Indagó la Dra. Thompson, su presencia una luz constante.

"Sí." Confirmó Emma, sus ojos verdes llenándose de lágrimas no derramadas. "Dijo que si alguna vez intentaba irme, se aseguraría de que lo lamentara. Que nadie creería a la "enfermera loca" sobre él." Una lágrima escapó, trazando un camino reluciente por su mejilla. "Luego salió furioso. Y ahora... está desaparecido. Se desvaneció en el aire."

"Las amenazas como esa están hechas para atraparte, para mantenerte en silencio," dijo la Dra. Thompson, su tono cargado de gravedad y compasión. "Pero ahora estás hablando, Emma. Estás rompiendo ese silencio. ¿Cómo te sientes al compartir esto conmigo?"

"Aterradora," Admitió Emma, otra lágrima escapando. "Pero necesario. Como si aliviara una herida para dejar salir el veneno. Ya no puedo cargar esto sola."

"Ciertamente, las heridas deben respirar para sanar." Afirmó la Dra. Thompson. "Y no estás sola, Emma. Juntas encontraremos el camino hacia adelante."

Con cada palabra intercambiada, el pesado velo del secreto comenzó a levantarse, y dentro de los confines de la oficina de la Dra. Thompson, Emma Dawson encontró los primeros vestigios de liberación de las sombras opresivas lanzadas por Carlos Martínez.

Emma retorció sus manos, el tejido de su falda retorciéndose entre sus dedos mientras la Dra. Thompson se acomodaba en la silla frente a ella. Los ojos de la psicóloga estaban atentos, con una suavidad en su profundidad que invitaba a Emma a continuar.

"Cuéntame más sobre lo que te ha estado pesando." Instó suavemente la Dra. Thompson, inclinándose ligeramente hacia adelante, su mirada nunca apartándose del rostro de Emma.

"No es... no es solo Carlos," La voz de Emma fue un susurro, apenas rompiendo el silencio de la habitación. "Es todo lo que vino después. Las preguntas, la policía, y luego... luego está mi familia."

"¿Tu familia?" Repitió suavemente la Dra. Thompson, animándola a que elaborara.

"Desde que era niña, ha habido... secretos." Emma se detuvo, su respiración entrecortada mientras se tambaleaba al borde de la revelación. "Secretos que nos unen pero también nos destruyen."

"Los secretos pueden ser como cadenas," Reconoció la Dra. Thompson con un asentimiento. "Pesadas y frías. Pero al pronunciarlos en voz alta, así es como comenzamos a romperlas, Emma."

Emma tragó con dificultad, su mirada fugaz hacia la ventana antes de volver a centrarse en la Dra. Thompson. —Si hablo, si digo la verdad sobre Carlos... podría desmoronarlo todo. Mi madre, mi trabajo, nuestra reputación en Oakdale.

"¿Es la verdad sobre su desaparición o la verdad sobre estos secretos lo que te da más miedo?" Preguntó la Dra. Thompson, su voz un faro en la sombra del miedo de Emma.

"Ambas," Admitió Emma, su voz quebrándose. "Los secretos son viejos, Dra. Thompson. Oscuros. Son el tipo de secretos que no se desvanecen; permanecen, se pudren. Si salen a la luz..."

"Emma," Interrumpió la Dra. Thompson, su tono firme pero lleno de empatía, "Has estado cargando con estos pesos durante mucho tiempo. ¿Has considerado el costo que te está cobrando? El precio de proteger estos secretos?"

"Sí, pero ¿qué más puedo hacer? Si los saco a la luz, podría perderlo todo. Y sin embargo, aferrarme a ellos..." Emma se detuvo, sus ojos asombrados.

"A veces, Emma," Dijo la Dra. Thompson, su voz teñida de sabiduría, "Protegernos a nosotros mismos y a los que amamos significa enfrentar las verdades difíciles de frente.

Puede parecer imposible ahora, pero la fuerza suele venir de los lugares más inesperados."

"Fuerza." repitió Emma, saboreando la palabra como si fuera desconocida para ella. Su corazón latía con fuerza, la batalla interna que libraba ahora expuesta en los límites de este santuario.

"Recuerda, no estás tomando decisiones ahora mismo." la tranquilizó la Dra. Thompson. "Esto se trata de explorar tus sentimientos, entender tus miedos y considerar tus necesidades. Cualquiera que sea el camino que elijas, será con una mente más clara y un corazón más ligero."

Una claridad comenzó a atravesar la niebla de la confusión de Emma mientras se sentaba allí, atrapada en la tierna gravedad de la mirada de la Dra. Thompson. La realización la golpeó rápidamente; proteger o exponer—el poder temblaba en sus propias manos.

El reloj en la pared hacía tic-tac al ritmo del corazón acelerado de Emma mientras la Dra. Thompson se inclinaba hacia adelante, acercando la brecha entre doctora y paciente con una mirada que atravesaba las defensas.

"Consideremos los diferentes resultados." comenzó, su voz un ancla tranquila en la tormenta de la mente de Emma. "¿Qué podría pasar si eliges revelar lo que has estado ocultando?"

Los dedos de Emma se entrelazaron en su regazo, un salvavidas contra la ola de ansiedad."Si lo digo... es como sacar el seguro de una Granada." Susurró, sus ojos verdes reflejando un campo de batalla de emociones. "Mi familia... ¿y si nunca me perdonan?"

"El perdón es un viaje complejo, Emma," dijo la Dra. Thompson suavemente, ofreciendo una nueva perspectiva como una llave para una cerradura oculta. "Pero, ¿has considerado la posibilidad de sanar? No solo para ti, sino para todos los involucrados?"

Sanar. La palabra flotó en el aire, un concepto extraño en medio del caos al que Emma se había acostumbrado. Mordió su labio, reflexionando sobre el camino menos transitado, donde la verdad no necesariamente significaba destrucción.

"¿Y qué hay del peso que llevas?" insistió la Dra. Thompson con ternura, instándola a mirar las pesadas cadenas de secretos con las que se había atado. "¿Cómo cambiaría tu vida si fueras libre de eso?"

"Libertad..." La voz de Emma era apenas un suspiro, cargado de anhelo. "Podría respirar de nuevo. Dejar de mirar por encima de mi hombro. Pero ¿a qué costo?" Su mirada cayó al suelo, siguiendo los patrones de la alfombra como si ellos guardaran las respuestas que buscaba.

"Los costos son inevitables, independientemente de la elección," reconoció la Dra. Thompson, sus palabras resonando la dura realidad de la situación de Emma. "Pero también considera el costo del silencio. ¿Cómo ha moldeado eso tu vida, tus relaciones, tu propio sentido del ser?"

La habitación parecía cerrarse alrededor de Emma, con las paredes llenas de los espectros de las consecuencias y repercusiones. Sin embargo, dentro de ella, algo se agitó—un destello de coraje avivado por las preguntas penetrantes de la Dra. Thompson.

"El silencio... es asfixiante," admitió Emma, su determinación endureciéndose como hielo bajo un cielo invernal. “Me ha... me ha cambiado, me ha convertido en alguien que no reconozco. Alguien que tiene miedo todo el tiempo.”

“¿Es esa la persona en la que quieres seguir convirtiéndote?” preguntó la Dra. Thompson, no como un desafío, sino como una invitación a explorar los territorios inexplorados de su alma.

Emma negó con la cabeza, un movimiento pequeño pero sísmico. “No,” dijo, la palabra como un fragmento de vidrio cortando a través de años de oscuridad acumulada. “Quiero estar libre de este miedo. Quiero enfrentar la verdad, aunque signifique enfrentarla sola.”

“Recuerda, Emma,” dijo la Dra. Thompson, su tono impregnado con la gravedad de su conversación, “sea lo que decidas, no estarás sola. Tendrás apoyo—el tipo de apoyo que te ayuda a resistir tormentas y a navegar por el camino hacia la recuperación.”

“Recuperación...” repitió Emma, saboreando la dulce posibilidad de un futuro liberado del engaño. La idea era aterradora pero a la vez emocionante, una paradoja adecuada para los laberintos de su mente. Y en ese momento, mientras el peso de su secreto recaía sobre ella, Emma Dawson sintió el primer destello de una fuerza que aún no comprendía por completo.

Emma apretó los puños en su regazo, la tela de sus jeans se arrugaba bajo su agarre de nudillos blancos. El reloj en la pared de la Dra. Thompson marcaba el paso del tiempo con una persistencia rítmica, señalando la urgencia de su decisión.

"Emma," comenzó la Dra. Thompson, su voz era un ancla suave pero firme en el tumultuoso mar de pensamientos de Emma. "Cualquiera que sea el camino que elijas, sabe que tus pasos son solo tuyos. Tu fortaleza te ha traído hasta aquí, a través de sombras y dudas, y te llevará hacia adelante."

Emma inhaló profundamente, sintiendo el peso de las palabras de la Dra. Thompson asentarse sobre ella como un manto protector. Miró hacia arriba, sus ojos verdes encontraron la mirada fija y serena de su terapeuta.

"¿Pero qué pasa si mi decisión causa más dolor?" susurró, la pregunta un frágil pájaro en la quietud de la habitación.

"A veces," respondió la Dra. Thompson, moviéndose ligeramente en su silla, "las decisiones más difíciles son las que conducen a la sanación. Has sido la cuidadora, la que nutre, siempre poniendo a los demás por encima de ti misma. Esta vez, Emma, se trata de lo que puedes soportar, de lo que puedes vivir. Confía en tu propia resiliencia."

Un temblor recorrió a Emma, un eco silencioso del terremoto interno que estaba remodelando su mundo. Su corazón latía con fuerza, marcando el ritmo de una nueva determinación.

"No puedo... No los expondré," dijo, su voz ganando volumen y certeza con cada sílaba. "La verdad sobre Carlos, su desaparición, destruiría todo. Nuestro apellido, nuestra historia... todo se desmoronaría."

"Protegerlos es tu elección, Em," reconoció la Dra. Thompson, asintiendo suavemente. "Es una carga pesada, pero una que has elegido con los ojos claros. Sabes que, pase lo que pase, no tienes que cargarla sola. Hay recursos, grupos de apoyo, personas que entienden."

"Entender," repitió Emma, saboreando la palabra, degustando su implicación de experiencia compartida, de fuerza comunal. Sus hombros, antes encorvados por el peso de secretos no contados, se enderezaron al encontrar una solidez desconocida pero bienvenida dentro de sí misma.

"Gracias," dijo, las dos palabras siendo vehículos inadecuados para el océano de gratitud que hervía dentro de ella. "Por ayudarme a ver que tengo una elección, que no soy solo una hoja atrapada en el torbellino del destino."

"Recuerda siempre," ofreció la Dra. Thompson con una sonrisa que contenía tanto calor como tristeza, "tú eres la autora de tu historia, Emma. Y no importa cuán oscuros sean algunos capítulos, siempre hay espacio para crecer, para cambiar."

"Cambio," reflexionó Emma, permitiéndose un momento para visualizar un futuro donde las cadenas del silencio no ataran su alma. "Eso es algo por lo que puedo luchar, incluso si el primer paso es la aceptación."

Levantándose del sofá, Emma sintió que los temblores en sus manos se aplacaban. Con cada paso hacia la puerta, el espectro de Carlos y el secreto que dejó atrás se desvanecían, eclipsados por el alba naciente de su valentía.

La Dra. Thompson se inclinó hacia adelante, con las manos entrelazadas, su mirada fija en Emma con una intensidad que parecía reconocer la gravedad del silencio. "Emma," comenzó, su voz un ancla suave en los mares tormentosos de los pensamientos de Emma, "el camino que has elegido no es fácil. Pero es tuyo, y honro tu valentía para caminarlo."

Emma asintió, su corazón latiendo fuerte en su pecho, rítmico y firme. Había tomado su decisión: una guardiana de las sombras, una guardiana de lo no dicho.

"Recuerda," continuó la Dra. Thompson, su tono imbuido con la sabiduría de años dedicados a explorar la psique humana, "por pesado que este secreto pueda sentirse, no estás sola. Estoy aquí para ti, ahora y cuando necesites hablar, compartir la carga."

"Gracias," susurró Emma, la simple frase cargada con el peso de las lágrimas no derramadas y la gratitud no expresada. Inhaló profundamente, cada respiración como si estuviera apartando las cortinas para dejar que la luz inundara una habitación oscura.

"A veces," dijo suavemente la Dra. Thompson, "proteger a los que amamos significa tomar decisiones difíciles. No significa que apruebes o justifiques, significa que te importa, profundamente y de manera compleja."

El reloj en la pared marcaba los momentos, pero dentro de los confines de esa oficina, el tiempo parecía detenerse, permitiendo que el espíritu fracturado de Emma tuviera el espacio que necesitaba para comenzar su frágil reparación.

"Tu fuerza," le aseguró la Dra. Thompson, extendiendo la mano para apretar la de Emma, "está en tu resolución, en tu capacidad para enfrentar lo que venga, sin importar lo intimidante que sea."

Emma sintió el calor de la mano de la Dra. Thompson filtrándose en la suya, una manifestación física del apoyo prometido. Al levantarse del sofá, se sintió más erguida que en meses, tal vez incluso en años. La puerta que antes parecía una salida ahora se veía como una entrada, un paso hacia un futuro que podía moldear, incluso con el peso de los secretos presionando sobre ella.

"Dra. Thompson," dijo Emma, con una voz ya sin temblores, firme, imbuida de la determinación de una mujer que había mirado al abismo y encontrado dentro de sí el poder para enfrentarlo. "No puedo decirle cuánto significa esto para mí. Su orientación... me ha dado una fuerza que no sabía que tenía."

"Emma," respondió la Dra. Thompson con una sonrisa que era a la vez orgullosa y conmovedora, "siempre estuvo ahí, dentro de ti. Yo solo te ayudé a verlo."

Con una última mirada, Emma giró el pomo, cruzando el umbral hacia la luz apagada del pasillo. Su corazón cargaba el pesado secreto, pero sus pasos eran ligeros, impulsados por una resolución recién descubierta. Cuando la puerta se cerró tras ella, sellando el santuario de confidencias compartidas, Emma Dawson avanzó, hacia la vida que ahora debía navegar, armada con la promesa silenciosa de proteger, de resistir y de esperar.

38

Emma condujo hacia casa, su conversación con la Dra. Thompson reproduciéndose en su mente. Sabía que necesitaba enfrentar a Jaxon, pero la idea le apretaba el pecho. No podía deshacerse de la sensación de que lo que Jaxon y Martha estaban ocultando podría cambiarlo todo.

Cuando entró en el camino de entrada, la casa parecía más silenciosa de lo habitual. Emma salió del coche, sus pasos lentos mientras se dirigía hacia el interior. El aire se sentía espeso, cargado con el peso de las palabras no pronunciadas.

Jaxon estaba sentado en la mesa de la cocina, con las manos apretadas en puños sobre la superficie. Martha estaba de espaldas, mirando fijamente por la ventana. La tensión entre ellos era palpable.

Emma vaciló en la puerta, sus ojos saltando entre ellos. "Necesitamos hablar," dijo suavemente, intentando mantener la voz firme.

Jaxon levantó la vista, su expresión imperturbable, pero había algo en sus ojos—una mezcla de miedo y desafío. Martha no se dio la vuelta.

"¿Qué demonios está pasando, Jax?" preguntó Emma, acercándose. "Ambos me han estado apartando, y sé que algo está mal. Acabo de hablar con la Dra. Thompson y ella piensa que—"

"La Dra. Thompson no sabe nada," la interrumpió Jaxon, con la voz tensa. Se levantó abruptamente, empujando la silla hacia atrás con un chirrido. "Ella no entiende nada de lo que está pasando aquí."

Emma sintió cómo su corazón se aceleraba. "Entonces ayúdame a entender. Por favor, Jaxon. Me estás asustando."

Martha finalmente se dio la vuelta, su rostro pálido y demacrado. "Emma, hija, esto no es algo en lo que deberías estar involucrada," dijo en voz baja, pero había un temblor en su voz.

Los ojos de Emma se agrandaron. "¿De qué estás hablando? Esta es mi familia. Si hay algo pasando, tengo derecho a saberlo."

Jaxon suspiró, pasándose una mano por el cabello. "Mamá, hay cosas... cosas sobre Carlos que descubrimos. Cosas que podrían arruinarlo todo. No entiendes qué tipo de hombre era realmente."

"Entonces ilumíname," insistió Emma, levantando las manos en frustración. "No puedo ayudar si no me dices."

Martha dio un paso adelante, su voz apenas un susurro. "Jaxon encontró una caja en la oficina de Carlos. Pero la caja que encontró... no son solo cartas y fotos como podrías encontrar en las cosas de cualquiera. Es prueba documentada del tipo de vida que estaba llevando Carlos. Deudas, amenazas... personas con las que estaba conectado. Personas peligrosas."

Emma contuvo la respiración. "¿Qué tipo de personas?"

Jaxon golpeó la mesa con el puño, sorprendiéndola. "Personas que vendrán a buscarnos si descubren que tenemos esa caja. Si siquiera sospechan que sabemos en qué estaba involucrado Carlos, estamos todos en peligro."

La mente de Emma corría a mil por hora. Podía sentir las paredes cerrándose a su alrededor, el peso de la situación hundiéndose. "¿Qué estás diciendo, Jax? Tenemos que ir a la policía. No podemos mantener este secreto. Es demasiado peligroso."

"¡No!" La voz de Jaxon era un susurro fuerte, su rostro retorcido por el miedo. "No podemos. Nos matarán, mamá. No entiendes cuán profundo llega esto. Si entregamos esto, estamos muertos."

Martha agarró el brazo de Jaxon, alejándolo. "Jaxon, espera." Se volvió hacia su hija, "Tenemos que ser inteligentes con esto, Emma. No podemos simplemente lanzarnos a algo que podría hacernos daño a todos."

Emma los miró, con el corazón acelerado. Podía ver el miedo en los ojos de Jaxon, la desesperación en el rostro de Martha. Estaban aterrorizados—atrapados en una pesadilla en la que ni siquiera se había dado cuenta de que estaban viviendo.

"¿Qué hacemos entonces?" susurró, con la voz temblando. "¿Cómo arreglamos esto?"

Jaxon sacudió la cabeza. "No lo sé. Pero no podemos ir a la policía. Nunca. Necesitamos averiguar quiénes son estas personas y cuánto saben. Luego podemos decidir qué hacer."

Martha asintió en acuerdo. "Tenemos que tener cuidado. Hasta que sepamos más, estamos solos. Hipervigilancia... todos necesitamos tener cuidado con quién hablamos, qué decimos y cómo lo decimos. Nunca sabemos quién está escuchando."

Emma sintió una ola de temor invadirla. El secreto que estaban guardando era mucho más peligroso de lo que había imaginado. Pero ahora que lo sabía, no había vuelta atrás.

"Está bien," dijo finalmente, su voz apenas un susurro. "Lo haremos a su manera. Pero tenemos que tener cuidado. Tenemos que proteger a Jaxon, cueste lo que cueste."

El rostro de Martha se suavizó y le dio a Emma una pequeña sonrisa triste. "Lo haremos. Lo protegeremos. Juntas."

Mientras permanecían en la cocina silenciosa, el peso de su decisión se asentó sobre ellos. Ahora estaban profundamente involucrados, atrapados en una telaraña de mentiras y peligro, sin una salida clara. Pero una cosa era segura: lo enfrentarían juntos, sin importar qué.

39

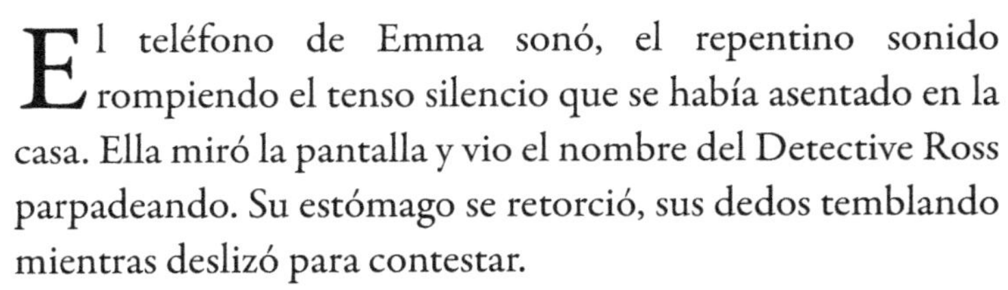

El teléfono de Emma sonó, el repentino sonido rompiendo el tenso silencio que se había asentado en la casa. Ella miró la pantalla y vio el nombre del Detective Ross parpadeando. Su estómago se retorció, sus dedos temblando mientras deslizó para contestar.

"¿Detective?" dijo ella, con la voz temblorosa.

"Señorita Dawson," comenzó Ross, con un tono firme pero serio, "necesitamos reunirnos. Es urgente. Tengo nuevos hallazgos, de hecho, es nueva información sobre Carlos."

Emma contuvo la respiración, su agarre alrededor del teléfono se tensó. Sintió que los ojos de Jaxon y Martha estaban sobre ella, ambos congelados mientras escuchaban.

"No entiendo," tartamudeó Emma. "¿Qué encontraste?"

Hubo una pausa al otro lado de la línea. "Es complicado, necesito hablar contigo en persona. ¿Podemos reunirnos esta mañana, digamos, a las diez en la estación?"

"Claro, estaré allí. ¿Estás seguro de que no hay nada que puedas decirme por teléfono, detective? Esto ya me está asustando," preguntó Emma.

"Es mejor no discutirlo por teléfono. Nos vemos en breve." El detective Ross colgó el teléfono, dejando a Emma con la sensación de que el suelo se desmoronaba bajo su vida.

El Detective Ross recibió a Emma Dawson en su oficina y cerró la puerta. Su silencio hacía que la energía en la habitación fuera espesa con anticipación.

"Hemos descubierto información, información grave, señorita Dawson," comenzó él. "Detective, ¿qué está pasando? Por favor, dígame todo de una vez, puedo soportarlo. Lo que no puedo soportar es todo este suspenso. Solo dígame y déjeme..." Sus palabras se apagaron.

El detective Ross se sentó con una pierna cruzada sobre la esquina de su escritorio mientras se apoyaba en el borde. "Emma, sé que estás alterada, pero... el hombre con el que te has casado todos estos años no es Carlos Martínez. El verdadero Carlos ha sido encontrado."

El mundo de Emma se tambaleó, se sintió desmayada. "Espera... ¿Qué quieres decir? Eso no tiene sentido. ¿Quién era él, entonces? ¿El hombre con el que me casé?"

"Eso es lo que necesitamos averiguar," dijo Ross gravemente. "El verdadero Carlos Martínez... ha estado desaparecido por más de una década. Creemos que el hombre que afirmó ser él, tu esposo, robó su identidad."

Emma sintió que el suelo se deslizaba bajo sus pies. Todo lo que pensaba saber sobre su vida, su matrimonio, se estaba desmoronando en un instante.

"¿Cómo lo descubrieron? Quiero decir, ¿qué dice el verdadero Carlos sobre esto?" preguntó Emma. "¿Conoce a mi esposo? ¿Qué dice sobre esto, Detective?" insistió.

"Bueno, el verdadero Carlos Martínez ha estado muerto durante varios años. Hace un mes desenterramos sus restos en una zona desierta. Se realizaron una serie de estudios para confirmar su identidad. Lo habitual, ADN, huellas dactilares, registros dentales. No me comuniqué antes de que se confirmaran los resultados por si había alguna discrepancia. Emma, creemos que pudo haber sido asesinado por tu esposo," dijo el detective Ross.

"Oh Dios mío... Entonces, ¿quién es el hombre con el que me casé?" susurró Emma, apenas capaz de formar las palabras.

"Eso es lo que estamos tratando de averiguar. Emma, tengo que preguntarte. ¿Alguna vez habló sobre su familia? ¿Su vida fuera de los EE. UU. antes de llegar aquí? ¿De dónde viene?" preguntó el detective Ross.

Emma tragó con fuerza. "Sí, claro. Me dijo que era de Cuba, de un pueblo pequeño donde no había mucha gente. Me dijo que su madre era prostituta, y que lo dejó para venir a Estados Unidos cuando él tenía siete años. Vino aquí a buscarla cuando tenía 15. Dijo que nunca la encontró, así que se quedó con unos amigos y empezó su propia vida."

Después de decir todo eso en voz alta, la habitación se sintió más pesada, sofocante. Emma se quedó allí, el peso de las palabras del detective Ross presionando sobre ella.

El detective Ross estudió a Emma cuidadosamente, su rostro grave. "Emma, voy a ser honesto contigo. No sabemos quién es este hombre. Lo que te dijo sobre su pasado—su madre, venir aquí a los 15—todo eso podría ser una mentira. O tal vez algunas partes sean ciertas. Pero quienquiera que sea, ha estado viviendo bajo una identidad robada durante mucho tiempo."

La mente de Emma corría a mil por hora, su respiración era superficial. ¿Cómo pudo haber estado tan ciega? Había pasado años amando a este hombre, confiando en él, compartiendo su vida con él. Y ahora, todo lo que pensaba que sabía se desvanecía como arena entre sus dedos.

"¿Q-qué pasa ahora?" preguntó, su voz temblorosa. "¿Qué van a hacer?"

El detective Ross se frotó la nuca, su expresión se volvió más seria. "Estamos tratando de reconstruir la cronología—averiguar cuándo asumió la identidad de Carlos Martínez y qué ha estado haciendo desde entonces. Hemos abierto una investigación sobre su pasado, buscando cualquier cosa que nos dé una pista sobre quién es realmente."

Emma se sentó, sus piernas de repente demasiado débiles para sostenerla. "¿Crees que... mató al verdadero Carlos?" Su voz se quebró al hacer la pregunta. La idea de que el hombre que había amado tanto tiempo fuera capaz de un acto tan horrible le revolvió el estómago.

Ross asintió lentamente. "Tenemos razones para creer que estuvo involucrado, sí. Aún estamos trabajando en la evidencia, pero sabemos que tu esposo ha estado usando la identidad de Carlos Martínez desde alrededor del tiempo en que el verdadero Carlos desapareció. No podemos decirlo con certeza aún, pero cada vez parece más probable."

La cabeza de Emma daba vueltas. El hombre que pensaba que conocía, el hombre con el que había construido su vida, era un extraño—un posible asesino.

"¿Qué hago?" susurró, con las lágrimas acumulándose en sus ojos. "¿Cómo vivo con esto?"

El detective Ross se inclinó hacia adelante, su tono ahora más suave. "Lo mejor que puedes hacer ahora es mantenerte a salvo y cooperar con la investigación. Descubriremos quién es realmente, Emma, y llegaremos al fondo de esto. Pero necesito que te mantengas fuerte. Has pasado por mucho, y aún queda más por venir."

Emma se secó los ojos, su corazón latiendo con fuerza. "¿Y Jaxon? Él no sabe nada de esto. Él cree que su padrastro es..." Se detuvo. ¿Cómo podía explicarle esto a su hijo?

"También necesitaremos hablar con él," dijo Ross suavemente. "Pero por ahora, concéntrate en ti misma. Tómate un tiempo para procesar todo esto. Es mucho, lo sé."

Emma asintió, pero por dentro, su mente daba vueltas. El hombre que había amado, la figura paterna para su hijo, no era quien pensaba que era. Y lo peor, podría haber estado escondiendo algo mucho más oscuro de lo que ella jamás habría imaginado.

Cuando se levantó para irse, la voz del detective Ross la detuvo. "Emma... hay una cosa más. Creemos que pudo haber tenido cómplices. Personas que lo ayudaron a mantener esta mentira. Necesito que pienses con cuidado—¿ha habido alguien en tu vida que te haya parecido... raro? Alguien cercano a él, alguien en quien él confiara?"

La mente de Emma voló hacia Martha y Jaxon, la extraña tensión entre ellos, las cosas que no se dijeron.

"No," dijo rápidamente, pero su voz traicionó su incertidumbre.

Ross notó la vacilación. "Bueno, si recuerdas algo, cualquier cosa, avísame."

Emma asintió, pero al salir de la oficina, su mente giraba con dudas. ¿Y si las personas en las que más confiaba también eran parte de este oscuro secreto? ¿Y si todo en lo que creía estaba basado en mentiras?

"MA, ¿PUEDES ENCONTRARTE conmigo en la casa? Ha habido algunos avances en la desaparición de Carlos que creo que necesitas saber." Emma dijo mientras conducía hacia casa después de la reunión con el detective Ross.

"Claro, hija, me encontraré contigo allí. ¿Estás bien?" preguntó Martha.

"No, no realmente. Te lo explicaré cuando te vea. ¿Puedes llamar a Jax y asegurarte de que esté en casa, por favor? Probablemente también debería saber esto." dijo Emma.

"Emma, ¿qué pasa?" insistió Martha.

"Encontraron a Carlos." dijo Emma, y luego colgó, dejando que esa revelación colgara en el vacío de la línea.

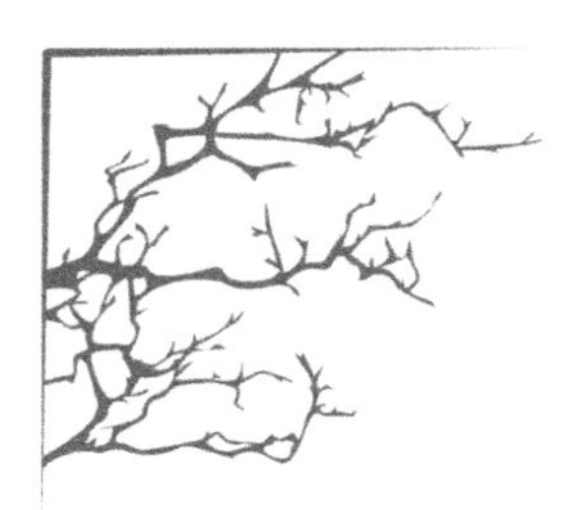

40

A medida que avanzaba la investigación sobre Carlos, el Detective Ross y su equipo hicieron uno tras otro avances significativos. Algunos de los asociados de Carlos fueron capturados y, después de intensas entrevistas y amenazas de pena de muerte, cayeron bajo presión. Esto llevó a la policía a descubrir la verdadera identidad del hombre con el que Emma había estado casada todos estos años: Domingo Carmona, un despiadado jefe de la mafia que se había escondido. Durante más de dos décadas y media, Domingo había eludido tanto a las fuerzas del orden como a sus enemigos al asumir la identidad de Carlos Martínez.

Con la ayuda de sus soldados de más alto rango, Domingo Carmona había llevado una doble vida durante el tiempo que cualquiera pudiera recordar, ascendiendo al poder como un temido y despiadado jefe de la mafia mientras mantenía oculta su verdadera identidad. Carlos Martínez, el verdadero hombre cuyo nombre Domingo robaría más tarde, era simplemente una víctima desafortunada de las circunstancias.

Carlos Martínez se cruzó con Domingo por accidente. Era un joven de un pequeño pueblo en Cuba, tratando de comenzar una nueva vida en el pequeño pueblo de Bonita. A diferencia de Domingo, quien prosperaba en el mundo del crimen, Carlos era honesto, trabajador y naíf frente a los peligros que lo rodeaban. No tenía idea de que su vida se cruzaría con uno de los hombres más peligrosos del inframundo.

Al principio, Domingo vio a Carlos como nada más que una molestia menor. Carlos estaba saliendo con una mujer que, sin saberlo, estaba vinculada a una de las operaciones de Domingo. Domingo la había estado vigilando, rastreando sus movimientos para asegurarse de que no representara una amenaza. Carlos simplemente estaba en el lugar equivocado en el momento equivocado. Pero algo en Carlos intrigaba a Domingo: su apariencia pulcra, su falta de antecedentes penales y, lo más importante, su completa anonimidad. Carlos era el candidato perfecto para que Domingo se desvaneciera.

Domingo decidió eliminar a Carlos y asumir su identidad. Era un plan meticuloso, uno que le permitiría desaparecer de las fuerzas del orden y de sus enemigos mientras continuaba dirigiendo su imperio criminal desde las sombras. Una noche, Domingo atrajo a Carlos bajo el pretexto de discutir una oferta de trabajo. Carlos, ansioso por una nueva oportunidad, se presentó sin sospechar. Domingo, que rara vez manejaba su propio trabajo sucio, hizo una excepción esta vez.

El asesinato fue rápido y brutal. Domingo estranguló a Carlos, asegurándose de que fuera silencioso y rápido. Tomó la identificación de Carlos, sus pertenencias personales y cualquier cosa que le permitiera integrarse en su vida sin problemas. Después, Domingo desechó el cuerpo en un lugar remoto en una zona desierta del pequeño pueblo de

Buen Visita, Cuba, donde vivía, asegurándose de que no se encontrara durante años.

Carlos no era nadie para Domingo, una simple pieza en un juego mucho más grande. Para Domingo, no era personal; era negocio. Al tomar el nombre de Carlos, Domingo Carmona desapareció y nació "Carlos Martínez". Se mudó a los Estados Unidos y comenzó una vida suburbana tranquila, casándose con Emma y asumiendo el rol de un esposo amoroso mientras continuaba con sus actividades criminales desde las sombras.

Para Domingo, Carlos era un escudo, una forma de evadir la detección y vivir bajo el radar. Pero para Carlos, el encuentro había sido un giro fatal del destino: su vida fue robada por un hombre que no dudó en borrar su existencia por el bien de su propia preservación.

Una vez que las piezas encajaron, la policía centró su atención en el imperio criminal de Domingo. La pista los llevó a varios de sus lugartenientes clave, cada uno de los cuales había estado involucrado en operaciones peligrosas, desde el narcotráfico hasta la extorsión. A medida que las autoridades se acercaban a su círculo íntimo, quedó claro que Domingo había estado dirigiendo una vasta empresa criminal mientras se ocultaba a plena vista como el esposo de Emma.

Para Jaxon y Martha, la revelación fue tanto un alivio como un escalofriante recordatorio de cuán peligroso era el hombre que habían matado realmente. A pesar de la tensión entre ellos, el saber que nadie los estaba mirando por la muerte de Domingo les dio una sensación de seguridad, por ahora.

En los días siguientes, los medios se inundaron con historias sobre la caída de Domingo Carmona, detallando la magnitud de su red criminal. Las noticias pintaron el retrato de un hombre que había vivido dos vidas: una como un jefe de la mafia y otra como un tranquilo esposo suburbano. Emma fue lanzada a la palestra, convirtiéndose en un símbolo involuntario de engaño. Pero Jaxon y Martha se mantuvieron en las sombras, sabiendo que si alguien descubría su papel en la caída de Domingo, todo se desmoronaría.

Sentados en la mesa de la cocina una noche, Jaxon y Martha finalmente se dieron un momento para respirar.

Por ahora, sin embargo, estaban a salvo. La muerte del verdadero Carlos Martínez era solo una nota trágica en una historia retorcida de engaño y crimen. Domingo Carmona estaba enterrado junto con sus secretos, y nadie sospechaba nada.

Pero Jaxon no podía evitar preguntarse cuánto tiempo podrían mantenerlo así.

"Parece que estamos fuera de peligro," dijo Jaxon, con voz baja, aunque la tensión en sus hombros seguía ahí. "Tienen a esos tipos clavados por todo."

Martha asintió, pero su rostro seguía serio. "Podemos estar a salvo, pero no podemos relajarnos. Todavía no saben lo que realmente pasó, y así tiene que seguir siendo."

Jaxon tragó con fuerza, el peso de su secreto presionando sobre él a pesar del alivio. "Nana, ¿y si eventualmente conectan las piezas? ¿Y si algo se escapa?"

Martha se inclinó hacia adelante, sus ojos fríos. "Hemos mantenido esto en silencio durante más de un año. Domingo

Carmona ya no está, y por lo que sabe todo el mundo, desapareció debido a sus enemigos. Nadie va a conectarnos con él. Tenemos que seguir adelante, Jaxon. No podemos dejar que el miedo nos devore. Él está muerto, y nosotros estamos a salvo."

Jaxon asintió, tratando de convencerse de que Martha tenía razón. El peligro estaba detrás de ellos—los hombres de Domingo habían caído, y la investigación se dirigía en otra dirección completamente distinta. Pero, en el fondo, la incertidumbre seguía allí, un miedo constante de que el pasado pudiera resurgir algún día.

Por ahora, sin embargo, estaban a salvo. La muerte del verdadero Carlos Martínez era solo otra nota trágica en una retorcida historia de engaños y crímenes. Domingo Carmona estaba enterrado junto con sus secretos, y nadie sospechaba nada.

Pero Jaxon no podía evitar preguntarse cuánto tiempo más podrían mantenerlo así.

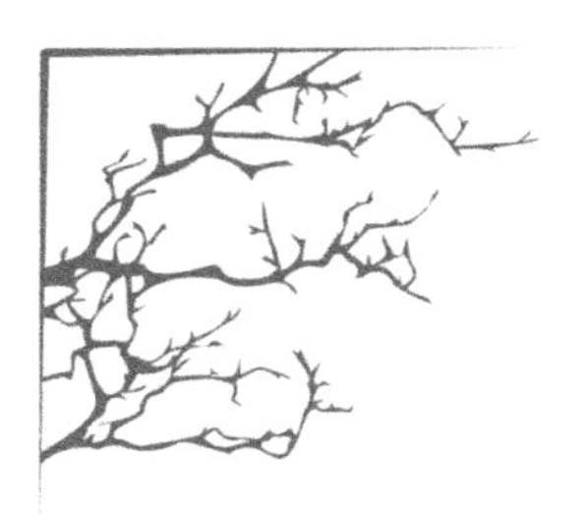

41

En el segundo aniversario de la desaparición de su esposo, Emma tomó una decisión que había estado evitando durante demasiado tiempo: era hora de visitar la tumba de su padre. Necesitaba enfrentarse a la única persona que podría entender el peso de sus secretos, aunque él ya no estuviera vivo para responder.

El árbol donde sus cenizas fueron esparcidas, en el jardín trasero de su madre, estaba inquietantemente silencioso. El tipo de quietud que hacía que cada sonido pareciera amplificado. Los zapatos de Emma se hundían en el suelo empapado, la tierra mojada chupando las suelas mientras se acercaba a la lápida. Cada paso se sentía más pesado que el anterior, sus piernas rígidas por la duda, como si la misma tierra estuviera resistiendo su presencia. Movía el peso de un pie al otro, sintiendo el chapoteo del barro bajo sus talones mientras se detenía.

Sus dedos trazaban distraídamente la áspera corteza del árbol, su presencia sólida un marcado contraste con el terreno moral cambiante bajo sus pies. A medida que el crepúsculo se profundizaba en el anochecer, las sombras se alargaban por el cementerio, reflejando la oscuridad que se había filtrado hasta la médula misma del legado de su familia. Emma permanecía inmóvil, una figura solitaria atrapada entre mundos: el de los vivos y los muertos, la verdad y el engaño, el amor y una traición indescriptible que amenazaba con consumirlos a todos.

El roble antiguo que se alzaba cerca de la tumba de su padre parecía observarla, con sus ramas nudosas torcidas y extendidas, proyectando largas sombras en la luz decreciente. El árbol había estado allí tanto tiempo como Emma podía recordar, vigilando las tumbas de sus mascotas que ya no estaban. Sus ramas se estiraban hacia ella como dedos esqueléticos, como si exigieran algo—quizás la verdad que había mantenido enterrada durante tanto tiempo.

Sus ojos, ardientes por las lágrimas no derramadas, se centraron en la lápida. Las palabras grabadas en la piedra pulida brillaban débilmente en el crepúsculo magullado. William Dawson. 18 de abril de 1967 a 26 de diciembre de 2023, Padre amoroso. Esposo dedicado. Pero para Emma, la lápida no solo marcaba el lugar donde se habían esparcido las cenizas de su padre. Era un símbolo de algo mucho más oscuro, el epicentro de un secreto que había llevado en silencio—un secreto que se había retorcido dentro de ella como un parásito, alimentándose de su culpa.

Tragó con dificultad, su garganta apretada, y respiró hondo. No estaba allí para llorar. No realmente. Esto era una confrontación, aunque unilateral. Estaba allí para confesarle al hombre que le había enseñado la fuerza, la integridad y el amor, y aún así, que nunca había visto las partes más oscuras de su alma que habían echado raíces desde su muerte.

"Papá," susurró, con la voz temblorosa. La palabra flotó en el aire frío, sin respuesta, tragada por el vasto silencio del cementerio. "No—no sé a dónde más acudir. Te necesito. He hecho algo terrible. He ocultado cosas a Jaxon, a mamá, a todos. Y ahora todo se está cerrando sobre mí."

Se arrodilló, la humedad filtrándose a través de sus jeans, pero no le importaba. La piedra fría era lisa bajo sus dedos mientras trazaba las letras de su nombre. El hombre que siempre había sido su brújula moral ahora era solo un recuerdo, y sin embargo, allí estaba, buscando orientación en un fantasma.

"Necesito contarte lo que he hecho," dijo Emma, con la voz quebrada. Parpadeó con fuerza, tratando de contener las lágrimas, pero estas cayeron de todos modos, dejando trazos cálidos sobre sus frías mejillas. "Tú siempre fuiste con quien podía hablar de todo, y ahora... ahora he hecho algo que no puedo deshacer."

El viento sopló con fuerza, agitando las ramas del roble, pero Emma no se estremeció. El secreto la había estado carcomiendo durante dos años, y ahora, de pie frente a la tumba de su padre, ya no podía mantenerlo más tiempo.

"Lo hice, papá. Lo hice." Se puso de pie con la cabeza agachada, moviéndola lentamente. Los recuerdos inundaron su mente—el rostro serio de su padre, su voz profunda advirtiéndole que tuviera cuidado, que se mantuviera alejada de Carlos. Siempre había sido sospechoso, pero Emma había estado demasiado cegada por el amor, demasiado desesperada por aferrarse a la vida que pensaba que tenía. Ahora, con la identidad de Domingo expuesta y las paredes cerrándose a su alrededor, podía sentir el juicio de su padre tan intensamente como si estuviera a su lado.

"Debería haberte escuchado, papá," murmuró Emma. "Debería haberte confiado cuando dijiste que algo no estaba bien. Pero no pude, no quería creerlo."

Las lágrimas comenzaron a deslizarse por sus mejillas, salpicando el suelo húmedo. El peso de sus decisiones, de su complicidad, era demasiado para soportarlo. Había amado a Carlos, o mejor dicho, a Domingo, incluso cuando sus instintos gritaban en su contra. Y ahora, de pie frente a la tumba del único hombre que había intentado protegerla, se dio cuenta de que ya no tenía a dónde más acudir.

Las palabras salieron suavemente, apenas audibles, como si decirlas en voz alta les diera demasiado poder. Había ensayado esto en su cabeza durante meses, pero nada la preparó para el sentimiento de admitirlo, aunque el único testigo fuera una losa de piedra.

"No tuve opción," continuó, con la voz cada vez más fuerte con cada palabra. "Él no era el hombre que pensaba que era. Era peligroso. Y yo... no podía dejar que nos hiciera más daño del que ya nos había hecho. Pero ahora..." Emma hizo una pausa, secándose la cara con el dorso de la mano. "Ahora no sé cómo vivir con ello. No sé cómo seguir, fingiendo que todo está bien."

Se sentó sobre sus talones, sus ojos fijos en la lápida. El peso de su confesión parecía asentarse en el aire a su alrededor, la gravedad de sus acciones presionando su pecho.

"Lo siento, papá," susurró. "Lo siento tanto."

El viento pareció suspirar entre los árboles, como si el mundo mismo estuviera reconociendo sus palabras. Emma se quedó allí, arrodillada sobre la tierra mojada, su corazón latiendo con fuerza mientras esperaba una señal—algún tipo de perdón, alguna clase de liberación. Pero no hubo nada. Solo silencio.

Y sin embargo, en ese silencio, Emma encontró una extraña sensación de claridad. Su padre ya no estaba, y nada de lo que dijera o hiciera cambiaría eso. Pero la carga que llevaba no era suya para perdonar. Era suya para soportar.

Emma se secó la cara, su mirada desplazándose hacia el horizonte donde los últimos vestigios de luz se desvanecían. Las sombras se alargaron a su alrededor, y con ellas, la sombra de su secreto se hizo más grande. Había venido aquí con la esperanza de encontrar respuestas, orientación del pasado, pero la verdad era que solo ella podía decidir qué hacer a continuación.

"Papá, encontraré una manera de arreglar esto," susurró, como si estuviera haciendo un juramento a la tierra bajo sus pies. "Protegeré a Jaxon, pase lo que pase. No dejaré que él pague por mis errores." Metió los dedos en la tierra suave hasta que la encontró, una pequeña botella justo debajo del borde de la lápida de su padre. "Bien, sigue aquí. Papá, guárdalo por mí. Si puedes oírme, por favor, guárdalo bien."

Con una última mirada a la lápida de su padre, Emma se levantó, su determinación endureciéndose.

Con una respiración profunda y temblorosa, Emma se puso de pie, limpiándose el barro de las rodillas. Sabía, ahora, cómo avanzar. Por primera vez en dos años, había dicho las palabras que la perseguían. Eso, al menos, era un comienzo. Ahora, tenía que encargarse del resto.

Mientras se daba la vuelta para irse, el cielo del crepúsculo oscureciéndose sobre su cabeza, el viento susurró nuevamente entre las ramas del roble, y Emma juró que escuchó la voz de su padre en la brisa, diciéndole que todo estaría bien.

El aire de la tarde, espeso con el aroma de hojas en descomposición y tierra recién removida, parecía susurrar con voces espectrales. Cada respiración que tomaba se sentía cargada con verdades no dichas, llenando sus pulmones con el peso de lo que yacía enterrado bajo la tierra aparentemente tranquila.

Emma se detuvo nuevamente frente a la tumba de su padre, el silencio del cementerio roto solo por el susurro de las hojas en la brisa de la tarde. El aniversario de este día y todo lo que representaba pesaba sobre ella, y los secretos que había enterrado con su padre roían su conciencia. Había venido aquí no solo para llorar, sino para enfrentar la verdad, el enredo de culpa y mentiras que ya no podía cargar sola.

Mientras caminaba, la puerta en el jardín de su madre crujió al cerrarse detrás de ella. Emma sabía que no había marcha atrás. El pasado estaba cerca de alcanzarla, y la única salida era atravesar las mentiras que había tejido y el peligro que aún acechaba en las sombras.

Un torbellino de emociones la golpeó desde dentro. El instinto maternal, feroz y primitivo, chocaba violentamente contra una repulsión tan profunda que le revolvía el estómago. Siempre había sido la piedra angular de la familia, la que cosía juntas las heridas tanto visibles como invisibles. Ahora, la cruel ironía la había convertido en la guardiana de su mayor pecado, un papel que se sentía como una soga que se apretaba lentamente alrededor de su cuello.

Una ramita crujió, y la respiración de Emma se entrecortó. No necesitaba volverse para saber que Jaxon se acercaba. Su presencia traía un cambio palpable en el aire, una carga que hacía que los vellos de sus brazos se erizaran.

Los pasos de Jaxon se acercaron, cada uno deliberado y pesado con una carga demasiado grande para sus jóvenes hombros. Cuando Emma finalmente se dio la vuelta para mirarlo, vio el sufrimiento psicológico grabado en sus rasgos. Sus penetrantes ojos color avellana, usualmente tan agudos y calculadores, ahora estaban nublados por una angustia que alcanzaba su alma. Había un temblor en sus manos que no podía ocultar, traicionando el caos interno que llevaba debido al asesinato de su padrastro.

"Mamá," llamó suavemente, su voz apenas sobrepasando el susurro de las hojas. "¿Visitando a abuelo?"

Emma asintió. "Sí, a veces solo necesito a mi papá. Hay momentos en los que siento que él nos está mirando desde el cielo, me pregunto si está decepcionado de mí. Por mis decisiones, por mi..." su voz se desvaneció.

"Abuelo no estaría decepcionado de ti. Eres una gran mamá y eres una gran enfermera. Solo te enamoraste de un mal tipo, mamá. A cualquiera le podría haber pasado. Carlos... digo, Domingo, era un maestro de las mentiras."

"Jax," respondió ella, su voz una cuerda floja entre la calma y el miedo.

Por un momento, simplemente se quedaron allí, madre e hijo, reflejando el tormento del otro. La tensión entre ellos chisporroteaba, una barrera invisible forjada por su pecado compartido. Estaban unidos en este terrible desenlace, pero la magnitud de lo sucedido parecía empujarlos a mundos distantes.

"¿Estás bien?" preguntó finalmente Jaxon, la pregunta flotando entre ellos, absurda en su normalidad.

"¿Estoy bien?" repitió Emma internamente, su corazón golpeando contra sus costillas. "¿Cómo podría estar bien después de esto? Fui una tonta. Yo... no puedo creer que yo..."

"Olvídalo, cariño. Vamos a entrar," dijo ella, su voz firme a pesar de la tormenta que rugía en su interior.

42

Al entrar en la casa de su madre, las paredes familiares parecían cerrarse alrededor de Emma, el peso de la verdad presionando sobre ella. Todo en su vida parecía una mentira ahora. El hombre con el que había compartido su vida, el hombre al que había amado y confiado durante años, el hombre al que nunca podría perdonar.

Jaxon la siguió, sus ojos se movían nerviosos, sin saber qué decir o hacer. El silencio entre ellos era insoportable, denso con lo no dicho. Emma podía sentir la tensión roerla, las preguntas girando en su mente. ¿Qué era real? ¿Qué más había estado oculto para ella?

Se giró abruptamente, enfrentando a Jaxon, su voz más afilada de lo que pretendía. "Jaxon, ¿cuánto tiempo has sabido?"

Jaxon se quedó paralizado, su rostro pálido, los ojos abiertos como platos. "No... no lo sabía, mamá. Al principio. Quiero decir, pensé que algo no estaba bien, pero no sabía que era esto. Lo juro."

Los ojos de Emma lo perforaron, buscando la verdad. "¿Entonces cuándo te enteraste? ¿Cuándo te diste cuenta de que el hombre que hemos conocido todos estos años no era realmente Carlos?"

Jaxon dudó, pasando una mano por su cabello, la culpa y el miedo grabados en sus rasgos. "Fue... después de que encontré la caja en su escritorio. Las cartas, las fotos... no tenían sentido. Ahí fue cuando Nana y yo comenzamos a juntar las piezas."

El aliento de Emma se detuvo. La caja. No tenía idea de lo que contenía, pero Jaxon había encontrado la clave para desentrañar el misterio mucho antes que ella. Y ahora, la carga del conocimiento pesaba sobre él, tan pesadamente como sobre ella.

"¿Por qué ninguno de ustedes vino a decirme antes?" preguntó Emma, su voz ahora más suave, teñida de dolor.

"Estábamos asustados," admitió Jaxon. "No sabía qué hacer. Pensé... pensé que si te lo decía, lo destruiría todo. No quería perderte. Nana dijo que ella lo manejaría, que no te preocupases. Así que..."

El corazón de Emma se encogió con sus palabras, pero la realidad de su situación era demasiado abrumadora para ofrecer consuelo. Una gran parte de la verdad había salido a la luz ahora, y no había marcha atrás.

La revelación del detective Ross sobre Domingo Carmona lo había cambiado todo. El hombre con el que había estado casada era un criminal peligroso, un asesino. Y lo peor, no era el único que mantenía secretos.

"Tenemos que averiguar cómo avanzar, alejarnos de esto," dijo Emma, más para sí misma que para Jaxon. Su mente giraba, tratando de procesar la magnitud de lo que había sucedido, cuáles deberían ser sus próximos pasos.

Mientras Emma se sentaba en su silla en silencio, sus pensamientos regresaban al oscuro secreto que había estado cargando, uno que había estado enterrado durante casi dos años, oculto a su madre e incluso a Jaxon. La revelación del detective Ross sobre Domingo Carmona había abierto algo profundo dentro de ella, obligándola a enfrentar el horrible secreto que había mantenido encerrado desde la desaparición de su esposo.

A la noche siguiente, Emma atravesó las puertas corredizas del hospital, su corazón aún latiendo con fuerza, su mente reproduciendo los eventos de esa fatídica noche como un disco rayado. Saludó al recepcionista nocturno, ofreciendo una sonrisa débil, y se dirigió directamente al ascensor. Su mano sujetaba su bolso, sintiendo el peso del frasco vacío dentro de él.

El zumbido del hospital parecía distante mientras presionaba el botón para el sótano. La morgue. El único lugar donde las personas nunca hacían preguntas, donde las cosas debían desaparecer.

Las puertas del ascensor se cerraron, y se quedó sola con sus pensamientos. Podía sentir su pulso en la garganta, cada segundo sonando más fuerte que el anterior. Una parte de ella sentía que estaba soñando, como si nada de esto fuera real. Pero el vidrio frío del frasco presionado contra sus dedos enguantados le recordaba que esto era muy real.

Las puertas se abrieron con un suave ding, y las luces fluorescentes del sótano parpadearon al encenderse. El olor estéril de desinfectante flotaba en el aire, mezclándose con algo ligeramente metálico—sangre, quizás. El pasillo estaba inquietantemente silencioso, desierto a esa hora avanzada, con solo el zumbido lejano de la maquinaria para romper el silencio.

Emma se movió rápidamente, sus pasos resonando en los pisos de linóleo. Conocía bien la morgue, habiendo trabajado el turno nocturno lo suficiente para aprender cada rincón, cada sombra. Las puertas dobles al final del pasillo estaban cerradas, pero la tarjeta de acceso colgando de su uniforme le permitiría entrar.

Miró alrededor, asegurándose de estar sola. No es que alguien viniera aquí después del horario, pero no podía permitirse ser vista. Su mano temblaba ligeramente mientras pasaba la tarjeta por el lector, la luz verde parpadeando mientras la puerta se abría con un clic.

La morgue estaba más fría que el resto del hospital, el frío mordiendo su piel mientras entraba. Los cajones de metal alineados en las paredes parecían mirarla con un juicio silencioso. Sin embargo, no estaba allí por los cuerpos. Estaba allí por el incinerador.

En la esquina más alejada de la sala, debajo de la mesa de acero inoxidable utilizada para las autopsias, estaba el gran horno de acero. El hospital lo usaba para quemar desechos médicos, el destino final para cualquier cosa que necesitara desaparecer sin dejar rastro. Emma conocía el procedimiento—el personal desechaba guantes usados, sábanas sucias e incluso medicamentos vencidos aquí, todo reducido a cenizas.

Su mano se apretó alrededor de su bolso mientras se acercaba al incinerador. Sacó el frasco de su bolsa, sus dedos rozando su superficie lisa una última vez. Por un momento, vaciló. Este era el punto de no retorno.

Se agachó y abrió la puerta del incinerador, el chirrido rompiendo el silencio absoluto de la sala. El calor salió en una ola, las llamas lamían los bordes, hambrientas por lo que tenía para ofrecer. Arrojó el frasco y sus guantes dentro, observando cómo desaparecían en el infierno, tragados por el calor en un instante.

El vidrio se rompió, consumido por el fuego, dejando solo cenizas y el ligero olor a plástico quemado de sus guantes. Emma permaneció allí un momento más, mirando las llamas. Estaba hecho. La última pieza de evidencia, desaparecida.

Cerró el incinerador con el borde de su uniforme y se secó las manos sudorosas en su bata, el frío regresando al aire a su alrededor a medida que el calor se desvanecía. Su corazón aún corría, pero el peso del frasco en su bolsillo se había ido, reemplazado por un vacío hueco que no podía nombrar.

Con una última mirada a la morgue silenciosa, Emma se dio la vuelta y salió, la pesada puerta cerrándose con un clic detrás de ella. Nadie la había visto. Nadie sabría.

Cuando Emma salió de la morgue, secándose las manos en su bata y tratando de estabilizar su respiración, el sonido de las ruedas de un carrito chirriando por el pasillo hizo que su corazón se saltara un latido. Se quedó paralizada, su pulso retumbando en sus oídos mientras la señora de limpieza doblaba la esquina, empujando su carrito de limpieza. La mujer mayor, vestida con el uniforme estándar de limpieza del hospital, se detuvo abruptamente al verla.

"Buenas noches," dijo la limpiadora, levantando una ceja. "¿Qué te trae por aquí tan tarde?"

La mente de Emma corría. No podía permitirse entrar en pánico. Forzó una sonrisa tranquila, manteniendo su voz firme. “Oh, hola,” dijo casualmente. “Una de las enfermeras nocturnas me pidió que revisara unas muestras de laboratorio almacenadas aquí abajo. Pensó que podríamos haberlas enviado al lugar equivocado.”

La limpiadora inclinó la cabeza, claramente curiosa pero no excesivamente sospechosa. “¿Muestras de laboratorio, eh? Pensé que eso era más cosa del turno de día.”

Emma se encogió de hombros, la tensión en su pecho aliviándose un poco. “Sí, normalmente, pero han estado muy ocupados arriba. Pensé que ayudaría ya que ya estaba en mi descanso.”

La limpiadora asintió lentamente, secándose las manos en la toalla que tenía metida en su cintura. “Bueno, estos turnos nocturnos pueden ser extraños. Siempre pasa algo. ¿Encontraste lo que buscabas?”

“Sí,” respondió Emma rápidamente, “todo está en orden ahora.”

La limpiadora sonrió, dándole a Emma una mirada entendida. “Me alegra oírlo. Ten cuidado por aquí, sin embargo. Este lugar me da escalofríos a veces, con todos estos cuerpos guardados. Se siente como si nos estuvieran observando, ¿sabes?”

Emma se rió suavemente, sus nervios todavía zumbando. “Sí, puede ser un poco inquietante. Gracias por el aviso. Debería volver arriba.”

“Cuídate,” llamó la limpiadora mientras ella se alejaba, reanudando sus tareas de limpieza.

Mientras se dirigía de regreso al ascensor, Emma mantuvo su ritmo constante, sus manos todavía temblando ligeramente. Había evitado la pregunta por ahora, pero el encuentro la había dejado alterada. No podía permitirse más sustos.

Al regresar al ascensor y presionar el botón para su piso, Emma exhaló una larga y temblorosa respiración. Ahora estaba de regreso en su mundo, el mundo de pacientes y médicos, de salvar vidas. La morgue estaba detrás de ella. Carlos estaba detrás de ella.

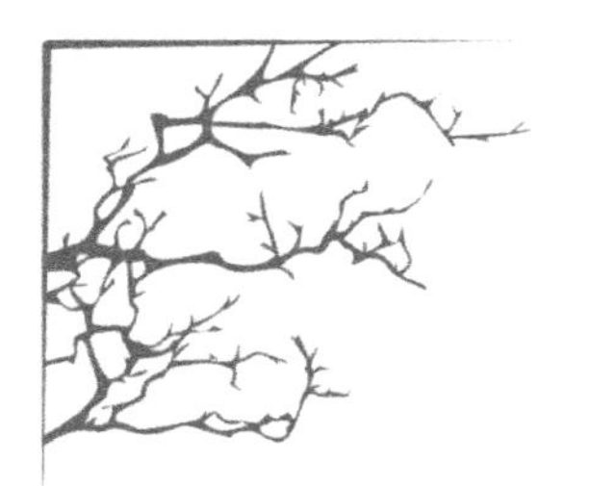

43

Jaxon estaba teniendo la pesadilla de nuevo.

Siempre era la misma—reviviendo la noche en que él y Martha hicieron lo impensable. En su sueño, todo se ralentizaba, cada detalle nítido y vívido, incluso más real de lo que había sido aquella noche. El espeso olor a sangre, el peso abrumador de la culpa y el sonido de los jadeos de Carlos lo atormentaban.

Se veía a sí mismo de pie allí, con la pala en la mano, mientras Martha apretaba la cuerda alrededor del cuello de Carlos. Los ojos del hombre se salían de las órbitas por el miedo, su rostro torcido en confusión. El corazón de Jaxon latía con fuerza mientras lo revivía todo, el calor de la sangre de Carlos golpeando su piel cuando empezaron a cortar. El olor metálico llenaba sus sentidos. En el sueño, parecía que nunca iba a terminar—el cuerpo de Carlos sacudiéndose y revolcándose antes de finalmente quedar inerte.

Pero en la pesadilla, Carlos siempre luchaba más de lo que lo había hecho en la vida real. Su cuerpo se negaba a quedarse quieto, sus extremidades volviendo a la vida, agarrándose de Jaxon y Martha, sus dedos arañando sus brazos, tratando de arrastrarlos con él. La sangre no dejaba de fluir, inundando la habitación, espesa e interminable.

Jaxon podía verlo todo—Carlos inclinado, demasiado borracho para notarlos al principio, murmurando para sí mismo, con un vaso de bourbon en la mano. Emma se lo había servido antes, y ahora la botella estaba casi vacía, su líquido ámbar derramándose sobre el mantel blanco, empapando todo a su alrededor.

Martha asintió a Jaxon, su rostro endurecido, los ojos fríos con determinación. Se movieron en unísono, silenciosos y deliberados, como sombras deslizándose por la habitación débilmente iluminada. Jaxon tomó la pesada cuerda de nylon que habían traído, su corazón latiendo en sus oídos mientras la desenrollaba lentamente.

En un movimiento rápido y brutal, Jaxon enrolló la cuerda alrededor del cuello de Carlos desde atrás, tirando de ella con toda la fuerza que pudo reunir. Martha rápidamente tomó el otro extremo, tirando en sincronía con Jaxon, asegurándose de que estuviera lo suficientemente apretada para asfixiarlo. Carlos se sacudió hacia adelante en estado de shock, sus manos buscando su garganta, sus ojos abiertos de terror al darse cuenta de lo que estaba ocurriendo.

Jadeó—un horrible sonido húmedo que apenas escapó de su garganta. No hubo grito, solo el nauseabundo burbujeo de un hombre desesperado por aire. Sus dedos arañaban frenéticamente la cuerda, tratando de apartarla, pero estaba demasiado apretada. Su fuerza no era rival para los dos que tiraban de cada lado.

"¡Ayúdame!" La voz raspada de Carlos cortó la tensión, el sonido fragmentado, débil. "Ayúdame, Jaxon."

Jaxon se estremeció ante las palabras, sus músculos tensos contra la resistencia. Pero la pesadilla solo se intensificó.

Martha se movió rápidamente, sus manos presionando sobre los hombros de Carlos, obligándolo a regresar a la silla. Su cuerpo se convulsionaba, las manos todavía arañando la cuerda en un esfuerzo lento y fútil. Sus ojos se salían de las órbitas, su rostro se ponía de un rojo profundo, pero no quedaba lucha coordinada en él, ni un estallido de fuerza para echarlos fuera.

"Nana," gruñó Jaxon, el sudor chorreando por su rostro, "¿por qué no está luchando más?" Su voz estaba tensa, forzada, mientras tiraba con todas sus fuerzas. "Porque está borracho," espetó Martha, mirando el vaso de bourbon medio vacío en la mesa y los movimientos lentos y descoordinados del cuerpo de Carlos. "¡Sigue tirando! Tenemos que terminar esto."

Jaxon apretó su agarre, pero la resistencia estaba disminuyendo. El cuerpo de Carlos se sacudía, sus esfuerzos debilitándose hasta que sus manos cayeron inertes a los lados. La habitación cayó en un silencio pesado y opresivo, roto solo por el rasgar de su respiración.

Permanecieron congelados por un momento, el peso de lo que habían hecho asentándose. Las manos de Jaxon todavía agarraban la cuerda, sus nudillos fantasmales y blancos, temblando mientras la adrenalina recorría su cuerpo. Martha se alejó del cuerpo inerte de Carlos, su respiración en cortos y pesados suspiros, pero su expresión permaneció firme.

El hecho estaba hecho.

Jaxon soltó la cuerda, la cabeza de Carlos inclinándose hacia adelante sobre la mesa con un golpe sordo. Por un momento, ninguno de ellos se movió, mirando el cuerpo inerte frente a ellos.

"Oh Dios, lo hicimos," susurró Jaxon, su voz apenas audible, como si hablar demasiado alto rompiera el frágil silencio que se había asentado sobre ellos.

La mirada de Martha era fría, clínica. "Sí, pero no hemos terminado todavía."

Con precisión entrenada, llevaron el cuerpo de Carlos desde el comedor hasta el garaje, donde la lona y las herramientas habían sido preparadas antes. El olor a aceite y polvo se mantenía en el aire, mezclándose con el sabor metálico de la sangre mientras Martha tomaba la sierra. Ella miró a Jaxon, que lucía pálido, con el sudor perlado en su frente.

Jaxon intentó gritar, intentó correr, pero no podía moverse, paralizado por el miedo, la culpa y el peso de lo que habían hecho. En su sueño, no importaba cuántas veces lo enterraran. Carlos siempre volvía.

De repente, el sueño cambió. Estaba de pie en el jardín, en la casa de Martha, mirando la lápida. El roble se alzaba sobre él, sus ramas extendiéndose como dedos esqueléticos. La tumba estaba recién excavada, la tierra suelta e inestable. Jaxon sabía lo que había debajo. Sabía lo que habían enterrado, pero en el sueño, el suelo comenzaba a agrietarse, moviéndose como si algo—o alguien—tratara de salir.

La lápida se desmoronó, y pudo ver el contorno de la mano de Carlos, los dedos rompiendo la tierra, alcanzándolo. Intentó retroceder, pero sus pies no se movían.

Estaba arraigado al lugar, obligado a observar cómo Carlos salía de la tumba, los ojos abiertos y sin vida, mirándolo directamente.

"No puedes esconderte para siempre," susurró Carlos, su voz fría y hueca. "Te encontraré."

"Yo lo haré," dijo Martha, su voz dura. "Sujétalo firme, pero cierra los ojos."

El primer corte fue brutal, los dientes de la sierra mordiendo la carne y el hueso con un crujido nauseabundo. Jaxon se estremeció ante el sonido, la bilis subiendo por su garganta, pero se obligó a mantener el brazo de Carlos en su lugar mientras Martha trabajaba, sus movimientos metódicos e implacables.

La sangre salpicaba el suelo de concreto, acumulándose debajo de ellos sobre la lona, el garaje llenándose con los grotescos sonidos de la desmembración. Las manos enguantadas de Jaxon estaban resbaladizas con sudor y sangre, su mente aturdida, pero no podía apartar la vista. Cada corte, cada movimiento se sentía surrealista, como una pesadilla de la que no podía despertar.

El rostro de Martha estaba implacable, sus ojos entrecerrados con una concentración sombría. No había espacio para la vacilación, ni tiempo para segundas opiniones. Esto tenía que hacerse, y no había vuelta atrás.

Para cuando terminaron, el cuerpo de Carlos era irreconocible, reducido a piezas que serían más fáciles de desechar. Jaxon se desplomó contra la pared, su cuerpo temblando, su mente entumecida.

Martha se secó el sudor de la frente, sus ojos recorriendo el garaje empapado de sangre. "Tenemos que limpiar esto," dijo, su voz firme.

Jaxon asintió, sus manos temblando mientras se ponía de pie. A medida que avanzaba la noche, gruesa y pesada, Martha y Jaxon cargaron los restos desmembrados de Carlos en gruesas bolsas de basura negras, atándolas cuidadosamente. El olor a sangre, sudor y gasolina permanecía en el aire mientras colocaban las bolsas en el maletero del coche de Jaxon, cada golpe de una bolsa asentándose en el maletero sonaba como un martillo clavando el clavo final en su culpa.

Ninguno de los dos habló durante el trayecto. El sonido del motor y el zumbido rítmico de los neumáticos en la carretera eran las únicas cosas que rompían el silencio opresivo. Martha estaba en el asiento del pasajero, mirando por la ventana, su rostro inexpresivo, mientras las manos de Jaxon agarraban el volante, con los nudillos blancos de la tensión. Mantenía la vista fija al frente, concentrado en la carretera, tratando de bloquear lo que acababan de hacer.

Llegaron a la casa de Martha poco después de la medianoche. La vieja granja se mantenía inmóvil y silenciosa, su exterior desgastado iluminado débilmente por la luz de la luna. El jardín trasero, donde la lápida de William reposaba bajo el viejo roble, parecía espeluznante en la oscuridad, las ramas retorcidas proyectando largas sombras sobre el césped.

"Este es el lugar," dijo Martha, rompiendo finalmente el silencio mientras sacaban las bolsas del maletero. Su voz estaba firme, pero había una tensión en su tono, un peso que no había estado allí antes.

Jaxon asintió, tragando con dificultad. La realidad de lo que estaban a punto de hacer pendía entre ellos, pero ninguno de los dos lo reconoció. Estaban demasiado inmersos en esta pesadilla para detenerse ahora.

La lápida marcaba el lugar donde el esposo de Martha, William, había sido sepultado—sus cenizas esparcidas en la tierra bajo el viejo roble. Habían pasado casi dos años desde su fallecimiento, y ahora, la misma tierra que mantenía su memoria se convertiría en el lugar de descanso final de un hombre cuya vida había sido una mentira. Un hombre que había aterrorizado a su familia y no les había dejado más opción que acabar con su vida.

Martha le entregó a Jaxon la pala, y juntos comenzaron a cavar. El sonido de la pala rompiendo la tierra fue lento al principio, luego más rápido, más desesperado, a medida que el agujero se hacía más profundo. El sudor corría por sus rostros, mezclándose con la tierra mientras la tumba se ensanchaba, pulgada a pulgada. El peso de sus acciones presionaba más con cada pala de tierra que arrojaban.

La respiración de Jaxon era entrecortada mientras trabajaban, pero no se detuvo. No podía detenerse. Tenía que terminar esto.

Finalmente, el agujero era lo suficientemente profundo. Vaciaran las bolsas negras en el suelo, cada una aterrizando con un golpe hueco que parecía resonar en el patio vacío. La vista del cuerpo desmembrado escondido bajo capas de tierra blanda hacía que el estómago de Jaxon se revolviera, pero se obligó a seguir moviéndose. No podía permitirse pensar en ello ahora.

Martha se paró sobre la tumba, su rostro iluminado por la pálida luz de la luna. Miró hacia abajo en el agujero, su expresión inmutable, pero Jaxon podía ver el ligero temblor en sus manos mientras tomaba una respiración profunda.

"Necesitamos quemar las bolsas en la basura, esta noche," susurró, casi para sí misma.

Arrojaron la tierra de nuevo sobre la tumba en silencio. La tierra suave cubrió las partes del cuerpo rápidamente, borrando cualquier rastro de lo que habían hecho. Mientras el último de la tierra se extendía sobre el agujero, Martha se arrodilló, sus manos alisando la tierra como si fuera una cuidadora atendiendo un jardín. La lápida sobre ellos se erguía alta, marcando el lugar donde descansaban las cenizas de William—y ahora, donde los restos de Carlos yacían escondidos para siempre.

El aire estaba cargado con el aroma de tierra recién removida, y Jaxon sintió un peso asentarse en su pecho, un peso sofocante que ninguna cantidad de tierra podía enterrar. Miraba la lápida, el nombre "William Dawson" grabado en la piedra, sintiendo la certeza de sus acciones hundirse.

"¿Alguien lo notará?" preguntó Jaxon, su voz apenas por encima de un susurro.

Martha se levantó, limpiándose la tierra de las manos. "Nadie notará. William se ha ido hace mucho tiempo. Nadie viene aquí. Por lo que a nadie le concierne, esto es solo una tumba vieja, nada más."

Jaxon asintió, aunque no podía sacudirse la sensación de que no solo habían enterrado a Carlos—también habían enterrado una parte de sí mismos.

"Vamos a quemar la basura ahora," dijo Martha, su voz tranquila, pero sus ojos traicionaban su cansancio. "Hicimos lo que teníamos que hacer."

Regresaron a los cubos de basura para quemar el resto de la evidencia, dejando la tumba atrás, con la lápida de testigo silencioso de su crimen.

Terminaron y entraron por la cocina. Dentro, la casa se sentía imposiblemente silenciosa, el peso de los eventos de la noche colgando en el aire como una tormenta a punto de estallar.

Jaxon miró hacia atrás por la ventana al jardín trasero, el débil contorno de la tumba apenas visible bajo el roble. Aún podía sentir el peso de la pala en sus manos, el sonido de la tierra cayendo sobre las bolsas, el conocimiento de lo que yacía bajo el suelo.

Pero cuando Martha apagó la luz del porche y cerró la puerta detrás de ellos, era como si el mundo exterior ya no existiera. La tumba, el cuerpo, el crimen—todo estaba enterrado, oculto bajo la tierra donde nadie los encontraría.

Al menos, eso era lo que esperaban.

La habitación estaba silenciosa mientras se mantenían allí, lado a lado, unidos por el peso de su secreto. Habían hecho lo que se propusieron hacer. Carlos se había ido. Pero la pregunta persistía en el aire, no dicha pero innegable: ¿Cuánto tiempo podrían vivir con lo que habían hecho?

Jaxon despertó de su pesadilla, dándose cuenta de que su madre no había venido a verlo. Se levantó de la cama y fue a la cocina, el suelo frío picando sus pies cálidos mientras avanzaba.

El sol salió mientras Emma entraba en el camino de entrada tras su turno nocturno en el hospital. Jaxon se inclinó y encendió la cafetera para prepararle café fresco.

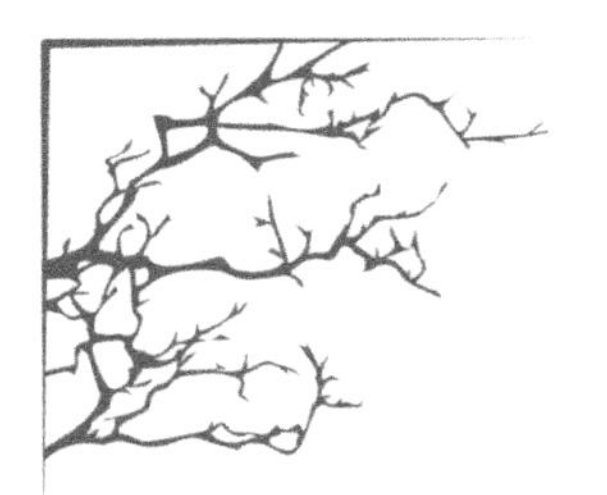

44

Jaxon caminaba de un lado a otro por la habitación, su ansiedad palpable. "Mamá, ¿qué vamos a hacer? Si esto sale a la luz... sobre él, sobre nosotros..." Su voz se desvaneció, incapaz de completar la frase.

Emma apenas lo escuchaba. El peso de su propia culpa era asfixiante, presionando con una fuerza que le dificultaba respirar. Había estado tan concentrada en Carlos—o Domingo, como realmente se llamaba—sin darse cuenta de que sus propios secretos también terminarían saliendo a la luz.

"No podemos dejar que descubran la verdad," susurró Emma finalmente, su voz temblando. "Nadie puede saber nunca lo que hice."

Jaxon se detuvo en seco, mirándola fijamente. "Espera, ¿qué quieres decir? ¿De qué hablas, mamá?"

Emma levantó la mirada, encontrándose con los ojos de su hijo. Vió el miedo en ellos, pero no podía decirle lo que había hecho, no ahora. Su secreto debía permanecer enterrado.

"Solo debes saber que no siempre fui la víctima, Jaxon," confesó, su voz apenas por encima de un susurro.

Los ojos de Jaxon se agrandaron, su confusión se transformó en horror. "Mamá, oh Dios, mamá. ¿Qué—qué hiciste?"

Emma respiró hondo, las palabras sabían amargas en su boca. "Hice algo... bueno, tapé algo. Algo horrible. Y ahora, con todo saliendo a la luz... tengo miedo de que lo vinculen conmigo."

Jaxon se quedó congelado, tratando de asimilar sus palabras. "Espera, ¿y—tú tapaste uno de sus crímenes?" Su voz se rompió, como si no pudiera comprender la realidad de lo que ella estaba diciendo.

Emma negó con la cabeza, su rostro pálido. "No, fue otra cosa... algo que hice yo."

La habitación cayó en un tenso silencio. Jaxon se hundió en la silla frente a ella, su rostro despojado de color. Estaban atrapados en una telaraña de secretos y mentiras, y cuanto más luchaban, más apretada parecía volverse.

"Tenemos que encontrar la manera de evitar que esto salga a la luz," murmuró Emma para sí misma. "Nadie puede saber lo que hice. Ni ahora, ni nunca."

Jaxon observó a su madre, dándose cuenta de que, sea cual fuera la verdad que estaba a punto de desmoronarse, tenía que contárselo a su Nana, ella sabría cómo abordar esto, cómo ocultarlo mejor que cualquiera de ellos. "Está bien, mamá. Pero, ¿qué hiciste? Tienes que decirme."

Emma negó con la cabeza, "No puedo... No, no le hará bien a nadie que otra persona se entere de esto." Se sentó en estado de trance, murmurando para sí misma.

Habían sobrevivido al engaño de Domingo Carmona, pero ahora tenían que sobrevivir al suyo propio.

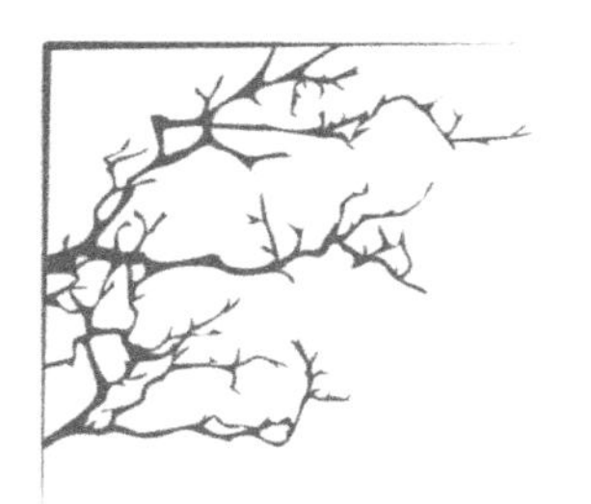

45

La sala de estar de Martha se sentía como un tribunal mientras Emma se paraba junto a la chimenea, sus dedos trazando los fríos ladrillos. Los llamó con una voz que no dejaba espacio para discusión, cada sílaba cargada con un ultimátum tácito. Jaxon entró primero, su figura alta parecía hacerse aún más imponente en el aire cargado de tensión, mientras Martha lo seguía, su cabello rojo un contraste ardiente contra las paredes pálidas.

"Siéntense," las palabras de Emma no eran una petición, sino una orden, y obedecieron, encontrando su lugar en el sofá gastado que había sido testigo de años de reuniones familiares, ahora un testigo silencioso de su vínculo fracturado.

Los estudió por un momento, los ojos cautelosos de Jaxon y la mandíbula firme de Martha, memorizando este cuadro antes de la tormenta. Luego, tomando una profunda bocanada de aire, Emma dejó que la represa se rompiera.

"Pasé mi vida cuidando de las personas," comenzó, su voz firme a pesar del temblor de emoción que amenazaba con quebrarla. "Curando heridas, aliviando el dolor... porque creo que cada vida es preciosa." Sus ojos verdes brillaron, pero contuvo las lágrimas. "Pero ahora tengo que contarles algo. Algo horrible que he hecho."

Hizo una pausa, dejando que la pregunta quedara pesada entre ellos. El silencio era opresivo, lleno con el peso de confesiones no dichas y el eco de su propio latido. Emma los amaba, más de lo que podría articular, pero ese amor ahora sabía amargo con la traición.

"La familia significa todo para mí," continuó, las palabras rasgando su garganta. "Pero no puedo ignorar la oscuridad de lo que ha pasado, lo que he traído a nuestra casa." Las manos de Emma se apretaron involuntariamente, sus nudillos palideciendo mientras luchaba contra la rabia que se mezclaba con su dolor.

"Díganme, por favor," su súplica fue tanto un susurro como un grito, "¿cómo sigo adelante desde aquí y los mantengo a ambos fuera de lo que he hecho?"

El momento se estiró, tenso como un alambre a punto de romperse. Los ojos de Jaxon se movían entre las dos mujeres más importantes de su vida, el aire a su alrededor cargado con verdades no dichas. Estaba rígido en el borde del sofá deslucido, cada músculo tenso como un resorte. Su largo cabello ondulado, normalmente una cortina que ocultaba sus pensamientos, ahora estaba hacia atrás, revelando la inquietud cruda en su mirada avellana.

"Mamá," comenzó, pero la palabra se ahogó, apenas escapando de su garganta. Se aclaró la voz, intentando de nuevo. "Emma..." El uso de su primer nombre le sonó extraño en la lengua, un intento desesperado por cerrar el abismo que de repente se había abierto entre ellos.

Martha, erguida como una estatua junto a la chimenea, intervino antes de que pudiera continuar. Su voz, normalmente una espada afilada con sarcasmo, ahora llevaba un temblor desconocido.

"Emma, ¿de qué estás hablando? No creo... simplemente no entiendes—" Se detuvo, tragando con dificultad. La desobediencia que siempre marcaba su actitud estaba allí, en la firmeza de su postura, pero sus ojos la traicionaban, brillando con algo parecido al arrepentimiento.

"¿Entender?" La respuesta de Emma cortó la tensión. "Entiendo más de lo que piensas." Su voz, aunque controlada, vibraba con energía contenida, una espiral apretándose más dentro de ella. Mantuvo su postura firme, sin querer mostrar el temblor que amenazaba con deshacerla por dentro.

"Nana," dijo Jaxon, girándose hacia Martha, su tono suplicante, buscando alguna pizca de orientación. Pero la mujer que los había criado a ambos—la que enfrentaba la vida con una resolución inquebrantable—parecía momentáneamente despojada de su armadura.

"Sé lo que hicimos..." continuó Martha, fijando la mirada en Emma, "pero nunca fue para hacerte daño." Su voz se quebró en la última palabra, la fachada de la matriarca indomable desmoronándose mientras luchaba con la magnitud de su secreto compartido.

Un silencio cayó sobre la habitación, profundo y oscuro como los secretos que guardaban. Emma los observaba, su expresión imperturbable, su corazón librando una guerra entre el instinto de cuidar y el horror de la traición que pulsaba como una sombra maligna a través de las venas de su familia.

"¿Lo que hiciste, mamá? ¿Qué quieres decir con lo que hiciste?" dijo finalmente Emma, su voz baja pero resuelta, sus ojos verdes reflejando una profundidad de dolor que solo el amor de una madre podía soportar. "Yo hablo de lo que yo hice."

Jaxon estaba de pie en la puerta, su corazón latiendo con fuerza en su pecho mientras observaba la escena desarrollarse ante él. Su madre estaba congelada en la mesa, su rostro pálido, los ojos muy abiertos con la clase de realización que cambia todo. Frente a ella, su Nana estaba de pie con la mano extendida, temblando ligeramente, como si no estuviera segura de si consolar o confesar.

El aire en la habitación se sentía denso, como si se espesara con cada verdad no dicha. La respiración de Jaxon se quedó atrapada en su garganta. Podía sentir la tensión entre ellos, una batalla silenciosa librada con miradas y palabras medio tragadas.

"¿Mamá? ¿Nana?" La voz de Jaxon fue apenas un susurro, pero cortó el aire como un cuchillo.

Emma no respondió de inmediato. Sus ojos pasaban de él a Martha, como si intentara hacer sentido de algo demasiado horrible para aceptar. "¿Mamá? ¿Qué... yo... no sabía," murmuró finalmente, su voz temblorosa. "No quería saber."

La mano de Martha quedó suspendida en el aire, temblando. "Emma..." su voz estaba tensa, pero ya no había forma de ocultarlo. "Hicimos lo que teníamos que hacer. Tienes que entenderlo."

Jaxon lo vio entonces—la comprensión apareciendo en los ojos de su madre. Ella sabía lo que él y Martha habían hecho, y lo peor era que sabía por qué. Era la misma razón por la que Jaxon había estado al lado de Martha todo este tiempo. Ambos pensaban que la estaban protegiendo, resguardándola de la oscuridad que se había apoderado de sus vidas.

Pero ahora, ya no quedaba espacio para las mentiras. Emma no era la única con secretos.

Jaxon sintió que su pecho se apretaba de nuevo, como si el peso de sus pecados colectivos fuera demasiado para soportar. Observó cómo las manos de su madre se apretaban en puños sobre la mesa, sus nudillos blancos por el esfuerzo de mantener el control.

"Lo sabías," susurró Emma, su voz rasposa. "Todo este tiempo... sabías lo que hice."

Los ojos de Martha brillaron con lágrimas no derramadas, su mano aún extendida, aunque ahora parecía más una súplica. "No, pero sospechaba que habías hecho algo. Lo que Jaxon y yo hicimos fue demasiado fácil. Pero, hija, ambas hicimos lo que teníamos que hacer."

Por un momento, Jaxon pensó que su madre podría desmoronarse allí mismo, bajo el peso de todo: las mentiras, la culpa, la verdad. Pero en lugar de eso, se enderezó en su silla, su mentón levantándose apenas, como si tratara de aferrarse a los últimos vestigios de control.

Jaxon quería hablar, intervenir, hacer algo para detener el desenlace. Pero ¿qué podía decir? ¿Qué podían decir cualquiera de ellos cuando lo impensable ya se había hecho?

La habitación parecía cerrarse sobre ellos, el silencio se estiraba mientras todos se quedaban al borde de algo demasiado grande para nombrar.

Finalmente, Martha bajó la mano, dejándola caer flácida a su lado.

"Ya no hay vuelta atrás," dijo suavemente, su voz apenas audible.

Jaxon tragó con dificultad, su garganta seca. Ya no sabía si eso era cierto.

Emma simplemente observó, con las manos caídas a los lados, la sanadora dentro de ella luchando contra la tormenta de la traición y el implacable tirón de los lazos sanguíneos. La sala de estar de los Dawson, una vez un santuario de risas y calor, se había transformado en un teatro de guerra psicológica, donde el siguiente movimiento podría sanar o marcar para siempre el frágil tapiz de sus vidas.

Emma caminaba de un lado a otro ante ellos, cada paso resonando como un veredicto en la quietud de la habitación. El aire estaba denso de anticipación, como si las mismas paredes estuvieran conteniendo la respiración. Se detuvo y fijó la mirada en su hijo y en su madre, una mirada que cortaba la tensión.

"Jax," comenzó, su voz temblando como si intentara mantener el mundo unido con meras sílabas, "y tú, mamá." Sus palabras estaban impregnadas de una profunda tristeza que parecía llenar cada rincón de la habitación. "¿Lo sabían...? ¿Cómo lo supieron?" Tragó con dificultad, luchando contra el nudo en su garganta. "Tuve que hacerlo, era por nosotros, para protegernos a todos."

La manzana de Adán de Jaxon se movió visiblemente mientras tragaba, sin apartar los ojos del rostro de Emma. Volvía a parecer un niño, vulnerable y buscando consuelo en la única persona que siempre había sido su refugio.

"Mamá, yo—" comenzó, pero las palabras se desmoronaron antes de poder tomar forma.

Emma levantó una mano, deteniendo su intento de confesión. "No," dijo, con un filo de ira cortando su tristeza. "Lo que hemos hecho, eso... tiene que quedarse entre nosotros. Solo nosotros. Destrozarnos frente al mundo no nos sanará y no deshará lo que ya se ha hecho." Su declaración colgó entre ellos, pesada con las consecuencias no dichas.

Los hombros de Jaxon, que habían estado tensos como cuerdas de arco, se hundieron de repente, y una ola de alivio lo inundó de forma casi visible. Sus ojos brillaban con lágrimas no derramadas—lágrimas de un niño que había escapado del castigo, pero que aún llevaba el peso de sus malas acciones.

"Gracias, mamá," susurró, con la voz apenas audible, pero la gratitud en ella resonó más fuerte que cualquier palabra pronunciada. La culpa oscurecía sus rasgos, marcando líneas de auto-reproche que quizás nunca desaparecieran por completo.

Emma observó a su hijo, la profundidad de su perdón reflejada en sus cansados ojos verdes. Permanecieron allí, una familia unida por el amor y marcada por secretos, cada uno con cicatrices que darían forma a sus caminos para siempre.

La mano de Martha, temblorosa y pálida, se extendió a través del vacío de la sala, sus dedos alcanzando a Emma con una desesperación que contradecía su habitual estoicismo. Los mechones rojos de su cabello parecían estremecerse en el silencio, un eco de la agitación que fluía y refluía bajo su piel.

Emma observó la mano extendida, un símbolo silencioso de todos los sacrificios que se habían hecho el uno por el otro, un registro de deudas tanto saldadas como pendientes. Pudo ver el brillo incipiente de las lágrimas coronando los ojos de Martha, esos ojos acerados que alguna vez fueron fortalezas impenetrables, ahora atravesados por la gravedad de su realidad. Lentamente, como si se moviera a través del agua, Emma extendió su mano, un susurro contra la de su madre.

Sus dedos se entrelazaron, una vida de palabras no dichas pasando entre ellas. El agarre de Martha se apretó lo suficiente para transmitir la fuerza que una vez la definió, la resiliencia que había inculcado en Emma con cada lección afilada y cada abrazo protector.

"Ma," comenzó Emma, su voz atravesando el aire tenso, más fuerte ahora, más segura. "No quiero saber lo que hiciste, no te diré lo que hice. Pero necesito que entiendas; esto... esto tiene que desaparecer." Sus ojos verdes, usualmente tan cálidos y acogedores, adquirieron una dureza que reflejaba la de Martha. Estaba claro que la enfermera cariñosa, la hija criada bajo los cielos sencillos de Oakdale, se había convertido en algo más formidable, más resuelta.

"Emma," comenzó Martha, su voz áspera, pero Emma continuó.

"Protegerte es parte de lo que soy, Ma. Pero también lo es recordar. No puedo olvidar lo que hemos hecho, las líneas que hemos cruzado." Su agarre en la mano de Martha estaba firme ahora, un salvavidas en medio de la tormenta que ellas mismas habían creado. Había amor allí, un amor feroz y ardiente que podía soportar las tormentas más oscuras, pero también un nuevo filo—una aguda conciencia de que el velo de la ignorancia se había levantado, y que nunca más podría ser cubierto.

"Las consecuencias llegarán, mamá. Tal vez no por la ley, tal vez no hoy ni mañana. Pero llegarán. Y tendremos que enfrentarlas, cargarlas, aprender de ellas."

La boca de Martha se abrió, luego se cerró, sin que ninguna palabra pudiera salir. Sin embargo, su mirada no vaciló, encontrándose con la de Emma con una intensidad que reconocía la verdad en las palabras de su hija. La matriarca de la familia Dawson, la mujer que había enfrentado las crueldades de la vida con un sarcasmo mordaz y una voluntad inquebrantable, entendió el peso de su secreto compartido, la carga de culpa que las seguiría para siempre.

En ese momento, mientras sus manos seguían unidas, Emma supo que el camino por delante estaba lleno de sombras y ecos de un pasado que siempre les acecharía. Pero con la claridad de su resolución y el lazo que unía sus destinos, sintió el comienzo de una determinación sombría asentándose en sus huesos.

Estaban fracturadas, sí, pero no rotas. Forjarían un nuevo camino hacia adelante, atravesando el paisaje retorcido de sus elecciones, buscando redención en un futuro donde la luz del perdón pudiera algún día vencer la oscuridad de sus actos.

La respiración de Jaxon se entrecortó, un sonido apenas audible sobre el silencio vibrante que se había asentado sobre la habitación como un sudario. Estaba sentado rígido, su espalda presionada con fuerza contra el respaldo del sofá, como si se estuviera preparando para enfrentar una fuerza invisible. Emma lo observaba de cerca, su mirada inflexible—una centinela de su verdad compartida.

"Jax," susurró ella, la única sílaba cargada de resonancia.

Su rostro, que antes estaba sonrojado por el calor de la confrontación, ahora estaba despojado de color, dejando su piel fantasmalmente pálida en la tenue luz que se filtraba a través de las cortinas cerradas. Las sombras parecían aferrarse a él, acentuando los ángulos agudos de su mandíbula y los huecos debajo de sus ojos. Esos orbes avellana, que a menudo mantenían al mundo a distancia con su intensidad, ahora reflejaban solo el tormento de un alma atrapada en las trampas de su propia creación.

"Mamá, yo..." Su voz se quebró, un testamento de la carga que llevaba, el peso de acciones demasiado pesadas para unos hombros tan jóvenes.

Emma extendió la mano, sus dedos rozando el aire entre ellos antes de retirarse, sabiendo que el tacto no podría absolver el abismo que se abría ancho y oscuro entre la intención y la acción.

"Jaxon," intervino Martha, su voz un hilo de sonido que se tejía a través de la tensión. Se puso de pie, su postura erguida, mostrando cada centímetro de la matriarca que había enfrentado tormentas y escupido en los ojos de la adversidad. Pero ahora, su acero estaba templado por el temblor en su voz, el vibrato de la vulnerabilidad que subrayaba su convicción. "Nosotros... nosotros hemos hecho nuestra cama, ¿verdad? Y es dura y fría, y nunca nos permitirá descansar tranquilos."

Emma observó cómo Martha se acercaba a Jaxon, sus movimientos deliberados, cada paso un testamento de la determinación que había definido su vida. Se agachó junto a él, su mano encontrando su rodilla, apretándola con una fuerza que desmentía los temblores que recorrían su cuerpo.

"Escúchame, Jax, y tú también, Emma," dijo Martha, su voz ganando poder, elevándose desde el temblor del reconocimiento hacia el claro llamado de la desobediencia. "Lo que está hecho, está hecho. No podemos cambiarlo, no podemos retroceder el reloj en decisiones que están grabadas en piedra. Pero maldita sea si dejo que eso nos consuma."

Sus ojos, fieros e inquebrantables, se clavaron en los de Emma, luego se desplazaron hacia Jaxon, quien la miraba con una mezcla de asombro y miedo. "Somos Dawson," continuó, sus palabras tallando un camino a través de la desesperación. "Nos mantenemos unidos, pase lo que pase. Estaré a su lado, a los dos, pase lo que pase. Esa es mi promesa."

En esa sala de estar, donde los retratos familiares observaban desde las paredes, testigos silenciosos del drama que se desarrollaba, se forjó un nuevo pacto—uno no de sangre, sino de culpabilidad compartida y la implacable búsqueda de redención. Emma sintió el suelo moverse bajo sus pies, un reajuste tectónico del paisaje familiar, mientras se preparaban para navegar el terreno peligroso que les esperaba.

Las manos de Emma estaban firmes mientras extendía la mano para extinguir el último resplandor de la luz de la vela que había sido su único testigo. Un suave clic resonó en la sala, y las sombras se aferraron a los rincones como espectros de los secretos que guardaban. Sus ojos, vibrantes piscinas verdes que reflejaban un torbellino de emociones, se movieron de Jaxon a Martha, fijándose en cada uno por turno.

"Ma, Jax," dijo Emma, su voz baja y resuelta, casi un susurro pero cargada con una fortaleza que resonó a través del silencio. "Esta oscuridad... no nos definirá. Tenemos que dejar estos secretos aquí, justo aquí, y nunca dejarlos escapar de esta habitación."

Jaxon, con su juventud marcada por líneas de sabiduría prematura forjada por la prueba compartida, tragó con dificultad, asintiendo imperceptiblemente como si temiera que cualquier movimiento mayor pudiera romper la frágil esperanza que su madre le ofrecía.

Martha, su cabello rojo un testamento ardiente al espíritu feroz que había resistido innumerables tormentas, dejó escapar un suspiro que parecía haber retenido durante una eternidad. Fue una rendición silenciosa al voto que ahora los ataba, un pacto de perseverancia en medio de los escombros.

La sala se sumió en un pesado silencio, de esos que presionan como el peso del mundo, cargado de pensamientos no expresados y las réplicas de la verdad expuesta. El retrato familiar en la pared, con sus sonrisas congeladas en el tiempo, parecía burlarse de ellos con la normalidad que habían perdido.

Jaxon miraba sus manos, los nudillos blancos por aferrarse al reposabrazos, mientras Martha cerraba los ojos, su pecho subiendo y bajando con el esfuerzo de la introspección. Estaban a la deriva en sus propios pensamientos, navegando las turbias aguas del remordimiento y la resolución.

Emma los observaba, su corazón doliendo con un amor que tanto destrozaba como soldaba su alma. Ella también estaba perdida en la contemplación, luchando con la paradoja de proteger a los que amaba del mundo mientras los condenaba al purgatorio de su conciencia.

"Lo que sea que venga," susurró, más para sí misma que para los demás, "lo que sea que venga..."

Emma se levantó del borde del sofá inmaculado, una centinela silenciosa en la sala tenue. El reloj sobre la repisa avanzaba los momentos que se sentían tan pesados como el silencio que los acompañaba, cada segundo se estiraba como una acusación. Se acercó a la ventana, su reflejo la miraba de vuelta a través del cristal: una mujer desgarrada entre los bordes irregulares del amor y la justicia.

Jaxon se movió en su asiento, las sombras bajo sus ojos traicionaban la tormenta interna. Miró hacia arriba, buscando un ancla en la tormenta que era su vida. Su mirada llevaba una pregunta, una que pedía consuelo en un mundo que de repente parecía desprovisto de certezas.

Los dedos de Martha seguían las líneas de su palma, leyéndolas como si fueran un mapa hacia la absolución. Su postura permanecía rígida, una fortaleza construida sobre años de batallas libradas y cicatrices acumuladas. Pero sus ojos, esos conductos de emoción cruda, brillaban con lágrimas no derramadas, una grieta en su armadura.

"Mamá..." La voz de Jaxon rompió el silencio, tentativo, pero buscando.

Emma se giró desde la ventana, sus ojos verdes reflejando una resolución forjada en el crisol de su confesión compartida. "Comenzamos por reconocer cada elección, cada error," dijo, su tono no solo ofreciendo una dirección, sino exigiendo responsabilidad.

Martha se levantó, sus movimientos deliberados, levantándose hasta alcanzar su altura completa. "Y enfrentamos lo que venga," añadió, el acero en su voz.

Las tres figuras, bañadas por la suave luz de la habitación, formaban un cuadro de emociones contrastantes. El alivio se mezclaba con la culpa en sus rostros, el alivio de ser comprendidos, de ser aceptados a pesar de todo, y la culpa de saber el precio de su silencio.

Emma extendió la mano, suspendida en el espacio entre ellos, una invitación a unirse. Jaxon la tomó, su agarre hablaba de la gratitud y la vergüenza que llevaba. La mano de Martha se unió a la suya, su toque sólido, anclándolos en la realidad de su pacto.

Mientras permanecían allí, conectados por la gravedad de su promesa, el peso del pasado y la incertidumbre del futuro parecían converger sobre ellos. Sin embargo, debajo de todo esto, yacía una feroz determinación de elevarse por encima de las cenizas de sus acciones, de forjar un camino marcado por los fragmentos de su quebranto.

A medida que las semanas se convirtieron en meses, luego en años, la oscura nube de secretos continuó cerniéndose sobre Martha, Emma y Jaxon, pero aprendieron a vivir bajo ella. Su pacto no hablado, forjado en los fuegos del asesinato y las mentiras, los unió más de lo que jamás hubieran imaginado.

La vida siguió su curso. Desde afuera, parecían cualquier otra familia: lamentando la pérdida de un esposo y padre, pero avanzando. Emma regresó a su trabajo en el hospital, con las manos firmes mientras atendía a los pacientes, aunque su mente nunca estuvo realmente libre del peso de lo que había hecho.

El veneno que acabó con la vida de Domingo Carmona, el hombre que alguna vez conoció como Carlos, era un secreto que llevaría hasta su tumba. A veces la devoraba, especialmente en los momentos de quietud, pero ella callaba esos pensamientos, enterrándolos tan profundamente como el cuerpo que ahora descansaba en una tumba sin nombre.

Martha, siempre estoica, continuó con su vida también. Su secreto—lo que ella y Jaxon hicieron para proteger a Emma—era una carga que llevaba sin quejarse. Sabía que habían hecho lo que era necesario. Carlos, o Domingo, era una amenaza. Sus mentiras, su violencia—todo habría empeorado. No se permitiría sentir culpabilidad. Para ella, fue supervivencia, clara y sencilla.

Jaxon, aunque joven, había envejecido en el transcurso de esas semanas fatídicas. La carga de su crimen pesaba sobre él, más de lo que dejaba ver. A veces tenía pesadillas, pero nunca hablaba de ellas. En su lugar, se lanzaba a sus estudios, al trabajo, a cualquier cosa que ahogara los ecos de esa noche. Sabía la verdad, y aunque lo atormentaba, la mantenía encerrada, al igual que su madre y su abuela con sus propias verdades.

Los tres vivieron con sus secretos, y con el tiempo, se convirtieron en algo tan natural como el aire que respiraban—pesados, pero esenciales para sobrevivir. El detective Ross ya había seguido adelante, el caso de Domingo Carmona era una maraña de crímenes y engaños, pero nunca apuntó hacia ellos. El verdadero Carlos Martínez estaba muerto desde hacía tiempo, y el hombre que había tomado su nombre era solo otro criminal en un mar de misterios sin resolver.

En cuanto a los tres, siguieron adelante, no con inocencia, pero con una especie de paz. Habían hecho lo que tenían que hacer para protegerse unos a otros, para sobrevivir. El mundo nunca sabría lo que realmente ocurrió, y quizás eso era lo mejor.

Al final, los tres se habían salido con la suya con el asesinato, pero la verdadera victoria fue su silencio—el vínculo irrompible de la familia forjado a través de la oscuridad compartida. Estaban libres, pero nunca serían libres unos de otros. Los secretos que guardaban estaban enterrados profundamente, pero siempre permanecerían, silenciosos e inmóviles, como las sombras que quedaban en los rincones de sus vidas.

Y así sería, mientras vivieran.

La manzana se había caído del árbol, dejando la sala en un manto de silencio sombrío, un recordatorio inquietante de que la verdad era tan agridulce como la traición misma.

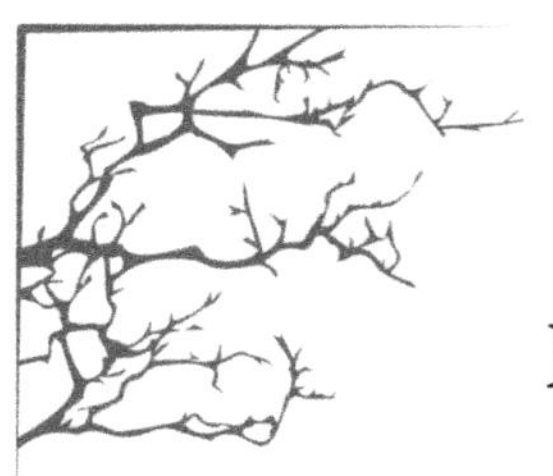

Epilogue

Ocho años después...

El sol se hundía bajo el horizonte, lanzando un cálido resplandor dorado sobre la granja de la familia Dawson. La antigua casa, con sus tablones desgastados por el tiempo y su porche envolvente, se erguía como un testimonio de los años que habían pasado. Parecía tranquila, casi intocable por los oscuros secretos que una vez amenazaron con desgarrar a la familia. Pero para quienes conocían su historia, la calma era engañosa. Bajo la superficie de esta vida serena, las cicatrices del pasado persistían, enterradas pero nunca olvidadas.

Emma y Jaxon se mudaron con Martha. El apoyo silencioso entre ellos les ayudó a soportar los episodios de incertidumbre.

Emma estaba en el porche de su madre, con las manos envueltas alrededor de una taza de café. La brisa era fresca y llevaba el tenue aroma de pino y tierra. Respiró profundamente, dejando que el aire llenara sus pulmones, sintiendo el peso del pasado asentarse más ligeramente sobre sus hombros ahora. Había tomado años—años de terapia, de contemplación silenciosa, de mentiras cuidadosas y verdades ocultas—pero finalmente había encontrado una semblanza de paz.

Nunca le había contado a nadie sobre el envenenamiento—ni a Jaxon, ni a Martha, ni a la policía. El secreto seguía siendo suyo, guardado en lo más profundo donde nadie podía tocarlo. Aún la atormentaba en noches de insomnio, pero había aprendido a vivir con ello. De una manera extraña, le había dado fuerza. Había hecho lo que tenía que hacer para protegerse a sí misma y a su familia. Destruyó el pequeño frasco que estaba escondido bajo la lápida de su padre, y, como precaución adicional, lo puso en el incinerador del hospital. Y al final, todos habían seguido adelante.

"¿Mamá?" La voz de Jaxon interrumpió sus pensamientos. Estaba en el borde del porche, más alto ahora, más maduro. Sus ojos—esos mismos ojos avellana nítidos que siempre había amado—estaban llenos del calor y la facilidad de alguien que ha crecido en sí mismo.

"Sí, cariño?" respondió, girándose hacia él con una sonrisa suave.

"La cena está lista. Nana hizo su famoso asado." Sonrió, y por un momento, Emma vio al niño que una vez fue. Pero Jaxon ya no era el niño que había sido arrastrado a una telaraña de mentiras y violencia. Ahora era un hombre, fuerte y capaz, y—afortunadamente—libre de las sombras que alguna vez amenazaron con consumirlo.

La voz de Martha flotó desde dentro, llamándolos a la mesa. Emma observó cómo Jaxon volvía hacia la casa, sus pasos firmes, su postura relajada. Había superado lo que había pasado. Martha también. Nunca volvieron a hablar de esa noche terrible, del hombre que habían dejado en el pasado o de las mentiras que habían construido. Era como si hubieran hecho un pacto tácito—lo hecho, hecho estaba, y no había sentido en revivirlo.

Dentro, la casa estaba cálida con los aromas de comida casera y los sonidos de la familia. Martha se movía por la cocina, sus manos firmes y seguras mientras ponía la mesa. Su cabello se había vuelto plateado, y sus ojos alguna vez agudos se habían suavizado con la edad, pero su espíritu seguía intacto. Si sentía alguna culpa o arrepentimiento, nunca lo mostró. Martha había sido la que enseñó a Emma cómo seguir adelante, cómo vivir con el peso de sus pecados compartidos.

Mientras se sentaban a la mesa, Emma miró alrededor. Era una comida sencilla—pollo asado, puré de papas, verduras frescas del jardín—pero se sentía rica, llena de la alegría silenciosa de la familia. Estaban todos aquí, juntos, a pesar de todo lo que había pasado. A pesar de las mentiras, la violencia y los secretos, habían sobrevivido.

Y sin embargo, mientras Emma tomaba su tenedor, no podía evitar preguntarse si sobrevivir era suficiente. ¿Era suficiente vivir en esta vida tranquila, pretendiendo que el pasado no casi los había destruido? ¿O había algo más—algo que todavía no había comprendido, incluso después de todos estos años?

Apartó el pensamiento. Esta noche se trataba de la familia, del presente. El pasado no tenía lugar en esta mesa.

Jaxon la miró desde el otro lado de la mesa, sus ojos llenos de una pregunta que nunca hizo en voz alta. Sabía—siempre había sabido—que había más en lo que había pasado de lo que ellos habían admitido a sí mismos. Pero, como Emma, había aprendido a vivir con la incertidumbre. Todos estaban unidos por esa noche, por las verdades no dichas que los conectaban de maneras que nunca se desentrañarían completamente.

A medida que la comida continuaba, la risa llenaba la habitación, suave y genuina. Emma sonrió, sintiendo el calor de todo eso asentarse a su alrededor como una manta. Por primera vez en mucho tiempo, se sintió contenta. El futuro era incierto, pero por ahora, este momento era suficiente.

Más tarde, mientras el sol se hundía bajo el horizonte y las estrellas comenzaban a parpadear en el cielo nocturno despejado, Emma salió de nuevo al porche. Se inclinó contra la barandilla, mirando la tierra que había sido su santuario y su prisión. El viento susurraba entre los árboles, llevando consigo el eco más tenue del pasado.

Pero ya no le tenía miedo. Los secretos que había enterrado, las cosas que había hecho—eran una parte de ella, pero ya no la definían. Emma había hecho las paces con el pasado, con ella misma. Y mientras estaba allí, la oscuridad envolviéndola como un suave abrazo, sabía que ella, Martha y Jaxon estarían bien. Habían sobrevivido a la tormenta, y ahora podían vivir finalmente en la calma que siguió.

Al final, se habían salido con la suya. Pero, más importante aún, se habían alejado de ello. Y eso, se dio cuenta Emma, era lo que realmente importaba.

El Fin, ¿o no?